一芜 著

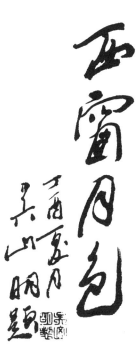

上海三联书店

图书在版编目(CIP)数据

西窗月色 / 滋芜著. – 上海：上海三联书店，
2019.2

ISBN 978-7-5426-6525-6

Ⅰ.①西… Ⅱ.①滋… Ⅲ.①随笔–作品集–中国
–当代 Ⅳ.①1267.1

中国版本图书馆CIP数据核字（2018）第241694号

西窗月色

著　　者：滋　芜
责任编辑：黄　韬
出 品 人：上海三联书店
艺术指导：陈　林　应一平
策　　划：黄曙辉
书名题签：沈　鹏　吴山明
页眉题签、内页插图：滋　芜
封面设计：罗　超　张娟娟
特约编辑：许文彩　汪　媛　杨　婷　王　旭
出版发行：上海三联书店
　　　　　（200030）上海市漕溪北路331号A座6楼
印　　刷：江苏苏中印刷有限公司
开　　本：890×1240毫米　32开
印　　张：12.25
字　　数：300千字
版　　次：2019年2月第1版
印　　次：2019年2月第1次印刷
书　　号：ISBN 978-7-5426-6525-6/I · 1466
定　　价：52.00元

目

录

代　序

影横窗俏

月星如故

符众花开

诗心飞絮

丹青豪情

一幅画·一首诗·一本书

——滋芜印象记

秦德文

　　继2015年春天滋芜在武汉举办的"与造物者游——滋芜画展"轰动江夏之后,2016年春天,"大地情——滋芜画展"又进军上海,也获得了巨大的成功,轰动申城。他举办画展,既是为了向全社会展示自己的艺术创作成果,也是为了征求方方面面的评议和指点,以寻求艺术更上一层楼。今天下午的研讨会有许多专家、教授要发表高见。我对于绘画是外行,不敢在此场合班门弄斧,只想从个人同滋芜先生的交往方面,从一幅画、一首诗、一本书的管窥中说点看法。

一、一幅画与滋芜的生命基因

我看过滋芜的不少绘画,但印象最深的还是《生命从河流的那一端漂来》,这幅画可以说是滋芜生命基因的艺术表达。"一画"(石涛语)见天地。

十多年前,我在《冷砚斋滋芜画集》(安徽美术出版社 1997 年 10 月版)中见到了《生命从河流的那一端漂来》这幅画。这是一幅皖南山村风景的大写意,颇有点欧洲印象派画家莫奈的《日出·印象》和马奈的《吹短笛的男孩》的神韵:画面上,杨柳依依,春燕喃喃,红日冉冉,大河漫漫,一位骑在水牛背上的小男孩非常可爱,身上除了一块红肚兜外,几乎是赤身裸体,草帽边上调皮地插着一枝刚采下的柳枝,在奔跑的牛背上,他神情专注地瞅着一本已翻开的书……画角,作者还附上了一句抒情诗——"生命从河流的那一端漂来"!

滋芜生在水边(新安江畔),长在水边,望着那漫漫的长河,好奇心使他对生命有了最原始的基素。

生命,从河流的那一端漂来! 这个解答,既肯定又模糊,既有诗意又很现实。"那一端"是什么? 是源头? 是彼岸? 是天国? 是人间? ……但不管如何探寻,"那一端"的根基是皖南山村的明山秀水,是徽州文化的丰厚底蕴! 通观滋芜画作,特别是农村题材的作品,无不有着皖南山乡的身影,无不有着徽州人文的缕缕痕迹! 这大概就是乡愁吧!

徽州这一块灵山秀水,如今成了世界级的风水宝地:"薄海之内,无如徽之黄山,登黄山天下无山,观止已。"(徐霞客)

徽州群山环抱,众水相连。历史上交通闭塞,恰恰保护了这里的自然环境:不能搞大兵团作战,即使日本侵略者那样疯狂也打不

进来;不能开掘大工程建设,农村古色古香的山乡面貌得以保持。与此同时,一些外来基因的植入又给这块明山秀水增加了人文底蕴:

一是当年北方战乱频仍,一些皇亲国戚、王公贵胄为了避难,为了逃生,或一家,或一族,迁徙到这里。如滋芜先生的父亲胡如璧的胡姓,就是外来徽州的一大姓。皖南胡姓分"真胡"和"假胡"两支。"真胡"是晋人南渡后东晋散骑大将军胡焱的后代。"假胡"则是唐朝末年朱温叛唐时,唐昭宗将幼子寄放徽州婺源,为安全计,改"李"为"胡"的延续。滋芜母亲朱氏,系宋代大理学家朱熹之后,滋芜随母姓,也算是人文正脉了。

二是智者、仁者的迁入。孔子曰:"智者乐水,仁者乐山。"徽州这一片灵山秀水对神州大地的各色仁者、智者有着强大的吸引力,古往今来,多少文人墨客、多少商家巨贾或作"癫狂",或做隐者,不时来到这里参禅悟道、读书治学,给皖南这片世外桃源涂抹了浓厚的文化色彩。

三是徽商们的少小离家、老大返乡。"前世不修,生在徽州,十二三岁,往外一丢。"徽商们在外拼搏一辈子,至"老大"时,或带着成功者赚来的金钱美女,或带着失意者的种种愧疚和阅历,落叶归根,给先祖建祠堂、立牌坊,给家乡修桥梁、造学堂……这些回归后的徽商有周游世界的阅历,有拼搏一生的积累;有成功的经验,有失败的教训……他们的回归,带回的不仅仅是物质上的五光十色、光怪陆离……

"一方水土育一方人",徽州的灵山秀水被注入了屡屡不绝的外来基因,"杂交优势"使这片土地真正是人杰地灵:一个休宁县,就出过19名状元;一个祁门县,出过19名御医;歙县一个许村,就出过

48个进士。而在距滋芜家乡不远的绩溪县，近现代史上也出现过多个彪炳史册的人物。

《生命从河流的那一端漂来》，还有《老家的古树》《大地情》以及艾青先生欣赏的《山那边，雨来了》等几幅绘画作品，可以说是滋芜生命基因的艺术图解。"我是大山的儿子，因为我饮了一年四季的山泉水／我是农民的儿子，因为我奶了无以计数农妇的乳汁／我是儒商的后代，因为我身上流淌着他们的血液，除了少去那些铜臭味之外，我保持了善良、正直、单纯、真诚的本质。"（滋芜《我的信仰》）

二、一首诗与滋芜的苦难童年

我读过滋芜的不少诗作，但印象最深的还是《病孩子》这首。我最先见到这首诗是在艾青老为滋芜诗集《路程很遥远》作的序中。这里我不妨再将全文引录如下：

雨下在我的窗前／我支撑起虚弱的身子／望见潮湿的雨水滴在我母亲的脚下／我看着灰蒙蒙的雨天／小鸟在雨地里飞翔，却不告诉我一个什么样的年龄／母亲抚摸着我病情已久的身子／说父亲的二筐青杨梅在药店门口换了／我伸出小小的手，擦着母亲的泪水／问什么样的季节才有红杨梅／母亲堵了我的干裂的小嘴／要我吃了"山尾草"的中药病便好了／我抬着头，渴望阳光／父亲的身影在雨声中消逝了／妈妈说：杨梅还青着呢……／只有风雨声，远远望去——杨梅林里没有父亲的影子／我又病倒了……

当年，艾青老在谈到读此诗的感受时说道："我读了这首诗，哭了。"滋芜在此诗中表达的感情，深深地打动了这位八十多岁的诗坛泰斗。

心有灵犀一点通。正像艾老感受到的，滋芜的童年是泡在苦水中的:滋芜出生在1963年7月,蹒跚学步时便赶上了"文革",由于家庭出身与社会关系的牵累,他"是在被人歧视、被人逐赶、被人讥讽与谩骂中度过了童年时代"。他五岁时即给生产队放牛糊口,该上小学时就参加生产队劳动,一天挣3个工分。他当过农民,架过电线,学过手艺,尝尽了人间冷暖……

但是,回过头来看,"我的成长,要感谢苦难。是苦难,让我在逆境中铸造出了不屈的精神,磨砺出人生的光芒"。(《滋芜绘画作品选集·后记》<2016年2月由华东师范大学出版社出版>)苦难,成了滋芜人生的垫脚石,成了滋芜艺术创作的素材库。试想,如果没有当初的苦难,也许就不会有今天的滋芜。

诗画同源,滋芜不仅是个画家,而且是个诗人。应该说,是个很优秀、很前卫的诗人,作家出版社认定他是一个"先锋派诗人"(见作家出版社2003年3月出版滋芜诗作《青青集》扉页)。滋芜的诗作多是现代诗,从体裁来看,既有叙事体的白话诗,也有抒情体的自由诗。他的诗作没有格律,但充满韵味;没有行、句、字的规制,却有着志、情、趣的吟诵……从某种意义上来讲,滋芜诗歌创作的成就不在绘画之下。如,就出版社的档次来讲,安徽文艺出版社出版过《路程很遥远》;中国妇女出版社出版过《中国当代爱情诗鉴赏》;人民文学出版社出版过《滋芜新诗六十首》;作家出版社出版的《青青集》中收录的组诗《母语》还入选了《大学语文》教材;2016年3月,上海三联书店刚刚出版的《历代黄山图题画诗考释》则更显示了滋芜在诗词方面的功底……滋芜的诗歌同绘画相伴而行。诗中有画,画中有诗,诗有时是绘画的解读词、画外音(特别是绘画作品画面上的行文),绘画有时则是诗眼、诗骨,两者交融,相得益彰。

诗是心灵的眼睛,滋芜的诗很干净。

三、一本书与滋芜的成长轨迹

在滋芜的多本著作中，我与《一秋集》关系最密切。因为此书是我作的序。更重要的是，为了写好序、写准序，我"临时抱佛脚"，阅读了滋芜的大量绘画、诗作；同时，搜集了一些评介文章，询问了一些学者专家，查证了一些传闻的真伪。因此，《一秋集》可以说是我了解滋芜、认识滋芜的一个平台。在《一秋集》中，我触摸到了滋芜的成长轨迹。其中有几点印象特别深刻：

一是勤奋刻苦，超乎常人。

欣赏滋芜的艺术作品，谁都会感叹：那么多诗作、那么多绘画、那么多雕刻、那么多文稿……而且都很精致，都很上档次，哪来那么多的精力？！哪来那么多的"闲暇"？！艺术创作是需要灵感的，也是需要辛勤耕耘的，可以肯定在滋芜的生活中没有"八小时内外"之分，没有节假日的悠闲，甚至没有白天黑夜的差别。我能想象得到，滋芜常常"三更灯火五更鸡"地苦读，那种"两句三年得，一吟双泪流"的深思，那种"衣带渐宽终不悔，为伊消得人憔悴"的志趣……

滋芜不仅多才多艺，而且文武兼修，他在坚持美术史论研究、教学、艺术创作、生产大量艺术品的同时，还是一个编辑出版家、实干家；21世纪以来，他先后领衔创办了《少儿画王》《少儿科技》《科教文汇》《美术教育研究》等几本刊物。在传统媒体日渐式微、纸媒经营异常艰难的情况下，他领衔的四个刊物都腰板硬朗、生机勃勃。四个杂志编辑部聚集了七八十个文臣武将，据说都是滋芜亲自考查、亲自点将选过来的。其排列组合，其生长发育，其方方面面……真想象不出滋芜先生是怎么招呼过来的。

二是尊师交友，至诚至真。

我经常听到一些人的嫉妒、嘀咕：像滋芜这样一个"神经分分"的"乡巴佬""小混混"，为什么能"攀"上如林风眠、刘开渠、艾青、王朝闻、沈鹏、陈荒煤等这一类艺术大家，而且过从甚密，有的还成了忘年交？滋芜不喜酒肉，疏于应酬，为什么他在政界、在学界、在各行各业有那么多的朋友，而且不少还够"铁"的？

在写《一秋集》序言过程，以及以后的观察、研究中，我发现了两个主要原因：

一是滋芜有"真货"。艾青老对其诗作的评价，王朝闻对其《中国绘画史》的肯定，赵朴初、沈鹏对其篆刻作品的赞赏……都是见了"真货"后的实话实说，既不是初次见面时的寒暄应酬，更不是在私利驱使下的溢美。没有"真货"，这些名闻遐迩的大家是不会随便给人戴"花帽子"的。

二是滋芜对前辈、对老师、对朋友、对同志赤诚相待，而且特别重感情，讲仗义。"你敬我一尺，我敬你一丈"，滴水之恩涌泉相报。为了朋友的急难，他可以倾其所有，许许多多珍贵的书画，甚至大把大把的钱财，他都可以慷慨付出。"好人做不得"，我知道他为此还当了几回"东郭先生"，被不讲信誉的"朋友"坑了。但他还是善心不改，"能帮助别人就帮助点"，把友情、把自己的人格看得比什么都重要。沈鹏先生曾题赠滋芜对联："能受天磨真铁汉，不遭人忌是庸才。"这副对联也恰恰说明了滋芜身上的许多闪光点。我曾是搞统战工作的，我希望文人要相敬，不要相轻。

三是守简守朴，初心不改。

这次上海画展的邀请函上，有滋芜的两枚印章：一枚是"滋芜读书余事"，一枚是"千金不易，一文不值"。这两枚印章道出了滋芜的人生信条和价值观念：他把绘画看作读书"余事"，读书是正事，读书是主体，读书是人生的生活方式，读书是人生的最大快乐！滋芜先生的老父亲仙逝后，其文集被出版，起名为《读书人》，滋芜是衣钵再传。

"千金不易"是说劳作的艰辛，是说谋生的不易，但是，金钱比起人格来，比起信仰来，比起友情来，即使千金，也是"一文不值"。有人说，滋芜如果爱钱，早就是千万富翁、亿万富翁了！他只要把先辈的珍藏、自己的作品拿出去炒作炒作，多少幢别墅都可以拥有。但滋芜还是滋芜，"千金不易，一文不值"，他手中可以支配的资金成千上万，但他的生活至简至朴：他不抽烟，不喝酒，不吃保健品，常常是几盒方便面即打发一天；他不穿名牌，不挂饰品，往往是几件旧衣服对付几年甚至十几年！"一箪食，一瓢饮，在陋巷，人不堪其忧，回也不改其乐。"(《论语·雍也》)滋芜的生活信条颇有颜氏风范！可能，这就是真正的人生价值能够超越时空的魅力！

最后，我还是用滋芜诗集的名称来结尾：

"路程很遥远"！

路漫漫其修远兮！

一路珍摄！

作者系第八届全国人民代表大会代表，第九、十届全国政协委员，中共第十五、十六次全国代表大会代表，中共安徽省委统战部原部长，安徽省政协第七、八、九届(常务)副主席

(此文发表于 2016 年 7 月 22 日《安徽日报》)

A Painting · A Poem · A Book
——Impressions of Ziwu
QIN Dewen

After "Traveling with the Creator—the Ziwu Exhibition" in Wuhan
in the spring of 2015, which shook Jiangxia, Ziwu made another hit, "
Love for Earth—the Ziwu Exhibition" in Shanghai a year later. The pur-
pose of the exhibitions was to show his art to the whole society and invite
comments and instructions from all respects, so that he could make fur-
ther improvements. This afternoon, many specialists and professors ex-
pressed their opinions at the seminar. I am no expert of paintings, so in-
stead of remarking on the paintings, I'd like to say something about "a
picture, a poem and a book" through my interaction with Mr. Ziwu.

1. A painting and Ziwu's Life Gene

Among Ziwu's many paintings I haveever seen, *Life Drifts from the
Other Side of the River* impressed me the most. It's fair to say that this
painting is the artistic expression of Ziwu's life gene. "The universe
could be seen through a single painting." said Shi Tao.

More than a decadeago, I saw *Life Drifts from the Other Side of the
River* in *Leng Yan Zhai Album—the collected paintings by Ziwu* (*Anhui
Fine Arts Press*, *October.* 1997). It's a freehand painting of the village

scenery in Wannan with the similar verve in the French Impressionist Mo-
net's *Impression Sunrise* and *The Fifer*. In the background, a long river
is surging ahead under the shining sun, willows dancing with the wind
and swallows singing in the air. The main character, a lovely young boy,
is riding on the back of a buffalo, wearing nothing but a red bellyband.
On his straw hat tucks a fresh willow twig. While the buffalo is running,
the boy is reading a book attentively...... At the bottom, the painter
inscribes a lyric—"*Life drifts from the other side of the river.*"

Born in a family living at the bank of Xin'an River, Ziwu was al-
ways watching the rolling river as he grew up. His initial insight into life
was inspired by curiosity.

Life drifts from the other side of the river! The answer is both ex-
plicit and vague, both poetic and realistic. What is "on the other side"?
Is it the source, the nirvana, the paradise, or earthly world?... After
all, it is the mountains and waters of Wannan village and the rich deposit
of Huizhou culture! In Ziwu's paintings, especially those depicting the
countryside, you can easily find the image of Wannan's scenery and
Huizhou culture. This is what is called nostalgia.

Huizhou has now become a world-famous site due to its picturesque
landscape. "Mountaineers end their trips at the peak of Mount Huang,
for no other mountain dares to compete with it." (Xu Xiake) ; "Huizhou
is a dream land, but I have never hoped to be there" (Tang Xianzu)

Huizhou is surrounded by rivers and mountain chains, which protec-
ted the natural environment from outside interference. Large-scale battles
couldn't be launched here even by insane Japanese invaders; the inabili-

ty to initiate the construction of big projects protect its classic countryside beauty from destruction. Meanwhile, the implantation of foreign genes added extra cultural heritage to this picturesque city.

The first genes are ancient royals fleeing for safety to Huizhou with their family or clan in truceless eras. For example, The family name of Hu Rubi , Mr. Ziwu's father, is one of the popular surnames with alien origin. The Hu family in Wannan can be divided into two groups: "Real Hu" and "Fake Hu". The former are the offsprings of Sanji Senior General of Eastern Jin Dynasty Hu Yan, while the latter are the descendants of Emperor Zhaozong of Tang's youngest son who was sent to Wuyuan, Huizhou and "Li" was changed into "Hu" for safety when Zhu Wen rose in rebellion during the late Tang Dynasty. Ziwu takes the family name of his mother, a descendant of Zhu Xi—the famous neo-Confucianist in Song Dynasty. Thus, Ziwu follows his mother's family name, which can also be regarded as inheriting the traditional Chinese humanism.

The second genes are the wise and the benevolent moving here from other places. Confucius once said, "The wise adore water and the benevolent mountain. " For a long time, the charming mountains and waters in Huizhou have attracted numerous wise and benevolent people. Men of letters and business tycoons, "demented" or reclusive, came here from time to time for meditation, Zen enlightenment and learning, adding strong cultural tint to the eastern Utopia.

The third genes are businessmen coming back home who left their hometown at a youngage. "How unfortunate Huizhou people are, who had to leave home at twelve or thirteen. " After decades of struggling, the

Huizhou businessmen returned to the place where they were born, to build ancestral temples and monuments for their ancestors, bridges and schools for their people. ...... These returned Huizhou businessmen were loaded either with the experience of traveling around the world, or with all wealth of their struggling life, or with successful experience, or with lessons of failure. However, their return brought not just a great variety of fantastic materials ......

"The unique environment of a place gives its people a specific feature. " Incessant foreign genes bring new vigor to the beautiful mountains and clear waters in Huizhou, and this "hybrid vigor" makes this place a city of outstanding people and smart land: there are 19 Number One Scholars in Xiuning County, 19 imperial physicians in Qimen County and 48 Jinshi in the village of Xu in Shexian County. Jixi County, not far from Ziwu's hometown, has nurtured many famous people in history. Some people from Jixi once joshed with me, "Can you be a government official in a higher position than Hu Jintao, a scholar more knowledgeable than Hu Shizhi , or a businessman more sagacious than Hu Xueyan?". These "three Hus" were all born in Jixi County.

Life Drifts from the Other Side of the River, *The Old Tree in Hometown*, *Love for Earth*, and *At the Mountainside drops the rain* favored by Mr. Ai Qin are the artistic expression of Ziwu's life gene. "I'm a son of the mountain, because I drink the spring water all year around; I'm a son of a farmer, because I drank multitudinous milk of a farm woman when I was a baby; I'm a descendant of Confucian businessmen, because their blood flows in my vessels. I inherited their kindness, integri-

ty, simplicity and sincerity and rejected the desire for material wealth. " (
My Faith by Ziwu)

2. A poem and Ziwu's miserable childhood

I have read many of Ziwu's poems, and what impressed me most is
The Sick Child, which I first read in the preface of Ziwu's collected po-
ems *The Long Journey* written by Ai Qing. I'd like to quote the whole
text here:

The rain rattled at my window/I propped up my weak body/and
watched the raindrops falling on mother's feet/under the pale grey sky/
flied some birds/ their age I could not tell/fondling my sick body/mother
consoled me that/ father's two baskets of green waxberries had been ex-
changed for medicine/I wiped off her tears with my tiny hands/and asked
when would waxberries turn green/ mother fed my cracked mouth with
Shanweicao(a Chinese Medicine)/which might cure my illness/ raising
my head, I longed for sunshine/ but father vanished into the rain/ "The
waxberries are still green" said mother/nothing but the rain and the wind
could be heard/there was no trace of father in the forest of waxberry/ a-
gain, I fell ill......

In those years, Ai Qing, when speaking of the feelings of reading
this poem, said, "When I read this poem, I wept. " The sentiment in
the poem touched the eighty-year-old poetry giant deeply.

Minds think alike. Ai Qin was keenly aware of the sufferings of Zi-
wu's childhood. Born in July 1963, Ziwu witnessed the Cultural Revolu-
tion when he was still a toddler. Due to his family background and social

connections, his childhood was spent in discrimination, abjection, sarcasm and vituperation. At the age of 5, he herded cattle for the production team. When he was old enough to go to primary school, he worked in the production team, earning 3 gongfen a day. He has experienced the difficulties and bitterness of life as a farmer, an electric wiring worker and a craftsman.

However, after so many years, "I owe my growth and maturity to adversity. It is all these sufferings that urged me to become tougher and to live my life to the fullest. (*The Collected Paintings of Wuzi · Epilogue*, published by East China Normal University Press in February, 2016) Tribulations are stepping-stones for Ziwu's life and the material library for his artistic creation. Without them, Ziwu would not be the same person today.

Poems and paintings are the same in nature. Ziwu is a great poet as well as a painter. The Writers Publishing House praised him as an Avantgarde poet. (seen on the fly page of Ziwu's poem collection *Green Grass*, published by the Writers Publishing House in March, 2003) Ziwu writes mostly modern poems, including vernacular epics and lyric free verses. His poems are not confined by metric patterns, yet still full of flavor. Free from the constraints of number, metre and rhyme, they are filled with aspiration, emotion and joie de vivre...... To some extent, Ziwu's poems deserve the same reputation as his paintings. His achievements in poetry are demonstrated by *The Long Journey* published by Anhui Literature and Art Publishing House, *Appreciation of Modern Chinese Love Pomes* by China Women Publishing House, 60 *Ziwu Poems* by People's Literature Publishing House, *Green Grass* by The Writers Publishing House, in which the set of poems—*Mother Tongue* was included in College Chinese textbook, and *Textual Criticism and Interpretation of Poems on Huangshan Paintings* by Shanghai Joint Publishing House. Ziwu's poems and paintings always appear together; his poems evokes images and his paintings are poetic. Sometimes, the poem is the interpretation or overtone of the painting (especially those inscribed on paintings); sometimes, the painting is the eye of the poem. His poems and paintings bring out the best in each other.

Poems are the mind's eyes, and Ziwu's poems are very clean.

3. A Book and Ziwu's Personal Development

Among many of Ziwu's works, I have the closest relationship with Ziwu's *Autumn* because I prefaced it. More importantly, in order to write properly and faithfully, I hastened to go through a large number of Ziwu's paintings and poems as well as some reviews. I also interviewed some scholars and experts to verify the hearsays. Therefore, *Autumn* gave me the chance to get to know Mr. Ziwu. Through the book, I learned about his personal development. The follow qualities gave me the deepest impression.

First, Ziwu is more diligent and painstaking than most people.

Everyone appreciating Ziwu's works would wonder how he could have the energy and time to create so many exquisite poems, paintings, sculptures and manuscripts?! Artistic creation needs inspiration and hard work. Ziwu wouldn't have made it if he had worked only 8 hours a day,

or enjoyed the leisure of holidays. He works day and night. I could imag-
ine that he works till midnight and gets up before dawn, that he weeps at
a verse deliberated for years, and that he becomes emaciated due to over-
work but regrets nothing.

Ziwu is so versatile that besides art history theory, teaching, artistic
creation, he is also devoted to editing and publishing. Since the 21st cen-
tury, he founded *Little King of Painting*, *Children's Science & Technolo-
gy*, *Education Science & Technology*, *and Art Education Study*, all of
which thrive in the environment that is hard for traditional print media.
The editorial staff is selected by Mr. Ziwu himself, including over 70
people with different talents. It's hard to imagine how he could manage
to do all these things alone.

Second, Ziwu treats his mentors and friends with respect and sinceri-
ty. I have always heard those who are jealous of him grumble that how Zi-
wu, a neurotic bumpkin, could become close friends of artistic giants like
Lin Fengmian, Liu Kaiqu, Ai Qing, Wang Zhaowen, Shen Peng, Chen
Huangmei; how he who has no interest in wines, meats and social inter-
course could have so many friends, not just in political and academic cir-
cles, but in almost all walks of life. And quite a few of them are his inti-
mate friends.

Through the writing of the preface for *Autumn* and later observation
and deliberation, I have found two main reasons:

The first reason isZiwu's talent. Ai Qin appreciates his poems,
Wang Zhaowen his paintings and Zhao Puchu, Shen Peng his seal cut-
tings. These great masters only make pertinent remarks after careful ob-

servation. Their words are sincere compliments on seeing Ziwu's works, not polite formulas at first meeting or interest-driven flatteries.

The second reason is Ziwu's honesty and loyalty to his seniors, teachers, friends and comrades. "You scratch my back and I'll scratch yours." "The favor of a drop of water should be repaid with a spring." He is willing to offer all he has to save his friends out of grave danger, including the invaluable paintings and large sums of money. "It's not easy to be a good man." He has been cheated by some dishonest people, but "To do his best to help others" is still his creed. He values nothing more than friendship and moral integrity. Mr. Peng Shen once sent him an antithetical couplet——"He who endures adversities is a man of iron; He who receives no jealousy is not a real talent", which implies many virtues of Ziwu. I was once in the United Front Department, so I wish the literati to be respectful to each other instead of being contemptuous.

The third reason is thatZiwu lives a simple life, always staying true to himself.

On the invitations to the exhibition in Shanghai are two seals made by Ziwu: one is "My delightful diversion after reading" and the other is "It's not worth a cent, yet exceeds the value of gold". These two seals embody his article of faith and sense of value: he regards painting as a leisure activity after reading; reading is his proper business, the most important thing in life, his way of life and his greatest joy. After the death of his father, Ziwu's essays are collected and published, named *He Who Reads*. Ziwu inherits his father's character.

"It exceeds the value of gold" implies the hard work and difficulties of making a living, but compared with personality, faith and friendship, gold seems less important, even "not worth a cent". Someone said that if Ziwu wanted money, he would have already been a billionaire. He could own many villadoms if he sold the collections of his ancestors or publicized his works. But Ziwu is still Ziwu, "not to be traded with money and not worth a cent". He lives a frugal life even when he has millions of disposable money. He doesn't smoke; he doesn't drink; he doesn't take health supplements. Sometimes, instant noodles are his only food for a day. Nor does he wear brand-name clothes or jewelries. All his clothes have been worn for years or even decades. " People wouldn't stand the trial of living of a piece of bread and a cup of water in a run-down cottage, but Yan Hui found it most enjoyable. " (The Analects of Confucius · Shu'er) Ziwu's creed of life resembles that of Yan Hui. Maybe that's the charm of the life value enduring thousands of years

Finally, I'd like to end with the name of Ziwu's poem collection:
"The journey is long!"
"The road ahead will be long and our climb will be steep!"
Take care!

The author isa representative of the 8th NPC, a member of the 9th and 10th CPPCC, a representative of the 15th and 16th National Congress of the CPC, former Head of the Front Work Department of the CPC Anhui Provincial Committee, (standing) vice-chairman of the 7th, 8th and 9th Anhui Provincial People's Political Consultative Conference.

Ein Bild · Ein Gedicht · Ein Buch
——Eindrücke über Ziwu
Qin Dewen

Nachdem die Ausstellung „*Reise mit den Schöpfern-Bilderausstellung von Ziwu*" im Frühling 2015 in Wuhan große Resonanz erregt hatte, hat die Ausstellung „*Liebe zum Heimatland-Bilderausstellung von Ziwu*" in Shanghai auch Riesenerfolg erzielt. Eine Bilderausstellung dient nicht nur zur Darstellung des künstlichen Schaffens gegenüber der Öffentlichkeit, sondern auch zum Sammeln der Kommentare und Vorschläge für die Erhöhung des Kunstniveaus. Beim Workshop heute nachmittag werden viele Fachexperten und Professoren Kommentare geben und ihre wertvollen Meinungen äußern. Ich bin ein Laie auf dem Gebiet Malerei und würde auch nicht mein geringes Fachkönnen vor den zahl- reichen Meistern zeigen, möchte trotzdem hinsichtlich der Begegnungen mit Herrn Ziwu aus den Betrachungen von einem Bild, einem Gedicht und einem Buch ein paar persönliche Meinungen dazu äußern.

1. Ein Bild und die Lebenswurzeln von Ziwu

Ich habe mir viele von Ziwu gemalte Bilder angesehen, aber was- mich am tiefsten beeindruckt hat, ist das Bild „ *Das Leben kommt vom Jenseits des Flusses* ". Dieses Bild kann als künstlerischer Ausruck der

西宅月意 / 020

Lebenswurzeln von Ziwu betrachtet werden. „ Ein Pinselstrich " (Shi Tao¹) stellt die Welt dar.

Vor mehr als zehn Jahren habe ich in „ *Bildersammlung von Ziwu aus Lengyanzhai*" (herausgegeben vom Verlag für bildende Kunst Anhui im Oktober 1997) das Bild „Das Leben kommt vom Jenseits des Flusses " gesehen, ein Bild in starkem freien Malstil über Landschaft von einem Bergdorf im Süden der Provinz Anhui, bei dem man den ästhetischen Reiz der Werke von europäischen Malern des Impressionismus wie „ *Impression, Sonnenaufgang*" von Claude Monet und „ *Junger Flötenspieler*" von Édouard Manet teilhaft spüren könnte: Auf dem Bild sehen wir die wehenden Weidenblätter, die singenden Schwalben, die aufgehende Sonne und den fließenden Fluß. Ein hüpscher Junge sitzt auf dem Rücken des Wasserbüffels, fast völlig nackt, außer einem roten Tuch als Bauchbedeckung. Am Rand vom Strohhut sitzt ein Weidenblatt, das frisch gepflückt wurde. Der Junge auf dem rennenden Büffel konzentriert sich auf ein aufgeschlagenes Buch ... An der Ecke des Bildes hat der Maler noch einen lyrischen Satz eingefügt—„ Das Leben kommt vom Jenseits des Flusses" !

Ziwu wurde am Wasser (am Xin' an-Fluß) geboren, ist auch am Wasser aufgewachsen. Mit Blick auf den endlosen Fluß führt ihn Neugier zu ursprünglichen Elementen des Lebens.

Das Leben, kommt vom Jenseits des Flusses! Diese Antwort klingt sowohl bestimmt als auch undeutlich, sowohl poetisch als auch realistisch. Was ist eigentlich mit „Jenseits" gemeint? Ursprung? Die andere Seite? Paradies? Menschenwelt? Egal, wie man ausforscht und danach

sucht, sind die Wurzeln vom „Jenseits" die heiteren und schönen Land-
schaften mit Berg und Wasser vom Bergdorf im Süden der Provinz Anhui,
die reichlichen Grundlagen der Huizhou-Kultur! Wenn man sich die
Bilder von Ziwu ansieht, besonders die Werke über ländliche Gegenden,
kann man überall die Gestaltungen der Bergdörfer im Süden der Provinz
Anhui und die zahlreichen Spuren der Huizhou-Kultur erleben! Das be-
deutet vielleicht Heimweh!

　　Huizhou, eine Region für schöne Landschaften mit Berg und Was-
ser, ist heute zu einem weltklassigen Ort mit hoher Wertschätzung für
Feng Shui geworden: „Auf der Welt gibt es keinen Berg, der mit Huang-
shan-Berg zu vergleichen ist. Wenn man auf den Huanshan-Berg ges-
tiegen ist, hat man den Eindruck, dass alle anderen Berge nicht als Berg
bezeichnet werden kann. Nur die höchste Anerkennung bleibt! " (Xu
Xiake[2]) ; „Lebenslanger Wunsch auf Besuch vom Märchenland auf der
Erde, habe überhaupt nicht erwartet, dass Huizhou der richtige Ort für
das Märchenland ist, auch nicht in Träumen. " (Tang Xianzu[3])

　　Huizhou ist durch Berge umgegeben, mit Wasserflächen vernetzt.
Historisch gesehen ist die Region von der Außenwelt isoliert, gerade de-
swegen wird die Naturumwelt geschützt: Es ist nicht geeignet für Kriegs-
skampf in großen Truppen, so dass die verrückten japanischen Soldaten
auch nicht eindringen konnten. Es ist nicht geeignet für große Bauprojek-
te, so dass das ländliche Dorfbild im Gebirge mit Traditionen aufbewahrt
ist. Gleichzeitig hat die Einführung der fremden Elemente die Kutur-
grundlagen für diese Region bereichert:

　　Erstens, während der Kriegszeit im Norden sind einige Verwandten

西宏月影 / 022

im Kaiserhof und Fürstenentweder mit der Familie oder mit dem Familienstamm zur Flucht hierher umgesiedelt. Zum Beispiel der Vater von Herrn Ziwu trägt den Namen Hu Rubi, sein Familienname Hu ist typisch für viele Fremden, die nach Huizhou umgezogen sind. Im Süden der Provinz Anhui ist der Familienname Hu in zwei Gruppen gegliedert, nämlich „ Echt-Hu" und „ Falsch-Hu". Mit „ Echt-Hu" ist das Nachkommen vom Großgeneral Hu Yan[4] der Östlichen Jin-Dynastie nach der Flucht nach Süden gemeint. Für die andere Gruppe gibt es eine Geschichte: In den letzten Jahren der Tang-Dynastie hat der Kaiser Zhaozong[5] seinen kleinen Sohn in Wuyuan der Region Huizhou versteckt, um ihn vor dem Rebellen Zhu Wen[6] zu schützen. Aus Sicherheitsgründen wurde der Familienname des Kindes von „Li" zu „Hu" geändert. Mit „ Falsch-Hu" ist sein Nachkommen gemeint. Die Mutter von Herrn Ziwu zählt zum Nachkommen des Großen Neokonfuzianers Zhu Xi[7] der Song-Dynastie. Ziwu trägt den Familiennamen von seiner Mutter, kann auch als eine richtige humanistische Wurzel betrachtet werden.

Zweites, die Ansiedlung vonweisen und tugendhaften Menschen. Konfuzius hat gesagt: „ Weise Menschen lieben Wasser und tugendhafte Menschen lieben Berge. " Huizhou, eine Landschaftsregion mit Berg und Wasser, verfügt über große Anziehungskraft gegenüber zahlreichen weisen und tugendhaften Menschen aus dem ganzen Land. Von der Vergangenheit bis zur Gegenwart haben sich unzählige Gelehrte, Künstler und Geschäftsleute mal als „ Verrückter" und mals als Unbekannter verkleidet, kamen ab und zu hierher für buddhistische Lehre und Studien, was diese Utopia-Region kulturell stark gefärbt hat.

Drittes, die Geschäftsleute aus Anhui verlassen in der Jugend die Heimat und kehren im Alter wieder zurück. „Wer in der Präexistenz nicht nach der Lehre trainiert hat, wurde in Huizhou geboren, und im Alter von zwölf und dreizehn einfach rausgeschmiessen. " Die Geschäftsleute aus Anhui haben in der fremden Welt lebenslang gekämpft und kommen „ im Alter " in die Heimat zurück, mit Reichtum und Schönheiten als Gewinner, oder mit Schuldgefühlen und Erlebnissen als Verlierer. Sie bauen an ihrem Geburtsort Erinnerungstempel und Ehrenbogen für Ahnen, Brücken und Schulen für die Heimat... Die zurückgekehrten Geschäftsleute haben ihre Erlebnisse während der Weltreise und ihre Ansammlungen während der lebenslanger Bemühung, darunter Erfolgserfahrungen und auch Lehren aus Niederlagen. Was sie nach Hause mitgebracht haben, ist nicht lediglich eine materielle Vielfalt und Seltsamkeit.

„Das Aufwachsen der Menschen ist von der natürlichen Umwelt am Ort geprägt. " In die Region Huizhou sind dauernhaft immer fremde Elemente eingeführt. Die Überlegenheit solcher„ Hybridisation " macht die Region zu einem echten Ort für bekannte Persönlichkeiten: Allein im Kreis Xiuning gab es 19 Kandidaten, die die kaiserlichen Beamtenprüfungen jeweils mit bester Leistung bestanden haben. Allein aus dem Kreis Qimen stammten 19 Ärzte im Kaiserhof. Und allein aus dem Xu-Dorf im Kreis She kamen 48 Kandidaten, die das Palastexamen der kaiserlichen Beamtenprüfung bestanden und den Titel *Jinshi* (gleich Doktor) erworben haben. Und aus dem Kreis Jixi, ein Ort nicht weit von der Heimat von Ziwu, stammen auch viele großartige Persönlichkeiten in der Geschichte der Neuzeit. Freunde aus Jixi haben Spaß mit mir gemacht: „Wenn du Beamte werden wirst, kannst du noch höher als Hu Jintao[8] sein? Wenn du studierst, kannst du besser als Hu Shizhi[9] sein? Wenn du Geschäfte machst, kannst du reicher als Hu Xueyan[10] sein? " Die genannten drei Persönlichkeiten mit dem Familiennamen Hu stammen alle aus dem Kreis Jixi.

Die Werke der Malerei wie „Das Leben kommt vom Jenseits des Flusses", „Der alte Baum in der Heimat", „Liebe zum Heimatland" und das Werk „Jenseits des Bergs kommt der Regen", das von Herrn Ai Qing[11] hochgeschätzt wurde, können als künstlerische Bilddarstellung der Lebenswurzeln von Ziwu betrachtet werden. „Ich bin Sohn des Bergs, weil ich in vier Jahreszeiten des Jahres die Bergquelle getrunken habe/Ich bin Sohn des Bauerns, weil ich mit der Milch von unzählige Bauersfrauen gefüttert wurde/ Ich bin Nachkommen der tugendhaften Geschäftsleute, weil ihr Blut in meinem Körper fließt. Stinkende Gerüchte an Geldmünzen entfernt, habe ich die Tugenden wie Gutherzigkeit, Aufrichtigkeit, Schlichtheit und Wahrhaftigkeit aufbewahrt. " („Mein Glaube" von Ziwu)

2. Ein Gedicht und die qualvolle Kindheit von Ziwu

Ich habe viele Gedichte von Ziwu gelesen, was mich am meisten beeindruckt hat, ist das Gedicht „Das kranke Kind". Das Gedicht habe ich zum ersten Mal im Vorwort von Herrn Ai Qing für die Gedichtsammlung von Ziwu „Ein langer Weg in die Ferne". Hier würde ich das ganze Gedicht zitieren: „Der Regen fällt vor meinem Fester/Ich stütze

mich zum Aufstehen trotz der körperlichen Schwäche/sehe den Regen
unter den Füßen meiner Mutter tropfen/Ich sehe den grauen Regentag/
Die Vögel fliegen im Regen, aber sagen mir nichts über Alter/Die Mutter
streichelt meinen längst kranken Körper/sagt, dass der Vater zwei Körbe
grüner Gagelstrauch vor der Apotheke erfolgreich getauscht hat/Ich
wische mit den Händchen die Tränen der Mutter ab/frage die Mutter, zu
welcher Jahreszeit gibt es roten Gagelstrauch/Die Mutter stopft mein aufg-
erissenes Mündchen zu/ Wenn du das chinesische Kraut mit Name „
Shanweicao" nimmst, wirst du wieder gesund/ Ich halte den Kopf hoch
und sehne nach Sonne/Die Gestalt des Vaters verschwindet beim
Regengeräusch/Die Mutter sagt: Der Gagelstrauch ist immer noch
grün.../ Nur Wind- und Regengeräusch, ich blicke in die Ferne, kann
die Gestalt des Vaters im Gagelstrauchwald nicht sehen/Ich bin wieder
kränklich umgefallen...

Damals hat Herr Ai Qing so über seine Empfindungen beim Lesen
dieses Gedichtes erzählt: „Ich habe das Gedicht gelesen, und geweint. "
Die Gefühle, die Ziwu in diesem Gedicht zum Ausdruck gebracht hat,
hat den großen Dichter im Alter von mehr als achtzig tief berührt.

Durch gemeinsames Denken und Fühlen ist man miteinander eng
verbunden. Gerade wie Herr Ai Qing mitgefühlt hat, ist die Kinderzeit
von Ziwu voller Qual: Ziwu wurde im Juli 1963 geboren. Als er im Stolp-
ern gehen lernte, begann die Kulturrevolution. Wegen der Verwicklung
der familiären Herkunft und der sozialen Verhältnisse hat er „die Kind-
heit bei Diskriminierung, Verdrängung, Spotten und Schmähung von den
anderen verbracht. " Im Alter von fünf unterhielt er sich als Kuhjunge für

die Produktionsbrigade. Im Alter von Grundschulbesuch ist er an der Arbeit in der Produktionsbrigade beteiligt und hat an einem Tag 3 Arbeitspunkte verdient. Er hat als Bauer gearbeitet, Mast für Stromleitung aufgestellt, handwerkliche Fertigkeiten gelernt ... die Kälte und Wärme in der Menschenwelt gespürt.

Aber mit Rückblick auf die Vergangenheit „soll ich mich bei der Qual für mein Aufwachsen danken. Durch die Qual habe ichbei Missgeschicken die Unnachgiebigkeit gestaltet und mich fürs Leben abgehärtet. " („*Sammulng ausgewählter Werke der Malerei von Ziwu · Nachwort*", herausgegeben im Februar 2016 vom Verlag der Pädagogischen Universität Ostchinas). Die Qual ist Treppenstufe des Lebenslaufs von Ziwu geworden, und auch Werkstoff-Datenbank für sein künstlerisches Schaffen. So könnte man sich vorstellen, ohne Qual in der damaligen Zeit würde auch nicht den heutigen Ziwu geben.

Die Dichtung und die Malerei sind eigentlich homolog. Ziwu ist nicht nur ein Maler, sondern auch ein Dichter. Man kann sogar behaupten, er sei ein hervorragender, avantgarder Dichter. Der Schriftstellerverlag hat ihn als einen „avantgarden Dichter" anerkannt (aus Titelblatt in „*Jugendzeit*" für Sammlung der Gedichte von Ziwu, herausgegeben im März 2003 vom Schriftstellerverlag). Die Gedichte von Ziwu gehören zur modernen Dichtung, darunter gibt es nicht nur Rhapsodie in Umgangssprache, sondern auch Lyrik im Freistil. Seine Gedichte sind nicht gereimt, aber reizvoll, ohne Regeln für Reihen, Sätzen und Schriftzeichen, ist aber für Ideal, Liebe und Lust vorzutragen ... In einigermassen betrachtet, stehen die Erfolge des lyrischen Schaffens von Ziwu nicht unter denen des malerischen. Man kann einfach die wichtigen Verlage für die Werke von Ziwu mal nennen: Der Verlag für Literatur und Kunst Anhui hat „*Ein langer Weg in die Ferne*" herausgegeben, der Chinesische Frauenverlag hat „*Verständnisse über Liebesgedichte der Gegenwart Chinas*" herausgegeben, der Volksverlag für Literatur hat „60 *neue Gedichte von Ziwu*" herausgegeben, der Schriftstellerverlag hat „*Jugendzeit*" herausgegeben und der in dieses Band aufgenommene Gedichtzyklus „*Muttersprüche*" wurde ins Lehrwerk „*Hochschulchinesisch*" ausgewählt. Im März 2016 hat Shanghai SDX Joint Publishing Company neulich „*Untersuchung und Erläuterung der Gedichte zu Bildern über Huangshan-Berg im Wandel der Zeiten*" herrausgegeben, was solide Fertigkeiten für Dichtung von Ziwu dargestellt hat. . . Die Dichtung von Ziwu wird von seiner Malerei begleitet. Im Gedicht ist Bild zu sehen, und im Bild ist Gedicht zu lesen. Die Dichtung gilt manchmal als Erläuterung und Voiceover (besonders für Verfassen der Schriften auf den Bildern) des Bildes, und die Malerei gilt manchmal als Darstellung vom Kernmotiv und Charakter des Gedichtes. Die beiden ergänzen sich und entwickeln sich zum jeweiligen Erfolg.　.

　　Die Dichtung gilt als Auge der Seele. Die Dichtung von Ziwu ist sehr rein und sauber.

3. Ein Buch und die Lebenslaufbahn von Ziwu

　　Unter den Werken von Ziwu habe ich den engsten Bezug auf „*Band Yiqiu*", weil ich das Vorwort für dieses Buch geschrieben habe. Was noch wichtiger ist, um ein gutes und zutreffendes Vorwort zu schreiben, habe ich eine Menge Bilder und Gedichte von Ziwu gelesen, gleichzeitig ein paar Konmentare gesammelt, bei Gelehrten und Fachexperten gefragt und die Echtheit einiger Gerüchte überprüft. Deswegen kann ich behaupten, „Band Yiqiu" ist die Plattform für mich, Ziwu kennenzulernen und zu verstehen. In diesem Band habe ich die Lebenslaufbahn von Ziwu berührt und einige besonders tiefe Eindrücke gewonnen:

Erstens, er ist fleißiger undtüchtiger als normaler Mensch.

Jeder, der die Kunstwerke von Ziwu bewundert, wird sich darüber wundern: So viele Gedichte, so viele Bilder, so viele Skulpturen, so viele Texte... alle sind sehr anspruchsvoll und von guter Qualität. Woher hat man so viel Energie?! Woher hat man so viel „Freizeit"?! Für künstlerisches Schaffen braucht man nicht nur Inspiration, sondern auch Bemühungen. Man kann feststellen, dass beim Leben von Ziwu keine Grenze zwischen „innerhalb und außerhalb der acht Arbeitesstunden" gibt, keine Ruhe während der Feiertage, sogar keinen Unterschied zwischen Tag und Nacht. Ich kann mir gut vorstellen, dass Ziwu oft gegen Mittenacht ins Bett geht und wieder bei Hähnekrähen aufsteht, mit so einer tiefen Überlegung, „dass man erst in drei Jahren zwei Sätze fürs Gedicht geschaffen hat, und beim Lesen heiße Tränen aus den Augen rollen.", mit so einem Ideal, „Mein Gewand scheint mir zu groß zu sein, doch dauert mich das nicht. Für mein kokettes Liebchen dahinzuschmelzen ist mir's Wert."...

Ziwu ist nicht nur talentiert und gebildet, sondern versteht sowohl das Schwert als auch die Feder zu führen. Er beschäftigt sich wie immer mit Forschen und Lehren über Geschichte und Theorie der bildenden

Kunst sowie dem künstlerischen Schaffen, produziert zahlreiche Kunst-
werke, gleichzeitig ist er noch ein Redakteur, Herausgeber und Unterne-
hmer: Seit Beginn des 21. Jahrhunderts hat er als Mitgründer vier
Zeitschriften herausgegeben, wie die Zeitschrift über Zeichnen für Kinder
und Jugendliche „Shao Er Hua Wang", „Science and Technology for
the Early Youth", „The Science Education Article Collects" und „Art Ed-
ucation Research". Unter dem Umstand, dass die traditionellen Printme-
dien allmählich ihre Bedeutung verlieren und immer schwieriger zu be-
treiben sind, zeigen die obengenannten vier Zeitschriften unter seiner Le-
itung immer noch ihre Stärke und Dynamik. Bei der Redaktion der vier
Zeitschriften haben sich 70 – 80 Fachleute mit unterschiedlichen Talenten
gesammelt. Ich habe gehört, dass jeder von Herrn Ziwu persönlich durch
Interviews ausgewählt wurde. Die Kombination in unterschiedlichen
Gruppen, die gemeinsame Entwicklung, die Arbeit in allen Bereichen,
man kann sich nicht vorstellen, wie Herr Ziwu alles in Betracht ziehen
könnte.

　　Zweitens, errespektiert Vorgänger und Freunde, ist offenherzig.

　　Ich habe oft die heimlichen Bewertung von einigen Leuten aus Eifer-
sucht gehört: Warum kann so ein „ bisschen nervös aussehender " „
Dörfler" und „Nichtznutz" wie Ziwu Kontakte mit den großen Künstlern
wie Lin Fengmian[12], Liu Kaiqu[13], Ai Qing, Wang Zhaowen[14], Shen
Peng[15] und Chen Huangmei[16] aufnehmen, hat sogar engen Umgang
miteinander, und ist mit manchen von ihnen noch ohne
Altersbeschränkung befreundet? Ziwu mag kein gesellschaftliches Essen
und Trinken, kommt selten zu Vergnügungsaktivitäten, aber warum hat

er so viele Freunde in Politik, Wissenschaft und in allen Branchen, und nicht wenige „eiserne" Freunde?

Für die Fragen habe ich während des Schreibens vom Vorwort für „ *Band Yiqiu*" und bei späteren Beobachtungen und Studien zwei wichtigen Gründe entdeckt:

Der erste Grund liegt darin, dassZiwu „wirklich gute Werke" hat. Die Bewertung von Ai Qing über seine Gedichte, die Anerkennung von Wang Chaowen über die Geschichte der bildenden Kunst und die Wertschätzungen von Zhao Puchu[17] und Shen Peng über seine Siegelschnitzerei sind ehrliche Worte, nachdem sie sich die „wirklich guten Werke" gesehen haben... weder gute Worte aus Höflichkeit bei der ersten Begegnung, noch übertriebener Lob aus persönlichen Interessen. Ohne „wirklich gute Werke" würden diese bekannten Meister auch nicht beliebig jemandem „eine schöne Mütze mit Blumen" aufsetzen.

Der zweite Grund liegt darin, dass Ziwu sich offenherzig gegenüber Vorgängern, Lehrern, Freunden und Kollegen verhält, Emotion besonders einschätzt und loyal ist. „Wenn du mir Verehrung schenkst, werde ich dir zehnfache Verehrung zurückschenken. " Man bedankt sich bei dem anderen mit strömender Quelle für große Fürsorge in Tropfen. Für Notfall von Freuden kann er alles ausgeben. Zahlreiche wertvolle Stücke der Kalligraphie und Malerei, sogar großes Geldvermögen kann er sehr großzügig aufwenden. „Du versuchst, ein guter Mensch zu sein, doch die Menschen sind nicht immer gut zu dir. " Ich weiss auch nicht, wie viele Male er die Rolle vom albernden guten Mensch „Herrn Dongguo" gespielt hat, und von den „Freunden" ohne Kreditwürdigkeit „hineingelegt" wurde. Aber er bleibt immer bei seiner Gutherzigkeit. „Wenn ich in der Lage bin, den anderen zu helfen, dann tue ich es auch gerne. " Er schätzt die Freudschaft und seine Persönlichkeit als das Allerwichtigte. Herr Shen Peng hat Ziwu ein Spruchband geschenkt: „Wer die Abhärtungen des Gottes ertragen kann, der wird ein starker Elite. Wer nicht von anderen beneidet wird, der gehört zu den Spießern. „ Dieses Spruchband hat gerade viele Überlegenheiten von Ziwu erläutert. Ich war im Bereich Einheitsfront tätig. Ich hoffe, dass die Gelehrten sich mit Respekt miteinander umgeht, statt mit Mißachtung.

Drittens, er bleibt der Einfachheit und Schlichtheit treu, zeigt Loyalität gegenüber ursprünglicher Zielsetzung.

Auf der Einladung zu dieser Bilderausstellung in Shanghai stehen zwei Stempels von Ziwu: Ein Stempel mit Zeichen „Nebentätigkeit zum Lesen von Ziwu", ein anderer Stempel mit Zeichen „Tausend Goldstücke sind nicht leicht zu erwerben, sind aber auch nichts wert. " Die Schriftzeichen der zwei Stempels haben den Lebensglaube und die Wertanschauung von Ziwu zum Ausdruck gebracht: Er betrachtet die Malerei als „Nebentätigkeit" zum Lesen. Lesen gilt als Haupttätigkeit, steht im Mittelpunkt des Lebens. Lesen ist eine Lebensform. Leben ist die größte Lebensfreude! Nachdem der Ziwu's Vater die Welt verlassen hatte, wurde seine Werkesammlung veröffentlicht, mit dem Namen „*Der Leser* ". Ziwu hat das Erbe übernommen.

Mit „Tausend Goldstücke sind nicht leicht zu erwerben" ist die Mühseligkeit der Arbeit gemeint. Es ist nicht leicht, sich den Lebensunterhalt zu verdienen. Aber im Vergleich zu Persönlichkeit, im Vergleich zu Glaube, im Vergleich zu Freundschaft ist das Geld nichts wert, trotz tausend Goldstücke. Manche haben gesagt, wenn Ziwu Geld möge, wäre er längst schon Millionär und Milliadär! Er braucht nur die wertvollen Sammlungen der Vorgänger und eigene Werke auszuschlachten, kann dafür schon viele Villen in eigenen Besitz erwerben. Aber Ziwu bleibt sich selbst treu. „Tausend Goldstücke sind nicht leicht zu erwerben, sind aber auch nichts wert. " Obwohl ihm Tausende und Abertausende von Geldmittel zur Verfügung stehen, lebt er einfach und schlicht: Er raucht nicht, trinkt nicht, ißt keine Nahrungsmittel zur Gesundheitsfürsorge, kann oft mit ein paar Packungen Instant-Nudeln den Tag verbringen; er trägt keine Markenkleidung, keine Schmucksachen, oft ein paar alte Kleidungsstücke für Jahre und Jahrzehnte! „ Eine Bambusschüssel Reis fürs Essen, ein Schöpflöffel Wasser fürs Trinken, eine Bruchbude fürs Wohnen. Die anderen können diese Schlichtheit nicht ertragen, aber Yan Hui[18] bleibt seiner Freude an seinem Glauben treu! " („ Lunyu · Yongye") Der Lebensglaube von Ziwu ist auch geprägt vom vorbildlichen Benehmen von Yan Hui! Wahrscheinlich liege der Reiz darin, dass die richtigen Lebenswerte die Grenzen der Zeitalter überschreiten können!

Zum Schluss würde ich gerne den Titel des Gedichtbandes von Ziwuzum Schlusswort zitieren:

„Ein langer Weg in die Ferne"!

Voruns liegt ein mühsamer Weg mit großen Herausforderungen!

Pass gut auf Dich auf, auf dem weiten Weg!

Der Autor ist Mitglied des VIII. Nationalen Volkskongresses, Mit-
glied der IX. und X. Nationalen Politischen Konsultativkonferenz, Ver-
treter des XV. und XVI. Parteitags des KPCh, Abteilungsleiter für Ein-
heitsfront vom Parteikomitee der KPCh der Provinz Anhui, (Exekutiver)
Vize-Vorsitzender der VII. , VIII und IX. Politischen Konsultativkonfere-
nz der Provinz Anhui.

[1] Shi Tao (1642-ca. 1707): Chinesischer Maler der Qing-Dynastie.

[2] Xu Xiake (1587 – 1641): Chinesischer Geograph und Schriftstell-
er der Ming-Dynastie.

[3] Tang Xianzu (1550 – 1616): Chinesischer Bühnenautor der Ming-
Dynastie.

[4] Hu Yan: General der Östlichen Jin-Dynastie.

[5] Tang Zhaozong (867 – 904): Kaiser der Tang-Dynastie, Name: Li
Ye

[6] Zhu Wen (852 – 912): Chinesischer Militär und Begründer der
Späteren Liang-Dynastie

[7] Zhu Xi (1130 – 1200): Der bedeutendeste Neokonfuzianer Chi-
nas, Lehrer und Berater des Song-Kaisers.

[8] Hu Jintao (1942 –): Politiker der Volksrepublik China,
Staatspräsident von 2003 bis 2013.

[9] Hu Shizhi (1891 – 1962): Chinesischer Philosoph, Philologe und
Politiker.

[10] Hu Xueyan (1823 – 1885): Bakannter Geschäftsmann der Qing-
Dynastie.

[11] Ai Qing（1910 - 1996）: Chinesischer Dichter und Maler.

[12] Lin Fengmian（1900 - 1991）: Chinesischer Maler und erster Präsident der Chinesischen Hochschule der Künste.

[13] Liu Kaiqu（1904 - 1993）: Chinesischer Künster für Skulptur

[14] Wang Zhaowen（1909 - 2004）: Chinesischer Künster für Skulptur

[15] Shen Peng（1931 - ）: Chinesischer Kalligraph und Dichter

[16] Chen Huangmei（1913 - 1996）: Chinesischer Schriftsteller

[17] Zhao Puchu（1907 - 2000）: Chinesischer Politiker und Kalligraph

[18] Yan Hui（521 v. Chr. - 490 v. Chr.）: Lieblingsjünger von Konfuzius, im konfuzianischen Tempeln als einer der „Vier Weisen" verehrt.

その絵・その詩・その本
——滋蕪印象記
秦徳文

　2015年春の武漢に大きな反響を呼んだ「造物主との旅—滋蕪個展」に継ぎ、2016年春には「大地情—滋蕪個展」が上海に開催され、大きな成功を収めました。個展を開催することとは、世間に自分の芸術創作成果を展示するのであり、各方面からの評判や指摘を求め、更なる進歩を目指すことでもあります。本日午後に、専門家や教授の方々よりご意見を頂ける予定です。私は絵画の素人としてこの場で僭越するつもりはまったくございませんが、滋蕪さんとの個人の付き合いから、「その絵・その詩・その本」と題した浅見を述べさせて頂きたいです。

一、その絵と滋蕪さんの「遺伝子」

　滋蕪さんの作品は沢山拝見しましたが、一番印象深かったのは「命は川の向こうから」という作品です。その絵には滋蕪さんの「遺伝子」を芸術的に描いたものと言えます。「その絵一枚」（石濤名言）で天地が見えてきます。

　十年ほど昔、「冷硯斎滋蕪画集」（安徽美術出版社1997年10月版）で「命は川の向こうから」という絵に出会えました。それが安徽南部の村風景を描いた写意作品で、ヨーロッパ印象派代表画家モネの「印象・日の出」や「笛を吹く少年」のような気品が味わえました。絵に描かれた柳が風に揺れ、燕が春を囁き、赤い日の光に大河が果てまで流れる。水牛に乗った可愛い坊やが赤い腹掛けしか着ていなく、読みかけの本だけを真面目に見つめていたが、麦藁帽子の鍔に取ったばかりの柳の枝がいたずらに差されていた…絵の一角に作者の抒情詩が残された―「命は川の向こうから」。

　滋蕪さんが水辺の町（新安江付近）で生まれ育ち、流れ続ける川に生まれつきの好奇心が芽生えました。

　命は、川の向こうから! これがまさに、確定ながらぼんやりした、趣があるが現実的な答えではないでしょうか。「向こう」とは何? 源か? 彼岸か? 天国か? この世か? …いかに探っても、その「向こう」の出発点とは安徽南部にある山紫水明の山村、徽州文化の奥深い中身だと思われます。滋蕪さんの作品、特に田舎を描いた作品に目を向けたら、何れも安徽南部の村風景や社会像が伝わっているようです。これが古里への思いでしょう。

　「国内外に安徽の黄山に及ぶ山はなし。黄山に登ったら、天下の山はもう見ない。（徐霞客）」「一生の悔いは、徽州に行ったことない。（湯顕祖）」といったように、山水に恵まれた徽州がすでに、世界に名を馳せた名所になりました。

　徽州が山や川に囲まれた地域で、交通面は昔から不便ですが、自然環境が守られてきました。日本軍のようながむしゃらな侵入が難しいし、大規模な建設工事も考えられないので、村そのままの姿が保たれました。その上、外部から入り込んだいくつかの要素で趣が一層増えました。

　その一は昔、北部の頻繁な戦争に苦しんだ王侯貴族が一家または一族揃ってここへ避難に移住してきたことです。例えば滋蕪さんの父親胡如璧さんの苗字「胡」は、外来者に一番多い苗字で、安徽南部に見られる「胡」の苗字は「真の胡」と「仮の胡」があります。「真の胡」とは晋の人が南下した時代、東晋散騎大将軍胡焱の子孫がここに残されたわけです。「仮の胡」とは唐代末期に朱温に裏切られた昭宗が自分の幼い子供を徽州の婺源という所に預け、避難のために、苗字の「李」が「胡」に変えられてそのまま残されたことです。母親が宋学大成者朱熹の子孫なので、母親の苗字「朱」を継いだ滋蕪さんも人文の正統と言えるでしょう。

　その二は知者、仁者の移入です。孔子の名言のように、「知者は水を好み、仁者は山を好む」。昔から数多くの知者、仁者が徽州の土地に強く魅了され、文人墨客や名商人がこの地に熱狂するか隠遁するかになっていました。仏教修行や学問精進のために人が多く集まってきたおかげで、この理想郷の文化的な雰囲気が更に濃くなった。

　その三は幼いころに外に出た人たちの帰郷です。「前世の因果か徽州に生まれ、13、14歳の頃から出稼ぎよ」という俗謡のように、徽州商人が出稼ぎし、年になったら得た富や女と一緒か、出世できなかった経歴や悔いを抱いたままか、帰郷し祠堂や牌坊を作ったり、橋や学校を建てたりするのが多いです。成功した経験も失敗した教訓も、徽州商人が世の中を周遊した一生の積重ねを有しているため、彼らの帰郷によってこの地が得られたのは目に見えるような多彩なものだけではありません。

　「地域によってその土地ならではの人々が育つ。」徽州地元の環境や外部からの要素が融合し、「ハイブレッド」の優位性をここの人に与えました。休寧県には19名の状元、祁門県には19名の御医、歙県の許村だけ48名の進士が出ました。滋蕪さんの実家の近くにある績渓県は近代歴史に名を刻んだ人物を多数育てました。「誰が胡錦濤より出世できるの? 胡適より学問を勉強できるの? 胡雪岩より商売が上手になれるの?」と績渓の人がここの名人を例を挙げ冗談を言ってくれました。

　「命は川の向こうから」、「実家の古い木」、「大地情」、そして艾青先生が高く評価した「山の向こうに雨が来た」などの作品が滋蕪さんの「遺伝子」を芸術的に表現したものと言えるでしょう。「私は山の子、四季にわたって山の水を飲んでいるから/私は農家の子、農婦の乳汁に育てられたから/私は儒商の子、我が身には彼らの血が流れているから/銅臭が捨てられ、優しさ、正直、単純、誠実だけが私の中身として残された。」(滋蕪『私の信仰』)

二、その詩と滋蕪さんの苦しい少年時代

　滋蕪さんの詩も沢山拝見しましたが、一番印象深かったのは「病気かかった子」という詩作です。初めて読んだのは艾青先生が滋蕪さんの詩集『旅はいつも遠い』に書かれた序文です。ここにまず詩の全文を見てみましょう。

　雨が窓の前に降っている/ひ弱な体を起こし/雨が母の足元に降ったのを見えた/かすんでいる空を/年の知らない鳥が飛んでいる/母は長く病気に苦しんだ私の体を撫でながら/父がとった二篭の青いヤマモモを薬に交換したと/小さな手で母の涙を拭って/いつに赤いヤマモモができるのと聞いたら/ひび割れた口に「山尾草」の薬を飲ませて/これで治るよと、母がこの話を止めた/顔を

上げて日差しを待ち望んでいた/父の後姿はまた雨の中に消え
た/ヤマモモはまだ青いよと、母が呟いた/ヤマモモの林の遠くま
で眺めてももう父の姿がない、雨や風の音だけが残された/私は
また、倒れた。

　艾青先生がこの詩を読んだ感想については「泣いてた」とおっ
しゃいました。滋蕪さんがこの詩で伝えた気持ちで、この80歳を
超えた詩歌の第一人者が深く感動しました。

　まさに以心伝心、艾青先生の感じたように、滋蕪さんの少年時
代はずっと苦しんでいました。1963年7月に生まれ、まだ幼い頃
に「文化大革命」が始まりました。出身や社会関係ののため、滋蕪
さんは「軽蔑されて、追い出されて、皮肉や悪口の中に幼い時代を
送った」のです。5歳の時に生産隊の牛飼いとして生計を立て、小
学生の年で生産労働に参加し、一日に労働点数を3ポイント取って
いました。農作業や手作業をしたこともあるし、電線を張ったこ
とまでもある滋蕪さんは波乱万丈の一生を送ってきました。

　振りかえれば、滋蕪さんは「私の成長は苦難のおかげだ。苦難
こそ、逆境に置かれても不屈な性格を育て、人生の輝きを与えて
くれたの。」とおっしゃいました。(滋蕪絵画作品集・あとがき)
[2016年2月華東師範大学出版社]苦難は滋蕪さんにとって人生
の踏み台になり、芸術創作の素材にもなっています。当時の苦難
がなければ、もしかして今のような滋蕪さんもいないでしょう。

　詩歌は絵画と繋がっています。滋蕪さんは画家であり、詩人で
もあります。実は優秀かつ革新的な詩人で、作家出版社には「ア
ヴァンギャルド詩人」だと認められています。(作家出版社　2003
年3月　滋蕪詩集『青春集』本扉)滋蕪さんの詩作は近代詩が多

く、ジャンルから見れば、叙事的な日常語を用いた詩もあり、叙情的な自由詩もあります。定型に拘らないが、中身は十分味わえます。配列、順序、韻律などの形は持っていないが、志や趣が伝わってきます。ある意味では、滋蕪さんの詩歌は絵画作品にも負けません。出版社のグレードからも推し量れるように、安徽文芸出版社が『旅はいつも遠い』、中国婦女出版社が『中国近代恋愛詩鑑賞』、人民文学出版社が『滋蕪新詩六十編』を出版し、作家出版社の出版した『青春集』に編集した『母語』という詩が『大学国語』教材にも採用されました。上海三聯書店が2016年3月に出版した『歴代黄山図題画詩考証解釈』も更に滋蕪さんの詩歌素養を示しました。滋蕪さんの詩歌と絵画が相互補完になり、お互いに融合され、詩が絵の解説やナレーションとなり（特に絵にかかれた詩作）、時には絵が詩の魂や骨になり、更に輝きを増やしてきます。

　詩が心だと言われるように、滋蕪さんの詩はとても純粋でした。

三、その本と滋蕪さんの成長軌跡

　滋蕪さんの数冊の著作の中で、『一秋集』ともっとも関係深いです。序文を書いたのは私なのですから。しかも、序文を適切に書くには、困ったときの神頼みのように、滋蕪さんの絵画や詩歌を沢山拝見しました。それと同時に、鑑賞文章を集め、専門家に意見を求め、噂の真偽まで確認に行きました。ですから、『一秋集』はまさか私が滋蕪さんを知るための窓になりました。そこで知った滋蕪さんの成長軌跡には、幾つか印象深いポイントがありました。

一、普通並み以上に勤勉で苦労を恐れないこと。

　滋蕪さんの作品を知った人が皆関心されるように、詩、絵、彫刻、原稿がこれだけ数多くあるにもかかわらず、いずれにしても完璧で上品なものです。これは驚くほどの力や「暇」が必要です。芸術の創作には発想が不可欠で、勤勉に働くことも必要です。多分滋蕪さんには「勤務時間」の設定がなく、のんびりした祝日がなく、おそらく昼夜の差もないくらいでしょう。夜中に読書の姿、長く考え込んで初めて出た詩句の感動、苦労しても悔いのない志を、私はイメージできます。

　滋蕪さんが多芸多才で行動力の強い方です。美術史理論研究、教育、大量な創作を続けると同時に、滋蕪さんが編集・出版業界にも力を入れています。21 世紀に入り、『少児画王』、『少児科技』、『科教文匯』、『美術教育研究』などを創刊し、伝統的な紙媒体が不振になっている中、滋蕪さんが主導している雑誌が四種類とも活躍されています。雑誌の編集部には7、80 名ほどの人材が集まり、いずれも滋蕪さんが自ら知り合い、指名した人物だそうです。人材の配置、雑誌の育成、各方面の手配など、滋蕪さんがいかに取り組んだかは本当に想像つけません。

　二、先生や友人に常に素直で誠意を持つこと。

　滋蕪さんのような神経質で世間知らずの人はどうして林風眠さん、劉開渠さん、艾青さん、王朝聞さん、瀋鵬さん、陳荒煤さんのような芸術家と親友になれるの？ との嫉妬か疑問は聞いたことがあります。滋蕪さんは酒好きでもないし、社交的な人間でもありません。なら一体どうして政治界、学界など各業界に友たちまたは親友が数多くできたのでしょう。

　『一秋集』の序言を作成していた時期とその後に沢山考察した結果、理由は主に二つあると考えられます。

　その一は滋蕪さんには「実力」があるとのことです。艾青さんが滋蕪さんの詩句に対する評価、王朝聞さんが絵画史に対する肯定、瀋鵬さんが彫刻作品に対する称賛…それが初対面の挨拶ではなく、利益のための辞令でもありません。いずれにしても「実力」を見てからの素直なコメントです。真の実力がなければ、これら名を馳せた大家は簡単に好評は出さないわけです。

　その二は先輩、先生、友たちや同僚に誠意で付き合い、感情や正義を重んじることです。魚心あれば水心、一滴の水の恩義を受けたら、汲めども尽きぬ湧き水をもってその恩義を報ゆるべきです。友人が困った時に、滋蕪さんは大切な書道や絵画で、さらには大金も惜しまなく助けていました。信用できない「友人」に騙された事もあり、悪者に慈悲を与えるお人好しになるかもしれないですが、滋蕪さんは動揺したことがありません。「できるだけ助けたあげよう」といつも友情や人格を何よりも重視しています。瀋鵬さんが送った春聯に書いてあるように、「苦難を恐れないこそ強い男、人に妬まれるこそ真の才能」、滋蕪さんの輝くところがまだまだあります。統一戦線の仕事を担当した私にとっては、文人たちが軽蔑し合うことより尊敬し合うことは望ましいです。

　三、素朴で初心を保つこと。

　今回個展の招待状には、判子が二つ押されています。一つは「滋蕪読書余事」で、もう一つは「千金不易、一文不値」です。これがまさか滋蕪さんの信念と価値観を伝えているようです。絵画が読書の「余事（ほかのこと）」、要するに読書が本業や主体で、読書が暮らし方で最高の楽しみでもあります。なくなられた滋蕪さんの父親の文集が出版される際に、『読書人』との書名が決められ、滋蕪さんが読書を続けることを意味しています。

「千金不易（稼ぐのが容易なことではない）」とは仕事や生計で苦労していますが、人格、信仰、友情と比べれば、いくらの金銭も「一文不値（一文の値打ちもない）」なものです。先人から受け継いだコレクターや自分の作品を話題にして売買したら、別荘も数軒買えるでしょう。滋蕪さんがお金を狙えばとっくにお金持ちになったはずだと言われています。しかし、滋蕪さんはそのままの滋蕪さんです。「千金不易、一文不値」のとおり、支配できる資金が夥しい数にもかかわらず、タバコも吸わなく、お酒も飲まなく、保健薬品も飲まない素朴な生活を送り、カップ面だけで一日を過ごすのも平気のようです。さらにブランド品や飾り物にまったく気にせず、服も一着を数年か十数年着古しています。顔回（孔子の弟子）のように「一箪の食、一瓢の飲、陋巷在り。人は其の憂ひに堪へず。回や其の楽しみを改めず。」（論語・述而）を貫く生活が楽しみです。まさか人生の価値観が時を超える魅力があるのではないでしょうか。

最後には、滋蕪さんの詩集名でまとめたいと思いますが：

『旅はいつも遠い』。

遠い道がまだ長く続きますが、どうかお元気で。

作者が第八期全国人民代表大会代表、第九、十期全国政治協商委員、中国共産党第十五、十六回全国代表大会代表、中国共産党安徽省委員会前統一戦線部長、安徽省政治協商第七、八、九期（常務）副主席。

影横窗俏 *

又一春

真是"平篁一爵鑫"（平地一声雷），我在初秋编《一秋集》的时候，还漫不经心地盘算着日子该如何安排，心想，今年还有半年，干什么事别急，到来年，还远远隔着一个冬季呢。我甚至还饶有闲情逸趣地写下"一焕集"（一秋集）三个篆字。似乎还没等墨迹干透，科教文汇杂志社的编辑同志又要我赶写一篇"春"的卷首语。不知不觉中，一年

老家的古树

滋芜／绘　　陈登科、鲍加、韩瀚／题

算过完了。于是面对无法滞留的时光，我渐渐抹去心中的眷顾，从如梦般的混沌状态中醒来，感受到细微的侵袭如同春汛般撕裂着我的伤疤，又如在刺骨的寒潮中抽打我的身躯。一切的琐碎，一年的盘算，不管你是否结清，还是赊了账，硬邦邦的终结随春的走迈，让

春光将你的一切带走，步入新年。我结算了机械的繁忙、热情、疲倦，在心中盘点去年的收获与过失，从而让短暂的人生有了清晰的方向。我在猛然心跳中写下了"又一春"（又一春）三个大字。

春者何？岁之始也。我国民间多以农历正月至三月为春。早在人类从岩画过渡到甲骨文时代，我们这个以农耕为主业的大国，就用智慧总结出了"天象"与"二十四节气"，于是我们的文明就有了一个甲壳上的文字镌刻记载。我们的先民们用春来编织愿望，将天降雨水等美好意象，用铸有祈祷上苍赐福于民的金鼎文字的铜鼎容拥盛装起来。可想而知，春天的水源是人类赖以生存的保证，也是上苍赐予我们的希望。甲骨文的"𡶉"（春），是多么的诗情画意啊！我们的先民们在创造"春"字时就喻示并寄托着无限美好的祈盼。还有我们的金文"𡴆"（春）、篆字"𣐽"（春）以及隶书"春"（春）、草书"𡴆"（春）、楷书"春"（春）。伴随着又一春的到来，目睹着这些有灵性的文字，我是多么地为我们的先人、我们的文化、我们的民族欢喜与自豪啊！

卸下沉重的文字，我们轻松地读着《诗经》中的《小雅·出车》："春日迟迟，卉木萋萋。仓庚喈喈，采蘩祁祁。"又唱着汉乐府中的民歌《穆穆清风至》："穆穆清风至，吹我罗衣裙。青袍似春草，草长条风舒。"我愉快地与这些优美诗篇一同进入又一春。

崭新蓬勃的多元生活迎面而笑，我刚刚告别冬天寒冷的时间驿站，在总结反思中抛开往逝时间的锁链，告诫自己：要珍惜寸金难买的光阴。在匆忙的人生旅途上，让我们共同去缔造新年里"又一春"的神话。

（此文发表于 2010 年 2 月上《科教文汇》）

致杜公的一封信

杜公：

大安！

您在《文摘周刊》《中国书画报》两报上用红笔画出重点示我阅览，我认真阅读了，并深刻省思一番，感触颇多啊。

1.《中国社会要给失败者更多宽容》：①对创新喊得很多；②稳。（见2010年8月18日《文摘周刊》7版）

您在《文摘周刊》上圈出的这两点，可谓是字字如金，高屋建瓴。您善于在长篇大论中，用一两句精辟的话概括出中心，然后施教于我或者其他人。我在反思的同时，更要体会您所修行的恕道。其实人生正如宋人晏殊在《蝶恋花》中的词句："急景流年都一瞬，往事前欢，未免萦方寸。"做事要瞻前顾后，急景流年，一生过得很快，不可大起大落。求安，求稳，可成逸士之风。文化是在宽容的前题下才繁荣起来的。杜公旧学及思辨能力非凡，所说之语堪称人生哲学也。

2.《引起人们精神感发的绘画才有意味》:①他心中之竹已经不是眼中之竹;②他画画的时候笔下之竹又不是心中之竹;③认识的体现的三阶段:看竹、体会竹、写竹;④西方是这样吗? 画个西瓜,眼中的西瓜和心中西瓜一模一样,画出来的西瓜和真实的西瓜一模一样;⑤而这种灵智和心灵的模仿能超越一些客观的、如实的模型。

(见 2010 年 7 月 31 日《中国书画报》B3 版)

由杜公画出的这五点来看,您已悟出中国画是先有形尔后脱形而写,直抒胸臆。眼高啊!

鲁迅在《且介亭杂文·儒术》中说道:"'儒者之泽深且远',即小见大。我们由此可以明白'儒术',知道'儒效'了。"杜公曾言喻与我,绘画若归位于哲学,太大,也太空洞;中国画,应归属于国学这一层面,具体来说即"儒、道、释(佛)"(作者注:见 2010 年 5 月 20 日《美术教育研究》刊杜公《学画心得》。在该文中,杜公阐明中西文化各有不同技法。对于中西绘画所使用材料的区别,杜公更是深谙其要,深入浅出,用短短百余字,使读者一目了然。)思想出自心灵,再如何画竹,当然又是另一门学问了。杜公的"即小见大"与潘天寿同出一脉。这些体会,是您融熔学问后转换思维到绘画领域之初试,且在绘画中身体力行地做到了水色沉吟,笔墨华滋拙朴。您真是手艺不凡啊!

杜公,您与我系老乡,虽没有血缘关系,却胜似亲人。在我眼里,您是位仁者,如在高校当系终生教授或博导之辈。最值得我尊重的是,您爱才、惜才,有一颗包容之心,胸襟坦荡。我曾多次多方受益于您的帮助和学术指点。杜公,您是真有学问的天才,无论干什么、看什么,都能洞察秋毫,且始终鲜活地求新求变。这无形中也是在激励我更加勤奋、刻苦、努力啊!

以上我的理解不一定正确,尚请批评指正。

您的课授得好啊。谢谢!

向胡阿姨问好!

即颂

秋祺!

晚辈、后学:冷青禾

于 2010 年 8 月 23 日匆匆

编者注:

①杜公是本文作者对杜诚的敬称;胡阿姨即胡秀兰女士,系本文作者对杜诚夫人的称谓。

②冷青禾是作者的笔名。

戏如色彩

滋芜 刊《滋芜的人生屐痕》(2011 年 12 月)

乡情

——读新版《歙县志》有感

歙县，一座典型的皖南文化古城。

草长莺飞的四月天，收到周德钿先生委托存山兄邮来的由黄山书社出版的新版《歙县志》上下卷，存山兄又专程打电话来嘱我这个游子为家乡志写两句。家乡修志，是件好事。古人云："治天下者以史为鉴，治郡国者以志为鉴。"所以，历代都很重视修志。修志的目的在于用志。新版《歙县志》的付梓问世，无

楚人的图腾

滋芜 刊《新安晚报》

（2007 年 7 月 14 日）

疑将有资于后世治道,志本身也会成为徽文化重要的组成部分。所以为新版县志写两句,也就成了义不容辞的事了。当然,首先得申明,我不是方志学家,生平并未研究过方志这门学问,所以这篇文章只能算是一个游子凭着对故乡的热爱所说的呓语吧。

捧着泛着书墨香的县志,一股异样的情绪涌至心头,大约是"近乡情怯"在作怪吧。翻开志书,熟悉的山川、人文……迎面扑来。建置·区划、环境·资源、人口、城乡建设等等,一编编浏览下去,大有一睹为快之感。新志如实记录了歙县有文字记载以来至 2005 年方方面面的发展与变化,尤其是改革开放后歙县在经济、政治、文化和社会各方面的巨大变化,符合志详今略古的风格。编撰者学问之专、用功之深、翻阅的资料之广(可以说用"浩如烟海"来形容,也是一点不为过的),由此可见一斑。毕竟,上下五千年,可写可记可说的实在太多,想在短短的两卷书中记载完,没有运筹帷幄、收放自如的功力,是无论如何也做不到的。

我画过几幅画,写过几首诗,勉强算个文化人。所以当翻到文化艺术这一编时,我格外注意。一部志书,必然表现出其地方特色和时代特色,这也是该志书与其他志书的主要区别。徽文化博大精深,为中国三大地域文化之一。歙县为徽州首县,是徽文化发祥与传承的重要地区,其主导性地位不言而喻。因此,表现出徽文化的独特性与显著性也成为《歙县志》与其他地方志重要区别之一。为此,新志的编者在文化艺术这一编上可谓下足了功夫。他们充分调动了"述、记、志、传"等诸种方志基本体裁形式,在志书中进行了多层次、全方位的记述,不仅篇目布局恰到好处,而且使歙县文化的特色事物都在这一编中得到充分的反映。匠心独运的是,编者充分运用了图片"言文字之不能言、述文字之不能述"的特殊功用,在惜墨如金的志书中,足足用了十来个版(占全部彩色照片数量的三分之一)的图片来"再现"歙县的文化艺术,着力表现了特色事物的原貌,令人有身临其境之感,如采用了歙县砚墨、四雕等的图片,不仅形象直观,而且还给人以美的视觉享受。

行文至此,忽又想起志中《附录》部分记载的一些轶事,如"寄信割驴草"等。我感到特别亲切。这些故事在当地流传很广,我幼时便在家中听祖母说起。地方志多为官修,主修者往往是一地父母官,所录的内容大都是"官方语言",然而,"志书人不能造史,不能歪曲历史,也不能丢掉历史"。编撰者费心收录起这些民间传说、地方谚语等等,可以说是给这部志增添了不少色彩,弥补了方志记录的乏味与枯燥,用心不可不谓之良苦。

作为一个离土不离乡的游子,对于家乡,我自认熟悉,但我亲身感受的毕竟是这茫茫沧海之一滴水珠。这次翻阅新版《歙县志》,对家乡才有了更深刻、更全面、更具体的了解,所以,我要感谢为编撰新版县志做出贡献的一切人员。新版《歙县志》,历时5年,5易编目,4改书稿,262.8万字,是为歙县第9部县志。这些数字,在旁人看来,只是毫无感情色彩的阿拉伯数字,而对于《歙县志》的编纂者而言,却包含着几多辛苦几多愁。他们没有被途中的艰难所阻,而是克服重重困难,迎难而上,这才为我们呈现了这部饱含着智慧与汗水的"大作",才为当代人了解家乡、经世致用提供了一个平台,为后代人存史、资治、教化提供了依据。

当然,修志为用。唯有用志,才能资政利民,也才能体现出这部志书的真正价值。我坚信,新版《歙县志》一定能经受得住这重重考验,成为历史长河中一道亮丽的风景线。

值得一提的是,在周德钿先生主编的歙县《紫阳》刊物上常能见到吴丰霖先生拍摄的有关歙县风情的照片。他在作品中表达了灯火与山水之间的那份安详、宁静之美，令人从中感受到天光云影的蔚蓝与清新。这是一位美的跋涉者在《歙县志》篇外借用大自然抒情，守望家园，必将是生态上的奇迹。我坚信吴丰霖先生的摄影能给古城的为政者带来文化与生态保护上的双重启示。

2011 年春于淝水之畔草草

（此文发表于 2011 年 4 月中《科教文汇》、2011 年 3 月 25 日《江淮时报》）

好年

过年了，作为本刊"小班长"，我想借本期的卷首语与读者、作者、同事说几句关于新年、关于好年的"套话"。

看到崭新的台历摆在桌子上，我才惊觉癸巳年新春已经降临。购年货、贴春联、放鞭炮、包饺子、吃年饭、看春晚……这一项项的节目一串串地进行下来，年的气息终于在三十晚上达到了高潮。

关于年的来历，民间传说有很多种。有这样一种传说：

打渔杀家

滋芜 刊《湖北日报》

（2015 年 5 月 8 日）

年是一种吉祥兽，是伏羲"龙马负图"的那匹神秘龙马。上古时期，夕冒年名为祸人间，年便利用夕害怕"红色、声响和光亮"的特点，让老百姓写上一些春联，布些红红火火的喜庆场面，利用鞭炮声吓跑夕，所以年三十又被称为"除夕"。这节日祖祖辈辈传下来，便形成了有关年的一系列非物质文化遗产。

我们从甲骨文的"年"字可以看出，"年"起初是一个人背负着成熟的禾的形象，由此又引申出"年成""收成"。自古至今，年过得好不好，是全年财运和命运的仪器表。于是，家家户户、老老少少也就越发注重过年了。人们总是爱说"美好"，可见美与好是有异曲同工之趣的——好的东西，也涵盖了一切美的存在。既然要过个又美又好的年，腊月里，人们便会把家收拾得窗明几净，门上贴春联，窗户衬剪花。到了正月里，餐桌上珍馐美馔，身上穿新衣，头上着新帽，一派过好年的景象。当然要过个好年，更是不能与别人生气的，于是，人与人之间也变得更加和谐，和声细语地说话，慢条斯理地办事，连路也变得宽起来。

过个好年是我们辛苦忙碌一年的目的，也是老百姓心目中的一杆秤。过好年就着重于这个"好"字：家人健康、事业成功、婚姻顺利……从古至今，年扬善弃恶，将美好的东西发扬光大，让丑恶的东西不复存在。365天的忙忙碌碌，年将这一切做了最好的诠释。

过个好年，除了物质方面的"好"外，更重要的就是精神方面的"好"了。我们杂志社也在这种文化背景下，为了让广大读者、作者的"精神"过得"好"，在年初便要制订规划。在新的一年里，我社全体同仁将按照党中央的统一部署，以学习宣传贯彻党的十八大精神为主线，坚持以人民为中心的工作导向，在深入浅出、入脑入心上下功夫，在指导实践、推动工作上下功夫，引导广大干部群众把思想统一到十八大精神上来，聚集正能量，使十八大精神变成精神力量，变成实际行动；在新的一年里，我们更要深刻领会、热烈响应习近平总书记关于改进文风的号召，把改进文风作为当前的一项重要任务，在求实、务实、落实上下功夫，在学以致用、学用结合上下功夫，不断提升宣传工作的科学化水平，从文稿内容、语言、标题、篇幅、风格，以及版面编排、栏目设计等方面，进行全面改进，尽量包容各种文化现象、艺术形式，让读者喜欢读、愿意读、读得懂、记得住，使刊物的质量更上一层楼……

目睹孙子辈的小朋友们无论是形体还是语言，都是那么纯洁、那么可爱，我也希望在新的一年里，在他们的感召下，我们尽可能地改掉身上的坏毛病，努力从凡人小事做起，从基础的诚信学起，少做面子、形象工程，以纯净之心迎新年、新人、新事物，迎来国富民强、华夏安康！

我们衷心希望，在《美术教育研究》的陪伴下，亲爱的读者、作者能过得一年比一年好，华夏儿女都能够在春之声中欢欢喜喜过个好年！

（此文发表于2013年2月《美术教育研究》）

仿品两帧散记

友人田良敦先生为我在广州办画展出谋划策,做了大量工作,尤其是他主营的广州艺术画廊,为我真可谓服务到家。我心存感激,并一一铭记于心。他十分敬仰林风眠先生的艺术思想和绘画图景,却无缘收藏到其真迹。恰巧林风眠先生是我的恩师,对我画事上多有点拨开窍之恩。于是田良敦先生为了能大饱眼福,大暑天的不止十次来我处,要我复制一帧林风眠先生作品送他。我已渐入老年,最怕欠下他人的情与义,遂让他收回礼金,即兴写林先生佳构一帧,跋一款以说明,赠田良敦先生存念。

四十岁是人生旅程美与丑、善与恶的分水岭,要给自己留张脸。是与邪恶为伍还是与正义毗邻,两者之间,得失选择,均源于内在心声。艺术雅俗共赏,可以交流,但做人以诚信为本。故而将此仿画配以文字说明一同刊发。望田良敦先生明白我的用意,莫负友谊。

甲午年夏月于浥水之畔草草一挥

王厚信先生归画记

　　甲午年初夏的一天，故乡（安徽歙县）教育家王厚信先生托许大钧世叔转交给我一幅先父桑翁于丙子年赠其子的山水画《泉水淙淙苍苍翠微》。时我正从外地写生回来，得此先父珍宝，一时感慨诸多。今年又恰是先父诞辰一百周年，睹物思人，刹时，仿佛先父又坐在我跟前，谆谆教诲我做人做事的道理。可怜天下父母心，只是我当了父亲后才体悟到为人父母的艰辛。子欲养而父不在，如今惟愿家母长命百岁，弥补之前应尽却缺失的孝道，以释怀对先父的愧疚之情。

　　先父作画，多为业余自娱、率性而写。他早年在书局当过学徒、伙计，有些绘画功底，晚年又专司佛事，抄经书，读闲书，养花种菜，过着乡野恬静的生活。因此他所写山水、花卉皆有灵性，物随人活，甚至所描的动物世界也如同吉祥物一般可爱可敬，一派和善、美好景象，从没有凶恶、狡诈之辈。由此足见先父的精神世界已逾越了平常人。可惜一场医疗事故夺去了他热爱生活的宝贵生命。

今日（编者注：2014年5月22日）挥汗草拟一《游乐》图回赠王厚信先生以示感激。王厚信先生与先父曾同在文教系统谋生，王厚信先生曾任安徽省行知中学校长，可谓是有所建树，桃李满天下；先父一生布衣。二人之友谊，山高水长，可嘉，可励，值得吾等后辈学习。

（此文发表于2014年6月《美术教育研究》）

春归来

滋芜 刊《人民日报》（2016年4月11日）

从傅雷与黄宾虹的书信谈起

　　傅雷先生是我敬仰的一位真正的文化大师,他翻译的罗曼·罗兰的《约翰·克利斯朵夫》、巴尔扎克的《高老头》《欧也妮·葛朗台》、丹纳的《艺术哲学》以及他著的《世界美术名作二十讲》《傅雷家书》都是我非常喜爱的读本。近日,我又翻读了傅雷致黄宾虹的121封书信,读毕静心思想,颇有感悟。

　　傅雷与黄宾虹,都是大师级的人物,一位是翻译家兼艺术史论家,一位是博古通今的学者、集大成的画家。两人书信往来,少有虚、假、生、涩、做,只见平实、真诚,或谈论艺术主张、文化现状,或叙说买卖生计、亲情友谊,言之有物,物中有情,明白了事,开门见山,绝无迂腐之气,也不避讳"钱"字,随心随意。由此可以断定,只有真性情的人,才能有大作为,能成大器。凡做人,或做事,假了,则不立。朴素、实在,是艺术人生的根本。

　　而当下,有一股伪复古、虚假之风,行文半文不白,生、硬、涩、假、虚、做作等，在文化界风靡。学者不像学者，专家不似专家。殊不知，与时俱进，是时代的号角，也是社会发展的必然规律。"五四"新文化运动之后，用白话文便成为必然趋势。我坚信胡适、陈独秀、鲁迅、钱玄同、李大钊等文化先贤们，古文基础并不差，但他们都带头兴起了新文化运动，倡导白话文，使语言和文字更紧密地统一起来。如今通读他们的著作，人们仍觉朗朗上口，通俗易懂。

有些人以年龄代沟来解释自己的"伪复古"倾向，其实不然，学问之事，真正进入了，与年龄无关，也没有那么玄。深入浅出是大师风范，而浅进深出误人也害己、欺世盗名。傅雷与黄宾虹友谊始于1943年，这一年傅雷35岁，黄宾虹78岁，一个在上海，一个在北平。他们结交后，就像磁石一样，都十分欣赏对方，视对方为知音，经常通信。黄宾虹曾对多人说：沪上近年来，只有傅雷精研画论，识得国学，通融西洋美术……傅雷了不起的眼光和大师的言语，都是在这平白如水中修炼成的。他用这眼光及言语告诉人们艺术的真谛、生活的本原。开门见山，是当下倡导的一种健康文风。半生不熟的文言文，不中不西的东拉西扯，将学术殿堂搞得如同迷宫一样，这是一种误导，高校里尤其要不得。传授知识，需要接受的人们能消化，就像食物的各种养分需要被身体吸收一样。

傅雷是文化贵族，代表了文化良心。《傅雷家书》记录了傅雷在生命最后一息还对黄宾虹的书信做了退还给其后人的交待。从退信这件事上看，傅雷内心干净，尊重他人的隐私。两位大师求真求诚的态度、平实朴素的风格，正是我们这个时代所追求的，值得我们学习再学习。

2015 年 6 月 5 日于合肥

（此文发表于 2015 年 8 月《美术教育研究》）

文化良心与知识力量
——读阮文生《徽州物语》

日本有部堪称为日本《红楼梦》的小说——《源氏物语》,它以日本平安王朝全盛时期为背景,通过主人公源氏的生活经历和爱情故事,描写了一段扶桑旧事。而今,阮文生又写了一部《徽州物语》来讲述在徽州大地上发生的那些关于土地、关于民俗、关于物景、关于人物的故事。

收到阮文生先生寄来的《徽州物语》时,手中的老版《元散曲一百首》正翻到《鹦鹉曲·渔父》这一首小令:"侬家鹦鹉洲边住,是个不识字渔父。浪花中一叶扁舟,睡煞江南烟雨。觉来时满眼青山暮,抖擞绿蓑归去。算从前错怨天公,甚也有安排我处。"凑巧,阮文生先生的这本新书写的也正是江南的物事,更凑巧的是,二者异曲同工、殊途同归。阮文生先生细腻的笔下缓缓流淌出江南旧事:农田茅屋、牛羊晚归、鸡鸣狗吠、蓬麻豆麦……他以近乎白描的手法,用诗歌的语言,勾画出真实自然、充满生活气息的田园风光:"下阮个,是水做的村庄,鱼喜欢。土路上都是湖里的风,不算浓稠但多少带着鱼气,晚上撞进男人的鼻孔成了呼噜,吹到女人的梦里,也是有些浪头的,一起匀匀地飘着。村庄在响声里移动着,从夜晚到天光……"

阮文生先生与我因文结缘。我当时在还是省政协机关报的《江淮时报》主编副刊,而他也在《黄山日报》做编辑。偶然的机会,我看到他写的诗歌。时隔多年,我已记不清诗歌的内容,却仍清楚地记得初读他诗歌时的感觉:虽然身处徽州,他却跳出了白墙黛瓦的圈子,写出了歌德《浮士德》的感觉。就这样,我们虽认识多年,见面却很少,通常以文会友,写了自认为是好的文章、诗歌后,喜不自胜,发给对方,请对方也来鉴定一二。后来,虽然我离开江淮时报社,相继到省政协研究室、文史委工作,但我俩文来笔往,彼此惺惺相惜。

阮文生先生的散文语言很有特色,似乎是诗歌的语言,又不全是,现代的外壳包含着浪漫主义的因素,乍看上去很抽象,细细想来却又具体得毫发毕现。《徽州物语·后记》可称得上是一篇研讨会的范文。坡上的故乡,"明亮冰凉的湖水将表叔磨得越来越短小",我被他营造出的凄凉而又美艳的意境感动得热泪盈眶。这如同只有朱生豪才能译得出的绝妙句子:"今夜没有你的时光,我只有一千次的心伤……"二者虽然是两个起点,却同归于人的情感。它分明是屈原、陶潜笔下的语意诗境。如果没有深厚的国学功底做支撑,是很难创作或翻译出这样令人读之生情的作品的。读阮文生先生的散文,似乎让我重读了傅雷先生译的《约翰·克利斯朵夫》,那简洁有序、富有韵味的词句,那皓月当空、独步江洲的意境,无不令人神往。每每深读傅雷先生的作品,便深深为其中人物的命运安排感慨万千,也得到了一次次心灵上的洗礼。窃以为,阮文生先生与傅雷先生有共同点,那就是纯真与自然。

阮文生先生是位诗人,也是位戏剧家。从《徽州物语》上看,很难想象他是一位严谨的地市党报编辑。文本中的诗歌语言是跳动的符号,他"因情成梦,因梦成戏"。汤显祖之所以能写出"临川四梦"这样的不朽传奇剧本,是因为他洞悉了世间人生百态,他以戏剧形式来实现自己的诸多理想。而书生阮文生则是利用散落在徽州大地上的人生轨迹和生活片断中的点滴来讲故事。他是清醒的,在一片热闹中平静地用文字表达自己的世界观与人生观,将人物的弱小面放到人性最成功的花环当中,却不失真地表述一个人的世界,用细小的镜头展现人性的闪光之美。如《窟窿》便是一篇有着《世说新语》之风的文章,淡淡两笔勾勒出绝妙佳境:"锄子上的黄锈和明亮一起沉下去了,没有多久也不太深,稍稍用点劲就翻找回来了,泥土露出深色的墒情……"这沉闷的锄地声其实是最质朴的人性之美与价值观,阮文生没有用空洞的辞藻。他誓死捍卫自己的文化良心,这正是我们这个时代各行各业最需要的工匠精神。《过河》更是如同风俗画一般,将各种表情脸谱记录在册,再现一程乡村民俗文化。

阮文生先生在《徽州物语·后记》中写道:"这种表达,是传统和现代意识的妥协,是东西文化交融的定格。"诚然,虽然中西文化差异颇大,但阮文生先生将它们同而融合,求同存异,确实功夫了得。他的文章背负着文化良心,展现了知识力量。好!

(此文发表于 2016 年 9 月 1 日《新安晚报》、2017 年 1 月《科教文汇》、2017 年第 2 期《安徽政协》)

一曲《天边》入耳来

我常从名著典籍、金曲古乐中获得绘画的灵感。这两天，我听马头琴曲《天边》，不由自主地联想到蒙克唱的《家在北方》。文化的力量真是无穷大，它能使蒙古族、汉族等融为一家，能使人探到辽阔草原上游牧民族生活的一斑，也能使人仿佛见到阅尽沧桑的老人在阳光蓝天下、白云绿野上述说岁月的美好、人性的光芒……

"敕勒川，阴山下。天似穹庐，笼盖四野。天苍苍，野茫茫，风吹草低见牛羊。"悠扬舒畅的马头琴乐，伴着著名的《敕勒歌》，不绝于耳。这首来自南北朝的诗歌奔过岁月的大江大海，带着浓郁的草原气息、鲜明的游牧民族色彩，一路呼啸而至江南人的梦里水乡。"敕勒川，阴山下"，既标明地理位置，又给人辽阔雄壮、彪悍豪迈的印象。"天苍苍，野茫茫，风吹草低见牛羊。"此句为诗眼，描绘出一幅游牧民族殷实富足、其乐融融的景象。

唐人杜甫曾有诗记叙不同于《敕勒歌》的另一种笔墨酣畅、磅礴气势："俄顷风定云墨色，秋天漠漠向昏黑。布衾多年冷似铁，娇儿恶卧踏里裂。"杜甫在旅居四川成都草堂期间创作了《茅屋为秋风所破歌》，其中的"俄顷风定云墨色，秋天漠漠向昏黑"也是表达出自己的生活状态。密集的风雨从秋天漠漠的天空洒向大地，诗人借此直抒胸臆，用浓墨淡彩渲染出淡淡忧伤与忧愁。然而，就在这忧愁中，诗人发出了"安得广厦千万间，大庇天下寒士俱欢颜"这振聋发聩的感叹。此句为全诗的点睛之句，表达了诗人即使身处逆境仍忧国忧民的崇高心境。

朦胧诗人北岛在《回答》中写道："如果海洋注定要决堤，就让所有的苦水都注入我心中，如果陆地注定要上升，就让人类重新选择生存的峰顶……"此处以自然界恢宏的沧桑变迁，暗示了人类的涅槃和新生，塑造了一个敢于怀疑和挑战现实、具有博大的胸怀及坚定的历史信念的人物形象。豪迈气概中不乏清静之美，体现出诗人坚定的精神意志与强大的内心情怀。

以上三首诗看似风马牛不相及，其实内骨同入一理：人性为本。人性，飞越阶级社会的时空、等级属性，也超越卑微高贵、冷艳典雅、三六九等的世俗眼光，追寻美的最高境界。它如大地上生长着的朴素而灿烂的花朵，四季绽放。人们在蓄满芬芳的每一个瞬间自由地呼吸着，暖心、奇妙孕育而生，人们在这种陶醉中审视自己，从而对自然有一颗敬畏之心。

面对自然，每一个人都应该反思，或读经典、或听名曲，用各种方式。我在映山红盛开的五月，听着《天边》，重温南北朝民歌、唐朝古诗、现当代新诗，试图将人性从禁锢中解放，让艺术的真、善、美愈加显露，且经久不息……

（此文发表于 2017 年 5 月《美术教育研究》）

文化自信从认识开始

　　我经常碰到一位老同事，他
每次去菜市场或从商场回来，都
自己拎个旧袋子，说塑料薄膜材
料尽量少用或不用，这么大个国
家，从菜市、超市流进社会、家庭
的塑料薄膜制品对环境造成的
污染太大，人人自觉少用点，又
不影响正常生活，为何不能从小
从少做起呢？他以行动教育了
我，我去菜市、超市、商场，便也
效仿他。

青青露儿

滋芜 刊《科教文汇》(2014 年 9 月)

当前,党中央提出文化自信,是非常正确且有远见的。社会是进步了,这一点一定要看到。物质生活水平提高、丰富多彩,但文化领域乱象丛生,反丑为美、美盲怕人等现象屡见不鲜。如同画画,生活中冷艳的女人和劳动中的妇女一样,在画家的笔下都是水墨清华,于意境中现风骨,令人玩味无穷。大千世界无奇不有,自然是奇迹,不要一窝蜂地修饰它、改变它,让它遵循四季悄然无声到有声的变化,保留自有的特色,静静流淌出来就是大美、大爱。各民族文化都是有性格、魅力的,我们要尽可能地去保留它这种性格、魅力,使它在包容中走上自觉繁荣发展的新起点。

时尚,是奋进与破坏并列的关系,文化可能由此断了根。盲目攀比、崇拜、跟风,心轴骨会偏离轨道,这个民族的文化生活中心也就偏离,慢慢地适应奴性化思维,创造力丧失,可悲的是:文化艺术在不自觉中被经济利益同化了,信仰倒塌,重建的文明与文化秩序由掠夺利益者布置、分配,民族间的鼎盛与衰败的鲜明差异自然也就形成。有时,我打开电视,眼花撩乱,嘈杂声不绝于耳,发现一些影视作品语言台词、场景动作、文本格式等抄袭好莱坞大片,造些不切实际的背景,看上去很热闹,可静下心来一想,空无一物,噱头而已。所以,保留并尊重风俗民情也是一种生活态度、方式、状态,魅力无限。

有时,不经意间,我看到有诗书气质的好男人、好女人,他们没有衣着华丽,却十足自华,灿烂,美好,正如古诗曾言:"一身自潇洒,万物何嚣喧。拙薄谢明时,栖闲归故园。二季过旧壑,四邻驰华轩。衣剑照松宇,宾徒光石门……"

央视音乐频道曾播放的这首《鸿雁》合唱,无伴奏,视听效果却非常出色,让听众仿佛置身盛宴。其词尤其震撼心灵,我们随心去体会一下："鸿雁天空上／对对排成行／江水长秋草黄／草木上琴声忧伤／鸿雁向南方／飞过芦苇荡／天苍茫雁何往／心中是北方家乡／天苍茫雁何往／心中是北方家乡／鸿雁北归还／带上我的思念……"这就是文化自信的精神。我们的民族性格由此可见，奢求华丽往往适得其反。由文化自信开始建立制度自信，是一个母婴关系，忽略不得。

重温海子的《面朝大海，春暖花开》，我们仿佛被诗同化了美好与性情，画面与语音是那么美丽："从明天起，做一个幸福的人／喂马、劈柴，周游世界／从明天起，关心粮食和蔬菜／我有一所房子，面朝大海，春暖花开／从明天起，和每一个亲人通信／告诉他们我的幸福／那幸福的闪电告诉我的／我将告诉每一个人／给每一条河每一座山取一个温暖的名字／陌生人，我也为你祝福／愿你有一个灿烂的前程／愿你有情人终成眷属／愿你在尘世获得幸福／我只愿面朝大海，春暖花开。"海子的诗影响了几代人，也让人联想起了《诗经》，干净，理想不能混沌、污浊。

美，是人类的心灵享受。文化多样性是人类社会发展、进步的一个基本特征，求同存异，主心骨不能少。当代中国人一直在分享科技文明进步的成果。从 IT 技术到机器人，科技文明不仅改变了我们的生活，也令我们的文化发生嬗变。在巨大的历史变迁中，文化的融合与重组不可避免。但我相信在一个多元化的互联网时代，霸道的"万山不许一溪奔"式的文化实际上已不可持续，文化艺术也是在求同存异中做到精神圆润饱满、丰富多彩。

2016 年，文化艺术界举办了汤显祖逝世 400 周年纪念活动。汤公多方面的成就中，以戏曲创作为最，其《牡丹亭》《紫钗记》《邯郸记》《南柯记》合称"临川四梦"，其中《牡丹亭》为代表作。这些剧作不但为中国人民所喜爱，而且已传播到英、日、德、俄等很多国家，被视为世界戏剧艺术的珍品。戏曲研究家赵景深及其弟子复旦大学江巨荣先生的《赵景深文存》《明清戏曲：剧目、文本与演出研究》，香港中文大学华玮教授与江巨荣点校的《才子牡丹亭》，上海戏剧学院叶长海先生主编的《汤显祖研究丛刊》，都是对汤显祖的研究性著作。苏州昆剧院王芳女士表演的《牡丹亭·寻梦》，再现了舞台表演艺术的吸引力与心灵渴求的生命力，从而使文学、戏剧、绘画、美学、舞台布景艺术与昆曲产生了密不可分的联系。这是民族艺术的活化石，是文化基因表现出来的优秀品质。

2016年，也被定义为"汤公莎翁年"。400年前，东西方各有一颗明星陨落——戏剧巨匠汤显祖和莎士比亚逝世，前后相隔不过百日。两位巨匠人生迥异，但历史的巧合给后人留下无限的精神想象空间。将汤显祖与莎士比亚相提并论，并非今人首创——早在1916年，日本戏曲史专家青木正儿就在《中国近世戏曲史》中首次提出相关论述。

无论是《牡丹亭》还是《仲夏夜之梦》，都让我们在欣赏后的感动中慢慢静下心来，觉察到美妙的无穷，这里面包藏着闻所未闻的绝佳心境、情景交融的艺术唱腔、圆润饱满的人生创意。戏里戏外都散发迷人光彩、美好图腾。

细节、细致、无形、无声，是生命的起生与灭绝。如水、空气、基因等，决定到存亡；雷、风、雨、火、洪水、猛兽等，带来惊恐、惧怕、死亡等。文化有它先进性与传统性，落后的如同坏基因，见不到，但它能让你死亡；先进的则如同优秀基因，让文化留存，激情澎湃。人类的祖先早已破译"坏基因"，文化也就是无声的密码，埋在心底，萌芽，成长，繁殖，进入身体的每一个细胞，缜缜密密，无隙可漏。

前不久，上海一位好友发来一首苏格兰民歌《友谊天长地久》，挪威歌手Sissel Kyrkjebo 天籁演绎。我却从中似乎重见了唐人王维《辛夷坞》的诗境:"木末芙蓉花,山中发红萼。涧户寂无人,纷纷开且落。"我在纷繁复杂中感受到岁月静好,人生易老,生命悄然无声地送旧迎新。天籁之音仿佛与诗境同步直达胸臆,振摇着、提取生活中人为假设的密码,去粗求精。清泉般的精华,其实就在感悟生活方式,感动文化艺术力量的无穷,美好与痛苦并存。这就是魅力所在,心灵涤荡也在于此。

因此,我们要清醒地认识到,中华民族要伟大复兴,不仅需要经济上的飞跃发展,还需要以中华文化发展繁荣为条件;中国梦的实现,需要中华民族创新思维与创新精神面貌。文化,成风化人,润物无声,如同人身上的静脉,输液、注射都离不开它。少了它,民族就成了植物人。中华文化源远流长,传承不绝,是中华民族的血脉和基因。坚持文化自信是一项功德无量的工程,惠泽祖国未来,是人民生活品质的保证。党中央提出文化自信,恰逢其时!

(此文发表于2017年6月《科教文汇》)

眼睛中的光芒

眼睛是最美的画,她有着世界上最丰富的内容。艺术家便拥有这双明亮的眼睛。

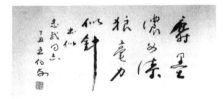

年轮圈圈。我们在与时间追逐的过程中,定义着热闹或者孤寂。阳光下,当柔和美丽的眼睛中奔涌而出丝丝甜蜜,反射出亲密不疏远的光芒时,心灵已没有了邪恶。于是,眼波流转中,一幅幅真善美的画卷汩

拂晓

滋芜 刊《科教文汇》(2014 年 9 月)

汩流淌着……艺术要的就是真善美!

中华大地,揽不尽风景名胜;神州艺苑,绽不完奇葩轶事。艺术

便要以传递人文正脉为主旨,弘扬传统文化,传承民族精神,贴近时代温度,在虚静、冷清、孤傲、性情中,讲述朴素的工匠精神和民族故事。她鼓舞艺术界同道勠力齐心,锱铢积累,创作出见真见本的作品,光耀中华大艺术。从艺者、著文者,贵在自然,亲承謦欬,方可匠心不老,既师承传统,又艺术出新。

其实,艺术不分中西,求同存异,正如地球是一个圆形一样,东西向出发,最终会汇合到一点。真正的艺术大师"做人存中华古风,治艺探世界新潮",他们的心灵共振已逾越中西、通达古今,冶中西古今于一炉,达成和谐之美。艺术宣扬的正是这种和谐之美,既是中华的,也是世界的。她坚持自己的上述原则,广泛交流诸子百家的艺术思想、学术观点、创作方向,倡导"绘画应惜墨如金去躁存真,造境当沉静谦冲致善为美"。

艺术,不是时间游戏,也不是电脑技术合成。它虽是技术活,但其核心是思想的光芒,是胸臆、心灵的随类赋形,既能打动自己,也能感动别人。如曹雪芹打造的《红楼梦》。曹雪芹早年过着锦衣纨绔、富贵风流的生活。后曹家因亏空获罪被抄家,曹雪芹随家人迁回北京老宅。待一切回归平静后,曹雪芹抱朴守拙,保持着沉静心态,任汐涨潮落,将喜怒哀乐贯穿笔下,点石成金,这才成就了大观园中的百花齐放,这才成就了揉碎人心肠的"千古一梦"。还有苏轼的《雨晴后步至四望亭下鱼池上遂自乾明寺前东冈上归》:"雨过浮萍合,蛙声满四邻。海棠真一梦,梅子欲尝新。"妙不可言啊。这意境不正暗合渐江《林泉图》吗?浮萍、蛙声、海棠、梅子,大山、树林、泉水、溪流,一孤傲一狂野,一柔媚一清冷,一明一暗,一张一弛,暖色与冷色交相辉映,形成了格调高古的人间词话与隽永画卷。苏轼与渐江,都经历了坎坷世事,也都最终成为了一代文豪、画僧,留下了万千触动后人的诗词与水墨。美术家要挖掘的正是这种笔墨精神，要继承的也正是这种旷落通达、圆润华滋、勃勃生机的诗性文化！

艺术，是心灵的眼睛、大地的光芒；艺术，是和谐的音符、跳动的心脏；艺术，是仁爱之心，是真善美的精灵。以此与同道者共勉。

丙申年秋于冷砚斋灯下草草

（此文发表于 2016 年 10 月《美术教育研究》、2016 年 10 月《美术家》、2016 年 11 月 1 日《新安晚报》）

宣扬地域文化　培养文学才俊

　　我在主编《江淮时报》副刊期间,新安画家王德祺曾多次要我写写周德钿先生。我满口应允,但从未兑现。而今已过去数年,想想欠下的这笔文债,总觉得自己轻诺寡信。现在,收读复刊后的《紫阳》,我按捺不住心头的不安,于是动笔写下了这点文墨。

　　周德钿是位作家,小说、剧本、诗歌、散文,均有造诣,尤以儿童文学闻名国内外;周德钿是位美术工作者,曾任黄宾虹纪念馆馆长、新安画派研究会负责人之一;更为重要的是,周德钿是位编辑,曾主编《歙县文艺》(今《紫阳》)数十年,当下热闹于黄山文坛的年轻一代,初始无一不是从这一园地里走出来的。如今年近古稀的他,将停刊六年之久的文化古城代表刊物——《歙县文艺》,重新打磨,更名为《紫阳》,又开始宣扬古徽州地域文化,培养年轻的文学才俊。

《歙县文艺》创刊于 1959 年,周德钿先生曾是主编。数十年里,它曾以较高的文学艺术品味,展示了当地文艺创作的成果,以"只认作品不认人"的严格选稿标准,发现和培养了一大批文学艺术人才,成为歙县一张精美的文化名片。然而,由于种种原因,《歙县文艺》于 2003 年停刊。2008 年,《歙县文艺》更名《紫阳》,重新面世。

童真

滋芜 刊《解放日报》
(2016 年 5 月 19 日)

《紫阳》是《歙县文艺》的继续与发展。"紫阳"是朱熹的别名,故朱子之学也称"紫阳之学"。它同时也代表着一种独特的地域文化现象,即"紫阳文化"。鉴于此,《紫阳》所涵盖的面更广,更广泛地解读了古老徽州的地理、人文与民俗,跳出了原《歙县文艺》那个狭隘的视野。从某种意义上讲,它打破地域封锁,起到了更有效地研究与宣传徽州文化、继承文明的作用。《紫阳》的重建,是歙县文化艺术的希望,仿佛让人从金钱梦幻中寻求到一束晟然之光。自《紫阳》复刊后,周德钿先生便把几乎所有的精力都投入到这个刊物的编辑工作,约稿、写稿、编稿、审稿,一支小小的红蓝铅笔,描绘了他当下生命的全部色彩。我便屡次接到他真诚的稿约。己丑年春,周德钿先生邮来两期新出炉的《紫阳》。我从阅读这两期来看,《紫阳》斯为县级文艺刊物之上品。相较于眼下泛滥文坛的"泡沫剧""快餐剧",《紫阳》所开端的抒情之作短小精悍。比事兴物,则以地域性侧托旁烘,不着一字空洞,尽得风流华章。我想《紫阳》足以代表了这一方水土的品味、风格、修养、道德取向。

周德钿像长在文学青年身边的一株葶苈,让人感觉即便是结出了椭圆饱满的果实,也是甘为入药的。他用老一辈作家的责任感与厚度,提携、关怀着那些文学青年们,用心血汗水浇灌这绚丽多彩、感情丰沛的创作园地——《紫阳》。春蚕吞丝,落英成泥。文学青年总是在他的扶持浇灌下探头于明亮之牖,迎接希望。周德钿先生在文学艺术领域中始终守护着那一方净土,恪守着所谓的"笨",寻求心灵的安详。

老羊倌眷恋情

滋芜 刊《解放日报》

(2016 年 5 月 19 日)

如今被称为文坛老人的他,将遥远的《歙县文艺》与眼下的《紫阳》互为交织,构成脉络清晰的人文视景,渗透出古城人的生活型范,塑造着古城人总体心态,让年轻人的文学"梦寐"变得触手可及。

(此文发表于 2018 年 1 月 5 日《安徽日报》)

与物相语

——跋张泉先生画集

　　庄子曰:"其作始也简,其将毕也必钜。"张泉先生年届古稀,他的"钜"也通过结集出版这一册书画作品,呈现在历史的长河中。

　　我在翻阅《张泉书画作品选集》样稿时,脑海里频现万物均入宁静的清纯之美,令我在心旷神怡、神魂颠倒中体会到仁慈、宽容、博大。这便是张泉先生创作出的"义薄云天,胸如大海"般的精神境界。他将自然的生机、天空的蔚蓝、大地的雄壮等等,用自己的认知,创构出不朽的图景,其中也流露出对人类因为贪婪、享乐、无节制等造成的奢侈浪费的哀伤与悲悯。这便是张泉先生的一种人生态度:在热烈中保持清醒,时刻警觉着。他在这种警觉中既洞察出远古蛮荒时期的苍凉,又窥探出当下贪乐享受所埋下的隐患。于是,他画山水、画静物、画花卉,造境、写境、抒境,企图与自然、与万物、与生灵对话,他相信凡物皆能语;他用内心之美、之善、之仁为桥,希冀到达佛光普照的彼岸。我相信,到达那一刻的惬意和快乐,其实就是张泉先生思想上的光明顶,就是一处艺术人生的高峰。写及此,我联想到前不久观看的史蒂文·斯皮尔伯格导演的、根据英国儿童文学《战马》改编的同名电影。虽然战火弥漫,但因心中有爱,即便是残酷的现实也掩盖不了美。张泉也同样是选择了这种人生态度,他在经历人生的磨砺后,仍保持内心的纯真,与物相语。我读他的画,感动得淌泪。

张泉先生起初是创作西画的,后转入国画创作。他早期也热情高涨地创作出如同董希文《开国大典》、列宾《伏尔加河上的纤夫》、伦勃朗《手持大卫王来信的拔士巴》、布格罗《赞赏》般的经典佳作。其融民族性、时代性为一体,涉及宗教与现实的矛盾、母性的美以及劳动者赞歌。他描绘悲壮、沧桑等等,努力探索着天、地、人以及万物的自然属性。张泉先生后期所创作的国画如皖南山水系列,所释放出的那种山水清音的视觉效果,无疑透露着其对故乡山水刻骨铭心的眷恋。这是他内心珍藏的一幅有关故乡山水、人文景象的美好图腾,他罗列着先人的文化痕迹,又如同北宋郭熙在《林泉高致》中所表达的一样,倾注着画家的思想和丰富的知识积淀,溯古研今,将文史哲及堪舆学统摄其中。能将这两种文化融会贯通到达巅峰的,还有五代的徐熙,以及现当代的黄宾虹、林风眠、吴冠中。张泉可谓得其余绪了。

厚重,是画家一种天然的悟性,并能由此到达快乐、隽永、天真的境界,从而表现出一种空灵之美。厚重、空灵,对于一般的画家来说,似乎只能拥有一端,而张泉先生却两者都有了。《楚辞·九歌·山鬼》有歌:"采三秀兮于山间,石磊磊兮葛蔓蔓。"张泉先生与石屋、石桌、石凳、石床为伍,在山间屋舍中抒发一切物理,以平和、乐观、向上的态度看待周边一切,聆听天籁之声,与自然合而为一,真正做到了"知道者必达于理"。我跋涉于《张泉书画作品选集》，深觉其之浑厚、之秀丽、之咏叹、之宁静、之纯真、之永恒。无论是《阳光下的花朵》中的喜悦怒放，还是《每饭勿忘》中的俭朴的生活方式，抑或是《陈胜吴广起义》中惊涛骇浪的历史巨变，更甚者是《清浣傍》中的那种方寸间入妙的生活场景等，画作中所蕴含的思想统统来自于张泉先生心灵中的迸发、感知、忧患等。他抛开了狭隘的形式、造型、写景、色彩等原则，将意、趣、味一统，以造化为师，创作出了一幅幅美好的景象。

作为一名画家，张泉先生一直进行着自我的放逐，远离权力与名望，这是一名真正的知识分子所应做的。然而，历史是冷静的，无论是热闹或是寂寞、圣人或是小丑、平凡或是伟大等等，它都会给出一个公平的分数。如张泉先生这样苦心耕耘于砚田的真正艺术家，历史会赋予他们高分。张泉先生认为，朴素、自然、勤俭、宽容之美才能持久、永恒。因此，他内心高贵，这也注定他在美术史上必有皇皇的一页。

"杏花红处青山缺，山畔行人山下歇。"我们在处处流光溢彩、水泥森林般的都市中，放下纷纷扰扰，细心去寻觅张泉先生画境中那份清音之乐吧。

2012 年 6 月 10 日草草于古庐州《美术教育研究》编辑部

（此文发表于 2012 年 6 月 20 日《新安晚报》）

我从诗意悟书魂

　　闲来时,取过案头上沈鹏先生著的《三馀诗词选》,我净手翻阅起来。

　　我认识沈鹏先生始于 20 世纪 80 年代初期。那时,经美术史论家穆孝天(亦名穆道湘)先生的介绍和关爱,我认识了沈鹏先生,之后我与沈鹏、穆孝天两位先生便展开过几次有趣的合作。

　　沈鹏先生工于书法,我与沈鹏先生的交往也可谓缘于书法(我是个小石匠,对书法没研究,但颇喜好)。这听起来似乎都与眼前的这本《三馀诗词选》无关,但是一来自古书法的内容大多为诗词;二来书画同源,"我从诗意悟书魂"(沈鹏先生语),书道与诗道二者也是可以相得益彰、"暗通款曲"的,就好比是欧阳修写《醉翁亭记》,而苏东坡书《醉翁亭记》一样。由此,诗词与书法艺术也相通起来。

　　我父亲是位教书先生,外祖母也粗识文墨,所以幼时我也曾在父亲和外祖母的教导下,学过一些诗词格律,可惜我天性散漫,亦不

拘形式，不爱那些个"仄仄平平仄，平平
仄仄平"，所以对旧体诗词也就渐渐地
疏远了。但我对写旧体诗词的人，心中
佩服得紧，总觉得那一首首、一曲曲唐
诗宋词似乎都是诗人、词人"戴着镣铐
的跳舞"（钱梦龙语），他们在格律之中
抒怀着人生百相，用正义和道德的力量
招引着一缕缕带着晨露的、蓬勃向上的
青春朝气。沈鹏先生便是携着这满腔
的艺术激情，于种种限制当中寻觅到了
一片大有作为的艺术天地。

　　沈鹏先生"在少年时代跟随三位硕
学前辈习书画、诗词、古文"，这为他写
作旧体诗打下了坚实的基础。加之他
本人对旧体诗词颇感兴趣，于是就积成
了这一本厚积薄发的《三馀诗词选》
（当然，沈鹏先生所著的旧体诗集并不
止这一本）。

　　艺术是自由的，艺术创作者可自由

泛舟清谈

滋芜 刊《安徽日报》

（2014 年 10 月 16 日）

地利用它抒发个人情感，创造出一切或古典或现代的美。而艺术又是
受限制的，从大处来看，任何一种艺术，都无法脱离某一时代某种环境
的制约——脱离了时代的艺术，终将被时代的浪潮淹没；从艺术本身
来看，任何一种艺术形式，都有着本身所必须遵循的规律与程式，脱离
了这种规律与程式的艺术形式，也终将失去其自身的规定性而不复存
在。诗词艺术，尤其是旧体诗词，就是一种受限制的艺术。纵使诗人

有着表达的自由,还是须在时代中遵循诗词的规律与程式。诗词有自身的规定性,其最为明显的就是格律。今人作格律诗,刻意求工者不少,其诗读来令人甚感生涩做作,这是因为今人没有古人的学识或才力,很容易拘泥于对一字一句的琢磨而忽视诗歌的整体效果。而沈鹏先生有幼功,通晓音韵,又习书、画,学养深厚,其诗句如"心潮时供风雷激,腕底曾驱虎豹游""消长无心随浊淬,驻翔如意羡轻鸥""为人作嫁心头热,处事无私天地宽"等等,都是千锤百炼的警句,对仗工稳,字字珠玑。"工"是格律的要求,然而"工"决不是"求"而可得的,若拘于"求",则被格律束缚住了手脚。古人云"不求工而自工,为不可及","不求工"是对"工"的超越,在程式之内却不拘于程式,以此达到更高的境界。诗人自古都是"戴着镣铐的舞者",真正的大诗人都是能"跳得好、舞得精",从而达到诗歌思想内容与形式的统一,于受限的形式中表达自由的心灵。从这本《三馀诗词选》来看,沈鹏先生达到了这一境界。面对旧体诗词形式上的诸多限制,他举重若轻,自由出入于古今中外,佳句信手拈来,"我手写我心",真可谓高人也。

　　沈鹏先生的诗词时代性非常强,诸多时事可于其中窥见一斑。如,1997年6月作《过天安门历史博物馆见香港回归倒计时表》,1999年1月作《迎澳门回归》,2003年10月作《鹊桥仙·"神舟"五号飞船》,等等。难能可贵的是,沈鹏先生并未将目光局限于具有政治性的时代大事上,而对一些小事也进行了关注。如,1995年电影《红樱桃》上映时作《小重山·电影〈红樱桃〉》,1999年4月作《第15届书法兰亭节》,等等。当然,他也并非只单纯记载时事,而是借诗词抒胸臆。文学一大功用便是警醒人心,沈鹏先生在进行诗词创作时便将这种极强的社会责任感付诸笔端,流于纸上。如在《小重山·电影〈红樱桃〉》《采桑子·经大西洋城,阅报悉沈阳于"九一八"建立大型警世钟》等诗歌中,有对沉痛历史的回忆,有对法西斯的谴责,更有对勿忘历史的示警与呼吁;《闻孔繁森像将塑建》《跪告》则是对某些"硕鼠"官员进行了谴责,对真正人民公仆的急切呼唤之情可见一斑。

诗缘情,诗言志,情志的高下,在一定程度上便决定了诗词品位格调的高下。沈鹏先生时刻关注着社会和人生,他的诗源于生活,无论是纪游还是读书观画,无论是对报上新闻的感触还是对生活琐事的记录,都蕴含着对历史、社会和人生的深刻思考。言为心声,他借诗词颇多自勉,一字一句皆发于心,"读书每责贪床晏,阅世未嫌闻道迟","三年两句真筌得,敢教文房四宝焚","对镜寻常笑二毛,诗情漫说气犹豪。为人作嫁无遗力,梦笔新添一寸毫。世事沧桑宽自得,江湖冷暖羡鱼陶。介居四壁无长物,思有梅花手执操"。这些肺腑之言是"真情所寄",是他长期对学问孜孜以求、对艺术潜心实践、对名利透彻体悟之后而获得的冷静与从容之心态的反映,淳朴平实,是装腔作势、为文而造情者所道不出的。

时值秋末冬初,艳阳如旧,我在冷砚斋(我的画室名)中处处感受到季节轮换时的纷繁,时时体味到天气渐寒的沉寂。在这种既痛苦又愉快的心境下,读这一册《三馀诗词选》,犹如倾听沈鹏先生在娓娓而谈,谈天地物理之情,谈为文治艺之道,谈做人处事之理,一颗烦躁的心也渐渐平静下来。置《三馀诗词选》于案头,它成了慰藉心灵和思想的经典。一书在室,满屋清辉。

壬辰初冬于江左淝水之畔

(此文发表于 2012 年 11 月 30 日《新安晚报》)

斯人已去 风范长存

——含泪送别沈培新名誉社长

许大钧 滋芜

2012年3月27日，科教文汇、少儿科技杂志社社长携同仁前往医院探望住院的两社名誉社长沈培新先生。沈先生虽然体虚，但笑容满面，思维清晰。他同前来探望的客人谈论食品安全、文化忧患以及官僚作风等问题，并约定下月初出院后一道去半汤，再作江南行。谁知仅隔一天，沈先生竟驾鹤西去，同我们永别了。噩耗传来，犹如重棒捶胸，科教文汇、少儿科技杂志社全体员工深为悲痛。3月31日，杂志社同仁前往殡仪馆瞻仰沈先生遗容，最后送他一程。

回想当年，《科教文汇》和《少儿科技》（以下简称"两刊"）创刊初期，时任中共安徽省委宣传部副部长，省政协常委、教科文卫体委员会主任的沈培新先生即给予大力支持，并应邀出任"两刊"名誉社

长。沈先生认为，发展科教事业与
陶行知的科学教育思想不谋而合，
于是力促安徽省教育厅陶行知研究
会参与协办；不久又促成安徽省政
协教科文卫体委员会参与协办。这
为"两刊"的成功创办提供了有力支
持，加强了"两刊"与社会各界的联
系，密切了行业间的交流合作。

对"两刊"的发行工作，沈先生
也提出了多项宝贵意见和建议。

对"两刊"的内容，沈先生更为
重视，给予了具体指导。他说，作为
一本少儿科普刊物，《少儿科技》应
考虑到少儿的理解能力和阅读兴
趣，尽量贴近课堂、贴近生活、贴近
科技。沈先生强调，科技要从娃娃
抓起，办《少儿科技》要解放思想、放

梦江南

滋芜 刊《人民日报》

（2015 年 4 月 8 日）

远目光，在传播科技知识的同时，要着力弘扬科学精神，传播科学思
想，培养少儿的科学素养，开发少儿的智力，使他们从小就爱科学、
学科学、用科学。

为鼓励我们办好"两刊"，沈先生还怀着满腔热情亲自撰稿和题
词。例如，为纪念《少儿科技》创刊周年，他挥笔题词"为科教兴国培
育新苗，为富民强国尽心尽力"；2002 年迎新春之际，他又为《少儿科
技》写了卷首语《新春寄语》，鼓励"新一代树立创新精神，从小立志
勇攀科学高峰"，并指出《少儿科技》是你们成长道路上的好同伴、

好朋友,读《少儿科技》有助于科学种子的播撒和繁衍",充分体现了他对少儿、对祖国未来的美好期望;2009年夏,他又满怀激情,挥汗为《科教文汇》撰写了卷首语《爱》,强调"提倡爱满天下,大爱无疆",指出"《科教文汇》就是播撒爱的种子,为广大知识分子建立了发表言论、交流信息、发展友谊的桥梁和平台"。这些稿件和题词,对办好"两刊"起了积极的推动作用。

撰写此文期间,又闻知沈先生遗言:"每个人都想快乐地活着,天天快乐……人总有死去的那一天,死有鸿毛泰山之分,也有痛苦安乐之别。如果痛苦地活在人间,煎熬家人,麻烦组织,亲友增愁,实际上是比生命的死亡更难受……如果我到生命竭尽终点的时候,不必去抢救,不必去开刀,不必去浪费钱财,就让我早点去马克思那里报到吧,走的时候要带着笑容,要高高兴兴。后事不要俗套,不要设灵堂,不要送花圈,不要开追悼会,可以在告别大厅留言,美好的言语可以激励家人。"遗言朴实无华,乐观地看待生与死,让人们读到了一篇唯物论者的人生哲学论著。

教育家、宣传家、活动家沈培新先生的逝世,是安徽省宣传文化战线的一大损失,也是科教文汇、少儿科技杂志社的重大损失。我们为失去这样一位良师益友和仁者智者而深感悲痛;我们将化悲痛为力量,尽心尽力办好"两刊",以告慰先生在天之灵!

崇高人格,秋水襟怀,斯人已逝,风范长存。沈培新先生永远活在我们的心中!

(此文发表于2012年3月下《科教文汇》、2012年4月6日《江淮时报》)

书画三家村

（一）许伟东

每隔一段时间，我总能在各报刊零零碎碎地看到许伟东先生的作品，或是书法篆刻，或是美术史论。这是个勤奋的人，笔耕不辍。

伟东与我结缘于中央美院。彼时，我们都在美院进修。他原籍安徽定远，后又客居芜湖，而今迁居在武昌的湖北美院，当一名教授书法、篆刻的教书先生。他在美院师从邱挺中老师，攻硕博，又擅长古代文论考证，写得一手仙气实足的好字，可谓古意达今人也；著作颇多，有人民美术出版社出版的《东坡题跋》等。一时，他竟以全才之称蜚声于国内。

伟东有大爱，颇有古人儒雅之风，对周边的人大度，点滴间从不忘助人、帮人。可以说，德才均厚有。散漫的我曾经得益于他不少，尤其在美院读书时，他总是为我井然有序地安排好生活上的一些琐碎事情。除了做学术研究、书法讲座以外，他还常常参加社会公益活动，尤其积极参加一些在安徽举办的书法展览及学术交流，并予以沟通和指导。他身在异乡谋求生计,却心系江淮,对古代皖籍书画名人,均有一番考证,挖掘出这些远古的文化潜质,找到文化核心的价值所在,并通过几篇考古学术文章,构成了一个理论体系,实在是不简单啊。

(二)王佛生

我认识王佛生时,他正任合肥市副市长。那时,他就是一位知名的书法家、学者了。他酷爱美术,书法大气、古朴、隽永,擅长美术史论,精通文房四宝研究和篆刻金石,对宋元书院一脉画法多有掌握。而今其习黄宾虹画风,可谓已渗透到骨子里了。他虽官至厅局,却仍以饱学之士闻名遐迩。官场一时荣,文章千古事。王佛生在这一点上,比任何人都清醒。

创办黄宾虹画院,担任省美协副主席,兼任大学教授,在繁忙的工作之余,他仍然以好学、宽容、睿智纵横于学院讲坛与社会美术领域。可以说,凭借博学他已然成为皖军美术人物代表之一。艺术创作没有捷径可走,它的收获来源于汗水的浇灌。艺术也最忌矫揉造作,它是由率真、纯真、拙朴而形成的民族性的艺术语言。王佛生找到了这种艺术语言。他从政的同时,利用业余时间培养了自己高尚的爱好,孕育出一派生机勃勃的花园。秀才人情半张纸,我作为他的艺友学弟,写此拙文以赞其艺术精神之嘉,真可嘉也。

(三)吴辛园

我特别想聊聊吴辛园。吴辛园何许人也?

新安多奇人,称怪者极多,怪者不怪也。然歙县文化馆有位真正的怪人、高人,他就是今年七十有余的吴辛园老先生。吴辛园是自渐江、垢道人、查士标、汪士慎、罗聘、黄宾虹等之后唯一一位仍健在的"新安一怪"。老先生为人谦逊,品学俱佳,为何却称"怪"呢?自20世纪50年代美术学院毕业后,老先生便寂寞耕耘,对于现代人所热衷的职称、学术头衔更是不闻不问。几十年来,他潜心艺术创作,门庭拒绝权贵入内,宁愿一家老小生活在乡村,低头啃土,也不肯趋炎附势,为不懂艺术的人画画。于现在的人看来,这就是"怪"了! 然而,"耕心田者日日丰年"啊。老先生的内心纯净得如一汪山泉,清澈、透明。他对年轻的学艺者,耐心、全心相教,且不收分文。足见其品之高、其格之正、其骨之坚啊!

老先生的作品曾被誉为"千金易得,一纸难求"。然而对待知音,老先生总是把最成熟的作品以示。李可染、王朝闻在世时,曾多次夸他是黄秋园式的人物;吴冠中先生健在时,也愿让他挑选任何一件作品,以换得其创作的一件山水图画。老先生的艺术造诣由此可窥见一斑。遗憾的是,安徽省美协至今也没有吸收他为会员,他更是连个中级职称都没有,这无疑是对当下学术不端的一种讥讽和嘲笑。不过,历史是把尺子,丈量着光芒的长度。它能摒弃短暂的"流光异彩",寻找到永恒的光芒。我坚信,历史一定会给吴辛园老先生搭个大舞台,他将成为继黄宾虹后又一个高峰式的中国画家,他的作品也会被后人供奉。这只是时间问题。

纸上清名,万古难磨!

（此文发表于2012年3月26日《新安晚报》）

大匠之门

——汪观清的艺术世界

2010年,在上海世博会上,中国馆展出了一幅近现代版《清明上河图》——《梦里徽州——新安江风情画卷》。该画长66米、宽1.8米,活灵活现地描绘了昔日古徽州的风俗文化。这幅画以散点透视构图法,通过刻画沿江四处有代表性村镇四季的风俗民情"春:丞相故里桃花墒""夏:三江口放伐""秋:金秋庆丰年""冬:深渡瑞雪",将

山鬼

滋芜 刊《科教文汇》(2014年9月)

场景故事统一在画卷中。上海博物馆馆长陈燮君看到此画之后,甚为震撼,脱口而出:"这是一幅近现代版的《清明上河图》。"他力荐该长卷在世博会城市足迹馆陈列,并说这正是农村怎样向城市演变、"城市让生活更美好"的一个写照。这长卷的作者便是世界知名艺术大师汪观清。

汪观清,1930年生,安徽歙县金滩人,上海美术出版社编审,素有"中华第一牛"之称,是"上海画坛五老"目前唯一健在的皖籍客沪画家。大体上,世人所了解的国画大家汪观清,是与上世纪60、70年代他创作的连环画《红日》《周恩来同志在长征路上》《雷锋》《南京路上好八连》《万水千山》以及之后风靡全国的"汪牛"紧紧联系在一起的。他以饱满的热情,创作出了一大批优秀的传世佳作。他几十年来始终坚持以歌颂劳动者为核心、以传统写意精神为指导,走现实主义和浪漫主义相结合的道路,成为卓有成就的一代国画大师。

其实,不仅如此,汪观清对中国人物画、山水画也是非常精通的。他从出版社退休后,旅居加拿大多年。虽人在异乡,可心中所想、手中所画的依然是祖国,依然是家乡。他在创作《梦里徽州——新安江风情画卷》时,翻遍了史书、府志、县志,搜尽徽州民间故事,几易其稿。每画一稿,他都带来请当年的小伙伴、而今已是八九十岁的老人们看,请他们帮助回忆并提出意见,从几十位老人的脑海中活生生地"抠出"一幅幅真实再现新安文化和徽州民俗风情的宏伟画卷,留给后人一段珍贵、美好的记忆。他倾注一腔乡情,挥写徽州神韵,用质朴稚趣的心灵,将儿童时代的记忆,将那时的池塘柳树、江风河滩、日月星宿,通过手中之笔,刻印成一幅幅动人心魄的画卷,令无数从艺者痴迷。

画既已完成,按汪观清自己的话说:"要找个适合它水土的地方存放。"一些有识之士思来想去,感觉此画最适合存放的地方应该是徽州,应该是汪观清的故乡——歙县。为此,在去年安徽省两会上,47位省政协委员联合提案,提议在汪观清的出生地歙县筹建汪观清艺术馆,使之成为再现新安文化和徽州民俗风情的立体版"清明上河图",以便将《梦里徽州——新安江风情画卷》这件伟大的巨制作为珍贵的人文和自然遗产加以立体化呈现和保护,并将其作为文化产业链的一个重要基地,从而促进黄山乃至安徽文化的大发展、大繁荣。

阳光

滋芜 刊《滋芜绘画作品选集》

(2016年2月华东师范大学出版社出版)

我相信,建成后的汪观清艺术馆,必将成为新安江山水画廊中一道亮丽的风景,为新安江的旅游业又打造出一个崭新的品牌。因为,汪观清呈现给文化探索者及游人们的定是经典文化,大匠之门!

(此文发表于2014年3月1日《新安晚报》、2014年3月《美术教育研究》、2014年4月《科教文汇》)

鲜花一束奉先贤

去年,我们《美术教育研究》先后失去了两位重量级的顾问:黄澍、王伯敏。黄澍先生 97 岁仙逝,王伯敏先生 90 岁辞世。他们都得善终,走时安详平静,是前世修来的福啊。

今年 3 月下旬,我路过钱塘西湖苏堤,孤山脚下,忆起昔年王伯敏曾与我来此膜拜他恩师、先贤黄宾虹的旧居。触景生情,我想起了吴惟信的一首短

戏里的正义

滋芜 刊《科教文汇》(2014 年 9 月)

诗——《清明即事》:"梨花风起正清明,游子寻春半出城。日暮笙歌收拾去,万株杨柳属流莺。"前年夏天,我与张春生学长、凌华贤弟还一起结伴同访黄澍。其时,老先生拟诗并题于潘公凯册页之上。这是他在世上的最后一首诗稿,可惜后来被人拿去了。物是人非,俱往矣。这些学者都是随和、解人所难的仁者,也是中华民族文明史的一座座宝库。

"吴山楚驿四年中,一见清明一改容。旅恨共风连夜起,韶光随酒著人浓。延兴门外攀花别,采石江头带雨逢。无限归心何计是,路边戈甲正重重。"唐人郑准的这首诗不只是对先人的拜祀,也是对生死过往蓄满情感的追思,更是一幅由山冈田野、参天古木、韶光清酒、河水池塘等意象组合成的悲苦交织的清明风俗画。由此,我想起另一位与黄澍、王伯敏两位一样随和、仁慈的长者——穆孝天。在甲午清明到来之际,奉鲜花一束祭穆孝天先生,以慰他在天之灵。

安徽定远人穆孝天1919年5月出生,1996年10月仙逝。他毕业于四川大学历史系,这注定他身上有一股浓浓的传统文化气息。我在青少年时代就认识了穆孝天,他仪表堂堂,步履矫健,目光炯炯有神,颇有名家风范,书一手好字,出口成章,擅长诗词。穆孝天对研究邓石如和中国美术史的贡献很大,著作等身。他先在安徽省社科院历史所工作,后到肥东中学任教,最后又调到安徽省博物馆做研究员研究美术史论,正好与我亲戚朱大松同事。

当年我从乡下进城寄宿在省博物馆表哥家,做学徒,投亲讨生计罢了。即便如此,在我的成长过程中,穆孝天也倾注了无私的爱,对我有启蒙之恩。他在编《安徽文博》时,常给我些珍贵资料看,并讲述新安画派的有关历史和美学常识。后来表哥与表嫂意见不统一,加上我做学徒工,收入有限,我便从表哥家搬到附近一户租金比较便宜的菜农家，穆孝天依旧不辞辛劳来看我。那时我年少，正长身体，饭量大，他常常私下添补我点粮票、煤票，鼓励我学习，提醒我提防小人、坏人。有一次他带我到黑池坝树林里，指着一棵树说：当年他一位社科院同事就是不设防，被小人陷害，一时想不通，吊死在这棵树上。他言语中透露出对昔日伤逝的无奈与感叹，还默默地围着这片树林转了三圈，咏诵宋人王禹偁《清明》："无花无酒过清明，兴味萧然似野僧。昨日邻家乞新火，晓窗分与读书灯。"当年我不谙世事，理解不了这首诗中的生命感慨，理解不了穆孝天当时自责空无一物祭奠先友的愧疚。可见穆孝天重情谊，念故交，内心怀柔脆弱。每当我回想起那一幕，仍然十分感动。虽然当年具体发生什么我并不知情，可是我见证了穆孝天道德高尚、大家风范的一面。

穆孝天晚年一头鹤发，道骨仙风，对青年人非常肯帮助，受益于他教诲与恩泽的远不止是我，还有一大批如今已是知名大家的学者如韩美林、张泉、韩玉华、高万佳、朱秀坤、章飚、季宇、叶观林等等，当年都得到过他的悉心呵护、尽心指导、用心培养。他还曾介绍我认识了北京的沈鹏、荣宝斋的刘惠新、轻工部的黄河、山东的书法大家陈梗桥、文化部的陈昌本等等文化人，其中与陈昌本先生的结识让我得缘去了文化部在中央美院办的群文班学习……如今已少有大家能像穆孝天这般谦逊助人、乐于义务为青年人辅导开课的了。

每当我想起穆孝天宽容、谦让、平和等美德时，就会泪如泉涌。1996 年下半年我去复旦大学念书，与穆孝天的走动便少了些，甚至他去世我都没能送送他。对此，我非常难过。听说，穆孝天走时也是非常平静安详，坐在椅子上走的。后来画家张泉告诉我：他没受一点病痛，是吃了他妹妹道芬削的一片雪梨后含笑离世的。我痛惜失去这么一位正义善良的尊师益长。1997 年 4 月的一天，《安徽日报》原总编辑、《江淮时报》总编辑钱林大姐去复旦大学看我,我向她道出了由于学业繁重无法在穆孝天逝世后的第一个清明节前去祭拜的苦楚,钱林大姐很善解人意,安排在报上给我发了一首怀念穆孝天的短诗。至今沉吟,内心仍然澎湃。

甲午清明,我感激穆公对我的提携之恩,撰写怀念之文,聊以慰藉。我时常念及穆公音容,愿他在天国处处风光无限。可以说,穆孝天是现当代文化贵族的代表,其气质、修养、品德独标一格,他在考证新安画派、研究中国文房四宝和美术史论尤其是书法史论上的业绩,更是如松柏长青,万古不朽!

2014 年 4 月 1 日于合肥冷砚斋灯下

(此文发表于 2014 年 4 月 2 日《新安晚报》、2014 年 4 月《科教文汇》、2014 年 4 月《美术教育研究》)

德钿文学五十年

　　周德钿先生七十岁了,最近安徽歙县文联《紫阳》编辑部为纪念其从事文学创作五十周年,出了一期由新安画坛名家王德祺先生组织编写的专辑。一个从大山里走出来的草根作家,为什么竟会有如此多的门生,且这些门生皆争先恐后地为老师的文学创作五十周年纪念写文章、撰楹联、填诗词以贺呢?

　　当下,应该说还有许多人选择了文学创作这条清贫之路。这群人"腹有诗书气自华",内心雍容高贵,中华文化的传播、中国梦的构建与实现都离不开这群如蜜蜂辛勤采蜜一样的耕耘者。当然我们身边也还有种局限地用金钱、酒宴、别墅等商业化标准来衡量文学创作价值的人,他们内心缺失了对文学的敏感,无法享受美妙的思想、愉悦的感觉以及纯粹的内心欢快,视文学创作为沉闷无聊、不务正业。殊不知,正是有了这些他们所谓的"不务正业之人",华夏五千年文明才得以传承发展下去。

　　周德钿也属于这类"不务正业之人"，甚至有过之而无不及。其文学创作涉及的体裁门类很多，有小说、诗词、剧本、散文等。在拜读过周德钿母亲姚莲花的《兄妹对歌》后，我想真正培育他走上文学创作之路的摇篮应该是周母。周母在劳动中培养了儿子的想象力，在劳动中积蓄了儿子的文学能量。周母在《兄妹对歌》中这样说道："妹：满山小麦正扬花，叫一声哥哥快回答：你是要作风儿吹，还是要当雨儿下？兄：雨打麦花难结果，风摇小麦麦粒大；愿作春风阵阵吹，不作霪雨天天下！妹：满山黄豆正起鼓，叫声哥哥快回答：你是要作风儿吹，还是要作雨来下？兄：风吹黄豆难起鼓，雨打黄豆豆粒大；愿作夏雨淋又淋，不作旱风天天刮！妹：麦靠风来豆靠雨，哥哥真是大行家！兄：麦靠风来豆靠雨，风调雨顺乐哈哈。"瞧，多么伟大的艺术！这艺术的产床，是对生活的细致观察，是劳动智慧的结晶，更是创作者的内心情感。周母培育了儿子的文学细胞，倾注点滴之爱到儿子的心灵中，她的教育是周德钿文学创作的温床。正是她的教育，才浇铸了周德钿这棵茁壮的文学之苗。这苗又经过五十年的春风夏雨，终有了今朝一树繁花。

　　在这个科技高度发达的时代，可以将昆曲《牡丹亭》用光影镭射制作出原景现场，可以将西洋歌舞《猫人》打造成三维四维立体空间艺术，更可以把芭蕾舞《天鹅湖》这一经典用3D打印成一部现代高科技歌剧，等等。是谁还在执着地守望着、关注着文学这一逐渐破碎的家园呢？是斯皮尔伯格，是周母，是周德钿……斯皮尔伯格用真挚、真诚将儿童文学《战马》改编成同名电影，将最粗朴、最原始却又最美好的一面定格在银幕上。周母《兄妹对歌》正如汉乐府中的一首诗《公无渡河》一样，也许它们不够优雅，也许它们只是一种呐喊，然而在今天，在这个燥热的年代，这种最原始、最质朴的情感表达恰恰是我们所缺失的。《兄妹对歌》回归到了文学蛮荒时代的属性，我相信它的价值也如同欧洲中世纪的羊皮书、中国商代古老的甲骨文一样弥足珍贵。

除他们之外，守望文学家园的还有周德钿。周德钿曾任黄山市作协名誉主席，歙县政协常委、作协主席，黄宾虹纪念馆馆长，《歙县文艺》(今《紫阳》)主编，笔耕不辍，树人无数。正如王明熙写给周德钿的楹联："倚新安山水育哺数百草根成雅士，承紫阳文脉编撰千万美文辑清芬。"周德钿在新安这块沃土上培养了无数后起之秀，用从母亲那传来的爱托起诸多名家，如柯灵权、汪祖明、洪振秋、程瑞嘉、汪乐丰、张跃进、程兵、吴宪鸿、凌瑛等。话至此处，应该不难解答文中开头所提出的问题了。

值家乡人民为周德钿七十华诞、文学创作五十周年庆贺之际，略叙上述尺牍以贺。文学，是塑造灵魂、品质的金字塔，是一个国家强大的软根基，是历史的方言版本，更是华夏文明的重要篇章。我们热爱它，尊重它。读懂了文学，也就读懂了我们中华民族的根源所在。

2014 年 3 月 27 日于合肥草草

(此文曾发表于 2014 年 4 月《科教文汇》、2014 年 5 月 7 日《合肥晚报》、2014 年 7 月 5 日《人民日报》、2014 年 7 月 9 日《黄山日报》、2014 年 8 月《美术教育研究》、2014 年第 3 期《安徽政协》、2018 年 1 月 5 日《安徽日报》)

砚神锋棱　画意在外

——方见尘雕刻与绘画艺术赏析

冷砚斋放置着一方方见尘先生创作的歙砚，砚内蓄水发墨，散出淡淡墨香。每每看到它，我便会想起元画家、诗人王冕的《墨梅图题诗》："吾家洗砚池头树，个个花开淡墨痕。不要人夸好颜色，只留清气满乾坤。"梅香自溢，文人的那股清气也立现眼前。文化要的就是这份纯净、这份质朴、这份傲骨。

方见尘与我同里，均为古徽州歙县南乡人。从某种意义上讲，他也算是我的师长辈。他擅雕刻、绘画以及书法。20世纪70年代末，方见尘建歙砚所，出任所长，旗下诸将名震四方，但均依托于见尘师之名，所做产品远销东南亚。我在方见尘手下干过几个月短工,他慧心仁义,安排老师傅汪律森与我对面坐着并指导我,也算是师徒情谊不薄了。我后来去复旦大学、中央美术学院读书,也只是在形式上抬高自身,改变世俗的生活,用名家、贵胄来装饰门面,欺世盗名而已。我本是草根,最念的恰恰还是早期给予我艺术指导与人生帮助的恩人,如先外祖母、先父、刘子石先生等。方见尘理所当然也是其中的一位了。

五百年来新安多奇杰。方见尘为人率真可爱,悠然豁达,才思敏捷,集仙气、巫气、侠气于一身。艺术家难得的就是这份天真稚趣、真性情。古往今来,大匠们修身养性到一定高度,也就返朴归真了。方见尘先生身上聚集了这些特质,他的癫狂恰恰是最好不过的情感释放,所迸发出来的能量将最美好的图像雕刻在石头上,犹如远古时期地壳运动将黄山、桂林、武夷山等美景定格在地表一样。他是治砚大匠,在他的刻刀下,天际星河、宇宙空间在百年孤独后又一次得到重生。方见尘选择了与明人徐青藤佯装癫狂不一样的活法,毫不掩饰生命的真实面目,即使有些是丑陋的,将本真酝酿出原汁原味的琼液,倒入现代人精心打造的瓷瓶,携艺术自然地活在三界之中。方见尘让我体悟到艺术的这一层属性,让美好久驻心田。我歌咏方见尘这位有个性的民间艺术家代表。

方见尘还是绘画大家、书法大家。他的绘画有力量,粗野自然,沧桑厚重,蕴含着求真、向善、爱美之寓意,区别于一般作品的媚、俗、伪,表达的是正义、感恩、向上的民族精神,我非常喜欢。大凡千古不朽之作也无非如此。他的书法如磨砺出鞘的利剑,棱角分明,肝胆相见。然而他笔下的人物与他的为人一样,柔软、善良,如春蚕吐丝,细劲有力,丝丝总关情。所以方见尘所绘仕女多妩媚含情,深藏柔情蜜意千年不朽。他山水画中的点、线、色块皆能通灵,真可谓山水不语画自语。我坚信：独具一格的见尘绘画，必能成为画史上一条汩汩流淌的河流，也必将在世界一流博物馆、美术馆里占有一席之地。

自秦汉以来，我们的雕刻总是着重汉朴之美，我们的绘画又总是强调宋元之古、明清之法。的确，这些先人的作品精彩无比，但它们早已成为文化长河中一次次远逝的扬帆，定格在某一特定的时期。艺术需要的是反叛的继承，而不是一味的重复。在当下这个多媒体时代，诱惑纷飞，方见尘却异常清晰自己的艺术方向，不沿袭旧道，避免走进死胡同。他一改保守、伪善、虚假，使艺术回归到初始阶段。雕刻的源头是石头，生命的源头是女人……万物生息，周而复始，皆遵循这一规律。方见尘刀下、笔下的率性而为其实就是这一自然法则的最好诠释。

如果将渐江、程邃、黄宾虹比喻成一座座后人无法轻易翻越的大山，那么方见尘便是山后边那一片丰富多彩的森林。方见尘及他的作品总会使人联想到四季的年轮和人生的蜕变，美妙蕴含于溪涧盈溢、飞龙舞凤、山岚秋色中，滴滴点点网络成一派祥和之气。这就是方见尘的胸中之图、心中之境。

2014 年 4 月 23 日草草于合肥冷砚斋灯下

（此文发表于 2014 年 4 月 29 日《新安晚报》、2014 年 4 月 30 日《黄山日报》、2014 年 5 月《科教文汇》）

心系修篁景 书写翠竹情

——张春生墨竹赏析

　　张春生先生勤奋好学，诲人不倦，且为人正直，曾官至副省级。当年他冒着坐牢、牺牲政治前途的风险，认准实践是检验真理的唯一标准，为凤阳农村大包干执笔撰文，为民鼓与呼，至今安徽农民还念念不忘这位为民请命的书生。他常跟我们说，从政为官者不要高高在上，党员干部要放下架子，深入基层解决群众难题，变"上访"为"下访"，我们的人民都非常善良，也通情达理……本着这样的信念，他从省长助理到地委书记，从省人大常委会副主任到陶行知教育基金会理事长，一路像竹一样为人处世，高风亮节，清峻不阿，修得好名声。

　　前几年,张春生先生退休后又捡起了自大学时代就喜好的丹青,专攻墨竹。竹,节节向上又节节虚心,极有灵性,是历代君子所钟爱的"岁寒三友"之一。千百年来,竹子的高雅清幽、不畏风雪被历代文人墨客所歌咏。张春生先生正是沿袭中华民族这一优良传统,扎根于神州大地的深厚文化泥土,借笔墨描绘出一派葱茏景象。他喜欢侍竹、热爱画竹,退休之后从未间断画竹写心,自谓不可一日无此君。岁月虽无法挽留,张春生先生却在水墨清华的世界中笔生五色,留下了一幅幅竹之春夏秋冬图,并凭此跻身于当代名家之列。

　　艺术家须宽厚、大爱、俭朴、善良,这些品质张春生先生都拥有了。他总是积极用心地去帮助他人,真诚地与各方人士交流,虽官至副省级,却没有半点官僚主义习性,正直谦逊,赢得了大家的尊重。他画竹吟诗,感物抒怀,并勉励自己学习竹子的高贵品质。人们喜爱张春生墨竹,不仅仅在于其画出了竹子的不同风姿,更在于其画面所呈现出的各种气节。他虽题咏的是竹子,但借用中国的笔墨纸砚让竹子的品格精神得到了升华。借物言志,他赋予竹子或刚劲或清新或生机蓬勃或喻示政治清明、人民安居乐业等等精神内涵。咏物而不滞于物,方能为画中上品。记得多年前张春生先生根据白居易的《题李次云窗竹》诗"不用裁为鸣凤管,不须截作钓鱼竿。千花百草凋零后,留向纷纷雪里看"写过一幅竹子。该作热情洋溢地赞美了竹子迎风傲雪、卓然不群的品行,隐约可见古风遗韵,且大气、率真、质朴。至今我仍然记得画面诗情画意中所蕴含的那一丝丝悠远的清新,从中管窥到青青翠竹的勃勃生机与不畏严寒。文化艺术要的就是这种以小见大的韵味。难怪湖北美术学院徐勇民院长在欣赏了张春生的一纸墨竹后也感叹地说:春生墨竹草草半纸,却千金不易啊！

　　张春生所绘墨竹与谢朓的《咏竹诗》"窗前一丛竹,清翠独言奇。南条交北叶,新笋杂故枝。月光疏已密,风声起复垂。青扈飞不碍,黄口独相窥。但恨从风箨,根柱长相离"异曲同工。诗传千年不朽,相信张春生的墨竹也能传千年而不失真趣味。因为他深知在浩如烟海的历史文化长河中,要想留下一笔,就必须苦心探索,虚心求教,耐心耕耘。他几十年如一日地赏竹、种竹、画竹,爱竹子的美韵源远流长,也助中国的竹文化发扬光大。张春生爱竹,爱它的风姿绰约,更欣赏它的"依依君子德,无处不相宜"以及虚心有节、刚正不阿的品质,他在绘画中弘扬民族精神。清代郑板桥题诗画竹,借青青翠竹抒怀,视其为真实的生命,赋予其人格,从而折射出竹坚贞不屈的品格:"咬定青山不放松,立根原在破岩中。千磨万击还坚劲,任尔东西南北风。"三百年后,张春生于笔下再现了这一精神品质,更从中体悟到了"未出土时便有节,及凌云处尚虚心"的求学处世哲理。

　　张春生先生最大的财富便是秃笔一支。这秃笔情系无尽修篁景色,书写万千翠竹风情。竹是张春生的命根子,也是他的精神所在,更是华夏文明史上不可或缺的一页。这一页辉煌便是人文艺术情操与品性的辉煌。张春生坚持、延续着这一辉煌,并始终在路上前行!

　　甲午年夏"八一"建军节来临之际,见张春生先生画竹图若干幅,感慨他的勤奋,信笔挥汗草拟拙文

　　(此文发表于2014年8月《科教文汇》、2015年6月30日《工商导报》、2015年7月10日《文摘周刊》)

回忆葛庆友先生

前两天,惊悉安徽省书画院专职画家葛庆友先生已于今年(2014年)8月29日辞世,不禁猛然心里一紧,心中掠过悲伤,脑海里渐渐浮现出与葛庆友先生相识的点滴。

15年前,我住在曙光新村22号楼,与葛庆友先生为邻。当时的曙光新村可谓"谈笑有鸿儒,往来无白丁",鲍加、郭公达、王涛等诸公都住在其中。其时我正与曾在安徽艺校工作的胡育泉老师筹办一本少儿画刊(现在的《少儿画王》),而葛庆友与朱松发一样,都是胡育泉在艺校的学生。为筹办画刊,胡育泉常来曙光新村找我,时常也带着葛庆友先生一起到我冷砚斋陋室内闲聊画论画史。这样一来二去,我与葛庆友先生也逐渐熟悉起来。

葛庆友先生爱吸烟、喜喝茶,个头不高,见面总是笑眯眯的,脸上肤色一直呈棕色,相貌平平却笑容可掬,很好相处,既不爱东家长西家短,也没有市井文化人那些搬弄是非的坏毛病。黄昏时分,我

们经常不约而同到小区门口或者对面的省委党校内走走。偶尔也会碰到从报箱取了报、边走边看的鲍加。若干年后，他们相继搬出，住到其他更好的小区里去了。而我总舍不得这一院子的好邻居，至今也不想搬走，偶然间也还能碰到一两个熟人，很是亲切。

葛庆友老师搬去琥珀山庄后，一次我碰到他，同他开玩笑说：你吸烟吐出的烟圈如同琥珀色，晚景一定灿烂！他听后哈哈大笑，也示我一幅国画《母爱》纪念，画的是在风雨中飘摇的鸟窠内两只嗷嗷待哺的雏鸟以及捕食回来的老鸟，十分自然感人，没有一丝做作痕迹。

而今逝人已去，心里不禁失落惆怅。前不久安徽省书画院办的一个展览，我避开人流高峰，独自去看

巧手炊香

滋芜 刊《人民日报》

（2018 年 6 月 11 日）

了。在一个橱窗里，我见到了葛庆友先生的一册手卷。手卷可以说三境俱佳，有造型、有笔墨、有趣味。如今人去空留橱窗，叫人怎不悲痛？

人生无常，世事难料，平静对待生死，尽量宽容待人，珍惜活着，广积善缘，待人厚道点总是好。我想此刻最伤心难过的莫过于葛庆友先生的妻儿。行文至此，借《诗经·葛生》寄托我对葛庆友先生如

同亲人一般的哀思吧,祝他老人家一路走好!

　　葛生蒙楚,蔹蔓于野。

　　予美亡此。谁与？独处!

　　葛生蒙棘,蔹蔓于域。

　　予美亡此。谁与？独息!

　　角枕粲兮,锦衾烂兮。

　　予美亡此。谁与？独旦!

　　夏之日,冬之夜。

　　百岁之后,归于其居!

　　冬之夜,夏之日。

　　百岁之后,归于其室!

（此文发表于 2014 年 9 月 5 日《新安晚报》）

怀德抱艺 半唐① 耸秀

——本刊顾问王伯敏先生逝世周年祭

"不思量，自难忘。"苏轼悼念亡妻的诗句也道出了每个经历过亲朋故旧生离死别之人的痛苦心境，我对王伯敏先生也常常"不思量，自难忘"。

先生王伯敏于 2013 年 12 月 29 日以 90 岁高龄谢幕世间，可谓仁者寿也。但他的治学精神以及怀德抱艺的品行永远不朽！至今许多得过他恩惠的人仍然清晰地记着他点点滴滴的关爱和扶持。尤其是我的同仁凌华君，一谈论到王伯敏恩师，便是哽咽成泣。我亦如此。

先生王伯敏心中有大爱,爱他的学生,爱他的同事,爱他的妻儿老小,爱他的父老乡亲,也爱生他养他的祖国。他所操守的品质正如一楹联所撰:修身如执玉,种德胜遗金。如今他的长子王大川先生也有了这种诲人不倦的文化责任感,携美好与纯净,向世人传递积极向上的民族精神及人文正脉。

在王伯敏先生逝世周年之际,本刊选发他生命中的几个精彩华章,以表怀念。

注释:
①王伯敏先生画室名为"半唐斋"。

图片说明:
①王伯敏先生88岁时在桐庐大奇山脚下"半唐斋"与本刊社长滋芜亲切交谈后合影留念
②王伯敏先生指导学生滋芜画竹示范小品
③王伯敏先生指导弟子凌华作画时的照片
④本刊创办时,王伯敏先生给本刊的指导意见
⑤王伯敏先生数年前题赠本刊社长滋芜的画册

①

④ ⑤

（此文发表于 2014 年 12 月《美术教育研究》）

刘百素的大地情

　　来自沂蒙山区的刘百素先生与我同窗于中央美术学院,其性质朴,声音洪亮,出笔如同抽鞘之剑——清冷、见血。画事擅拟八大笔意,探佛家三界、贯穿世事,常摹历代名篇,却能得古意出新篇。刘百素说,他虽然居住市井,心灵却能游于艺,常念石涛之心境,又能结合现实生活,笔底画作妙趣横生。是以,刘百素的创作呈现出如沂蒙山小调一样悠然自得的闲情逸致。他张扬了现代文明和古代文化艺术元素,积极向上地表现出中国画的自然美和劳动美。这些成绩,刘百素在中央美术学院国画系研究生班深造时,就得到了师生们的肯定。他是2003级中央美院国画系师生们公认的学术领头雁,是学生的领袖人物。因为刘百素心中有爱,将大爱淋漓尽致地用笔墨在纸上尽情渲染,所以他得到了社会和学院的肯定,多年来也得到了诸多头衔和许多荣誉。

　　刘百素先生在美院师从张立辰老师,对老师尊重,对同学友爱,他挥毫落纸,气势磅礴,凡作花鸟,皆能通灵。这些均源自他的诸多修养,在情、意、趣、味中直抒胸臆。他学习之余爱好声乐,神气来时,高歌一曲;他妙于书道,且均精通。山东历来出高人、圣人。刘百素对此解释:高,有泰山;圣,有孔夫子。这些都是他艺术理想的目标。他默默地用心感受着,默默地践行着。愿他面对高山仰止的先贤们许下宏愿的同时,在大山门前,一步步地夯实基础,一步步地接近目标,让梦想成真,实现自己的艺术追求,让中国画走向世界。

　　一管惊天歌,瀚墨香九洲。刘百素终将在齐鲁大地上绘画出时代的精彩的壮丽华章。

　　　　甲午岁末,草草于合肥冷砚斋灯下,匆匆望不计工拙

（此文为山东美术出版社出版的《刘百素画集》代序）

清芬天趣

滋芜 刊《文艺报》(2016 年 7 月 18 日)

两姚读本

（一）姚存山

我喜欢王元化老先生的《清园随笔》《清园宿话》《文心雕龙研究》，姚存山先生的《徽苑漫笔》颇有几分王老《清园随笔》的味道。人常常求佛，佛却讲缘。姚存山在任中共歙县县委宣传部副部长、《歙县志》主编时，我俩交往并不多。而一次偶然的机会，我见到了由安徽人民出版社出版的他的《徽苑漫笔》，上个月，我又收到他本人题赠给我的样书。然而，由于事务繁忙，直到这个月我才有时间认真读完了它。可见一切都讲究一个"缘"字。

圆　味

滋芜　刊《美术教育研究》

（2015 年 9 月）

在书中,姚存山本着平静超然的态度,回顾了一段段徽州往事、一个个人文典故、一处处风景名胜。我想这与他担任过《歙县志》主编有关。他秉持着热情、热心、热烈,把一个个人物、故事激荡成书本,以心境之美填装,用文字装饰,将曾经割断了的或沧桑或厚重的历史重新续起,打包一篇篇文化故事、名人轶事成集。人们在阅读这本书时,自然而然地热爱书中的人与事、物与景,并体悟思想,领悟在心,随书饱览了一座名城,领略了一位位名人所蕴含的独特文化魅力。姚存山用正能量诠释着这一篇篇动人的故事,融民俗性格、方言方志于其中,奏响探讨文化使命的前夜曲。在今日快餐文化遍地开花的时代,姚存山无疑是冷静的。他以生活为乳汁,以勤奋为径道,使文学回归生活的母本,以讴歌人文正脉、实现中华民族伟大复兴为己任。基于此,《徽苑漫笔》高歌嘹亮,真正在为时代立碑树传。精湛的艺术,正是民间这些默默无闻如姚存山之流的文化高人和道义"贵族"传继与发扬的。他们于清贫中仍然捍卫着文化艺术的神圣领土。

(二) 姚和平

尤里西斯把生活看成是个圆。因为有爱,世界不分东西,和平圆满;因为有爱,诗歌不分南北,通达圆润。姚和平的诗歌中没有自大,只是用多场景与人交流着,耐心地倾吐着一个个矛盾体的无奈,用心修复创伤,回首旧事,清点以往,点滴中充满着爱。这是最近我收读姚和平在中国文联出版社出版的《或者花朵》诗集的总体感觉。

生活中难免有磨难,而诗歌是抚平伤痛、治愈心灵的良方妙药。如苏东坡、柳宗元,他们身处人生逆境之时,都借用诗来抒发心中郁结,之后方能乐观面对。我不知姚和平经历了人间多少苦难与艰

辛,但他在诗中以无期的花朵隐喻心中的离别之痛,在酸楚中吟颂
自然赋予他的力量。值得一提的是,这些优美的诗,都是他在主编
《方圆报》之余的创作。

一切诗歌艺术的母本是哲学,因此诗人又是预言家、哲学家。
海子的"春天,十个海子全部复活"、胡适的《湖上》、李叔同的《送
别》、戴望舒的《雨巷》、刘大白的《秋晚的江上》、闻一多的《废园》等
等,无疑都是有关哲理、情爱、道德、美丽、生离死别、美好祝愿等的
唯美选择。这都是诗人借虚拟空间,回避现实,企图拯救世界。姚
和平的诗集中也不乏这些。他的《想起母亲》与海子的《面朝大海,
春暖花开》如出一辙,都是借用诗经旧句,吸取新概念后自然释放,
本质取意、取趣,率真地放弃一切矛盾,从而于自然中体现心境之
美。祝愿美好和仁爱是贯穿这两首诗的主线。

诗因真情感人。姚和平诗歌之美、之动人,就在于其中所蕴含的
从大无畏到大爱的豪迈之气,把一个烂摊子用百倍的勇气去修复得完
好无缺,歌颂了生活,赞美了劳作,启示了人生无穷无尽的遐想。这也
是当下迷失在情爱中、追捧虚无主义的文学界少有的一盏明灯,它将
照亮诗坊自私、阴暗的角落,复位大爱,回归生活。窃以为,文学最基
本的功能,就是用文字的温暖形成大爱以教化人心。姚和平的诗集浸
淫书香,文笔爽净传神,亲切自然,便是达到了这一点。

大美无术,大爱无疆。虽然我与两位姚先生所经之事不同,但
追求真善美的愿望是一致的。在如今社会倡导多读书、读好书的大
背景下,撰此短评以赞写书人之清苦与高尚。

(此文发表于 2015 年 6 月 17 日《新安晚报》、2015 年 8 月《美术
教育研究》)

书法家本诗人

——陈树良先生印象

　　陈树良先生与我有数十年交情。他从省政府副秘书长的位置上退下来之后,除了坚持写新诗外,还重新捡起了老行当——书法。窃以为,这种生活方式是最迷人、最值得赞美的,也是最经得起时间考验的。书法创作、读书游历、诗词歌赋,陈树良先生当下的生活好不快哉!这是对一个退休官员转换为读书人、书法家、诗人的极大肯定。通常,老年人学琴棋书画,只是为了排除寂寞、打发时间而已。但陈树良先生不仅仅如此。他选择书法、诗词,看似是为了娱乐,实际上则反映出了他全面深厚的艺术修养以及积极向上的人生态度。这些也都再现于他的书法及诗词创作当中。

　　汉语是我们的母语,汉字作为汉语的载体,千百年来已逐渐生发出另一种书写艺术,这就是书法。汉字是中华文化系统中蕴藏中国文化的重要载体和解开中国文化之谜的一把钥匙,不仅是记录汉语的文字符号,而且是影响最为深远的文化符号。自人类有文明开始,书法也就存在了。练帖,是通向书法创作的重要途径,然而练帖并不等于一定会书法创作。汉字的结构、章法等并非一朝夕形成的,它有几千年的历史,有一套完整的体系。当然,想要成为书法大家,仅仅熟谙这套体系,还远远不够。艺术讲求创新,讲究个性化,不能迷信大家,而要"脱缰",要回归到创作者本身的独特魅力。古往今来,成名成家的关键恰恰就在于这独特个性。正如鲁迅所说:"必尊个性而张精神。"陈树良先生正是携这独特个性与精神,一遍又一遍地抒写着人间正义!

生命从河流的那一端漂来(局部)

滋芜 刊《文艺报》

(1997 年 12 月 20 日)

纵观陈树良先生一些优秀的书法作品,可以看出,他不仅天赋异禀,个性独特,而且艺术上的胆子大,灵感也不欠缺。艺术上胆子小不是件好事,灵感也是最难"邀请"的。艺术上胆子小了,对过去的杰作念念不忘,总是想着以前怎么画,自己模仿自己,自己拷贝自己,固步自封,不愿创新,不敢尝试,即使做到貌合,总归落得神离,难以进步。而灵感也是"矜持"的,可遇不可求,它从不肯停栖于僵木枯枝上，必得人"众里寻他千百度"，方能"蓦然回首，那人却在灯火阑珊处"。古往今来，能在中国文化长河中留下"倩影"的艺术品，无不是艺术家在创作时下笔如有神助，艺术上胆子大，又捕捉到了瞬间的灵感，创作出的不可再得的逸品。我相信，陈树良先生一边写诗，一边书写，集诗情与书意于一身，直抒胸臆，迸发情感，必将创作出更多的精品，造就出绝妙的心境之物，使书法艺术达到光辉顶点。

就艺术人生而言，六十岁左右可说是艺术生涯的壮年期。自从陈树良先生六十岁退休以后，他在书法与诗词的创作当中得以优游颐养身心，开拓出一片属于自己的崭新天地。陈树良先生是"热闹"过的人，然而艺术还要忍受得了寂寞、坐得了冷板凳。这个过程虽然有点伤神，但必须经历。如今陈树良先生重拾毛笔，从"热闹"当中回归"朴素"，确实需要一番勇气。朴素，是内心真正的高贵。陈树良先生正是基于朴素的内心，才能高贵地书写人生的端正与可贵的精神。人品好坏决定艺格高低。艺之为业，大道存焉。

（此文发表于 2015 年 12 月 31 日《新安晚报》、2016 年 1 月《美术教育研究》）

倾注一腔乡情 挥写徽州神韵

——汪观清《梦里徽州·新安江风情图》记

编者按：汪观清，1930年生于安徽歙县金滩，现为上海文史馆馆员兼书画研究社社长、上海人民美术出版社副编审，被誉为"中国当代画坛画牛第一人"。其连环画《红日》《南京路上好八连》《周恩来同志在长征路上》《雷锋》《从奴隶到将军》等曾轰动全国，他的绘画艺术形式更是影响了几代人。2012

年,安徽省政协47位委员、常委及文化知名人士联合提案:在歙县金滩新安江边的小山上建一个以徽州民俗为特色的汪观清艺术馆,以便将《梦里徽州·新安江风情图》这件伟大的巨制作为珍贵的人文和自然遗产加以立体化呈现和保护;将始建于明末清初、具有典型徽派建筑特色的汪观清祖居列为省级文物保护单位、爱国主义教育基地,借此促进皖文化大发展、大繁荣,并将其作为文化产业链的一个重要基地。

2010年,在上海世博会上,中国馆展出了现代版的《清明上河图》——《梦里徽州·新安江风情图》。该画卷长66米、宽1.8米,再现了徽州繁华时期的一段风俗文化,作者便是汪观清老先生。他以散点透视构图法,通过刻画沿江四处有代表性的村镇四季的风俗民情——"春:丞相故里桃花坞""夏:三江口放木""秋:金秋庆丰年""冬:深渡瑞雪",将场景故事统一在画卷中。

在画卷中,汪观清以写作的方式,用绘画表达风俗之美。他努力让徽州那个时代的烙印存活下来,让画卷成为一部活着的乡土文化教材。

在画卷中,汪观清以纪事的方式,用绘画告诉人们民族文化的根。他努力挖掘出民俗文化中即将灭绝的元素,拯救一切经济、物质背后的文化良心。

在画卷中,汪观清以斗牛的方式,用绘画回归一个民族农耕田园生活的图像记忆。画面中公牛的锋利牛角撞击一切浮华与虚幻。

在画卷中,汪观清以史诗的方式,用绘画再现了一部部真实的徽州文化史、民俗风情史。他的画卷让我们不得不去研究徽州方言,他的绘画文本让我们发现了中国三大地方学(藏学、敦煌学、徽学)之一的徽学。

在画卷中,汪观清以智慧的双眼,用绘画描绘了徽州先民们的影子。画中,徽州先民自远古流传下来的徽骆驼、徽州老牛的秉性表露无遗。汪观清自己也常以徽骆驼、徽州老牛自诩,并引以为傲。

……

汪观清老先生今年八十六了。上海对这件反映新安民俗的现代版《清明上河图》早已有了收藏于陈列馆的打算,但汪观清老先生迟迟不肯答应。他是想为这件文化宝物找到在徽州的归宿,他是想把根留在一个水土合适的地方啊。因为,这也是文化的命根子!

鉴于此,特呼吁在歙县金滩新安江边的小山上建一个以徽州民俗为特色的汪观清艺术馆的同时,先将始建于明末清初、具有典型徽派建筑特色的汪观清祖居列为省级文物保护单位、爱国主义教育基地,留住文化的根。

(此文发表于2016年2月《美术教育研究》、2016年10月《科教文汇》)

献 瑞

滋芜 刊《中国文化报》(2016年4月10日)

黄山白岳育贤达

——《叶善祝画黄山》序

　　黄山白岳育贤达，新安山水孕英华。古往今来，在孕育了程朱理学的这片大地上，人才辈出，远有诗仙许宣平、画僧渐江、虚谷、垢道人，近有黄宾虹、汪采白、胡适、陶行知……而在当代，有一位擅在柔软的宣纸上做"铁画"的大师也不能不提，他就是叶善祝老先生。这一册《叶善祝画黄山》让我们眼前一亮。

　　贤达，顾名思义，有才德有声望的贤明通达之士。"贤"里面包含着能和良，"达"里面包含着成功、宽厚。如此说来，披云居士叶善祝先生也是当之无愧的贤达了。中国画论品德、讲格调。它讲究写——写生、写意，不求形似，而求神似；讲究德——德行、德性，以画品看人品。人格、气节，是水墨的保证。在这一个层次上，叶善祝先生无疑是有保证的。他面对成功，勇于告别；面对新的绘画潮流，敢于尝试。他从热闹中清醒，回归到平淡、清冷、孤傲的虚静之中，回归到艺术本原上来。能做到这一点非常不易，一般画家在鼎盛时期，在花环、荣誉与官帽面前，是很难超脱的。而叶善祝先生却统统抛开，回归到艺术家本色行列。写到此，想起南北朝江淹的《别赋》句："黯然销魂者，唯别而已矣。"别，需要何等的勇气、何等的气概啊？

伟大的艺术家要灵魂干净，视艺术为自己的情感归宿。叶善祝先生早早地认清了这一点，他要的便是新安画派的传承与创新！如果仅是传承，那对叶善祝先生可谓是太简单了。他早年师从陈端友、唐云、陆俨少等大家，对于他来说，将先师的衣钵传承下去，便有金钱可收，便有花环可戴，便有尊荣可享。但他并没有满足于此。叶善祝先生苦心地求变、求新，求传统中见光芒，这一点是一般没有历史感、没有恒心的艺术家难以做到的。而叶善祝先生努力践行在路上，用人格标下艺术神圣的担保，担负起文化责任，用新安画派的铁线、焦墨、水韵挥写出黄山的雄壮与气派。如果说叶善祝先生的经历，如同先秦《山海经》那部富有神话色彩的古老奇书，那么他如铁打一般的黄山写景，无疑会入选新安画派价值连城的母本。当然，这个认识的最终形成还要一个过程。黄宾虹成功后，许多后人千篇一律地抄袭仿造他，放大他的块面、点线，剽窃成自己的东西。而叶善祝先生却一直塑造着绘画上的自我面貌，寂寞沉淀，似醉实醒，营造着诗画同境，追求艺术上的别出机杼，便是画面上的方寸题跋，他也斟酌再三。他的题跋款款春色葳蕤，透出殷殷美景的诗画之境，而又字字透着大彻大悟。这些和盘托出在他的题款当中，衬托在黄山的瀑布喧喧、松涛阵阵中，惊动人心，慑人心魄。云端生五色，墨雨润千家。叶善祝以各种诗性文化，冲决一切，昂扬他的笔墨气势。他的中国黄山风景画，必将在新安画派中星光熠熠。

叶善祝不仅诗画自成一家，性格上也不拘泥市井，颇有几分诗人独吟古今绝唱的文人情怀。他从不掩饰自己的好酒、爱曲，素以坦荡对人生。他用快乐的艺术想象、用黄山的甘霖当成长的乳汁，自然地画着、写着、沉吟着，柔情、低语反复出现在他美轮美奂的笔墨铁线下，如同春燕呢喃般讲述着新安白岳间的风俗民情、经典故事。正如唐代诗人张旭写《桃花溪》"隐隐飞桥隔野烟，石矶西畔问渔船。桃花尽日随流水，洞在清溪何处边"时一样，叶善祝体悟着陶渊明笔下的"不知有汉，无论魏晋"在张旭诗中的意境，渴望在笔下与生活当中重现桃花源中避开骚扰、无忧无虑的生活，仔细地观察着万事万物的微妙之变。避世、隐居，只为性情而作、不为其他，是历代文人墨客所特有的生活信条，也在新安画派历代大家光辉的品质当中出现了。作为新安画派的传承人，叶善祝的身上也有着这种平淡是真、朴素为美的工匠精神。

序末，让我们同1943年生于新安、从此长于新安的叶善祝先生一起，同吟元人查德卿的《普天乐·别情》曲"淡月香风秋千下，倚阑干人比梨花"，同赏这册《叶善祝画黄山》吧。

2016 年 11 月 25 日于冷砚斋灯下

（此文发表于 2016 年 11 月 29 日《新安晚报》）

符众花开

求同存异，和而不同

——论《谜窟疑踪》中中西文化的融合

编者按：小说，是艺术的综合体。方兆祥先生的小说《谜窟疑踪》更是多种艺术的结合体。他在书中将世界各地文化与中国文化连接一脉，为读者展现了一幅魔幻现实主义的生动画卷，求同存异，和而不同，传递出丰富的人文气息，使艺术主旨得到彰显。滋芜先生这篇《求同存异，和而不同——论〈谜窟疑踪〉中中西文化的融合》站在文艺学和美学的角度，从中西文化和谐共生的视角切入，通过对书中中西文化的互释,反思了中西文化融合的人文意义。

本刊刊登滋芜《求同存异,和而不同——论〈谜窟疑踪〉中中西文化的融合》一文,便是试图通过作者的评述,窥见《谜窟疑踪》之一角,从而在有限的篇幅内挖掘出该书的深层次意义,以飨读者。

摘 要:文化是一个外延广阔的概念,是人类社会在历史实践的过程中所创造的物质财富、精神财富和相应的创造才能的总和,对于人类的重要性不言而喻。文化交流是人类社会相互交往的产物,更是文化发展的重要途径。现阶段,随着人类交往的广度和深度不断增大,中西文化交流的规模越来越大、速度越来越快、层次也越来越深,这也是人类文化发展的规律。方兆祥先生的《谜窟疑踪》以黄山花山谜窟与末日传说为叙事背景,讲述了西班牙人桑德罗远渡重洋来到黄山寻根问祖、破解地球末日之谜的故事,为读者展现了一幅魔幻现实主义的生动画卷。笔者从中西文化和谐共生的视角切入,以丹纳的艺术三因素说为理论基础,阐释小说中种族、时代、环境的文化内涵,并以此为基础分析作品中中西文化交流与碰撞的具体表现,再由作者的中西文化互释,反思中西文化融合的人文意义。

关键词:《谜窟疑踪》 中西文化 融合

Seeking Common Ground while Reserving Differences, Striving forHarmony but not Sameness: On the Integration of Chinese and Western Cultures in "The Mysterious Trace of the Grotto" // Zi Wu

Abstract Culture, a concept with a broad extension, is the total of material and spiritual wealth and corresponding creative talents in historical practice of human society, so it is crucially important for human beings. Cultural exchange is the product of interactions in the human society, as well as an important approach of cultural development. In the current stage, with the continuous increasing width and depth of human communication, the scale of Chinese and Western cultural exchange is larger and larger, making its speed faster and faster and level deeper and deeper, which is also the rule of the development of human culture. With Huashan Grotto of Huangshan and the doomsday legends as the narrative background, Mr. Fang Zhaoxiang, in his novel "The Mysterious Trace of the Grotto", narrates a story about three Spanishes, who came to Huangshan to quest the mystery of the doomsday. The novel shows the readers a vivid picture of Magical Realism. With the harmonious development of Chinese and Western cultures as the breakthrough point, the writer interprets the cultural connotation of race, age, and environment in this novel, based on the theory of Dana's three elements of art. Based on the theory, the write also analyzes the specific performance of Chinese and Western cultural exchange and collision, and reflects on the humanistic significance of the integration of Chinese and Western cultures from the perspective of the narrator's mutual interpretation of Chinese and Western cultures.

Key words "The Mysterious Trace of the Grotto"; Chinese and Western cultures; integration

1 引言

人类社会是经济、政治、文化的有机统一。文化受制于经济和政治,又反作用于经济和政治。只有经济、政治和文化相互协调发展,社会才能协调、和谐、有序地运转并良性循环,否则就会失衡甚至瓦解。现今,我们生活在一个丰富且开放的时代,古今中外的信息均可以信手拈来,世界的时空维度大大缩小,文化交流顺理成章地成为人类社会生活的一个重要组成部分。随着经济全球化、政治多极化、科技信息化、文化多元化的日益发展,世界各国、各地区相互联系、相互依赖、相互合作的程度不断加深,整个世界的联系日益紧密。世界上任何一个国家都不能摆脱这一历史潮流而独立存在,都必须在这一浪潮中趋利避害,以求得自己的发展,这也是当今世界发展的趋势。学贯中西的钱钟书先生有一句名言:"东海西海,心理悠同;南学北学,道术未裂。"这正表明了求同存异、和而不同的文化态度。为了解决全球一体化和文化多元化之间的矛盾,我们必须以本民族的丰富文化资源为立足之处,与异质文化展开相互对话与沟通,以达到相互的真诚理解、宽容与认可。方兆祥先生新近创作的长篇小说《谜窟疑踪》,可谓是在"求同存异,和而不同"的人文理念下进行跨文化叙事的一部典范之作。

《谜窟疑踪》描述了一个西方人在中国徽州寻根的故事,本身就具有中西文化交融的背景,其情节跌宕,悬念丛生,语言诙谐幽默,对中西文化因素皆信手拈来,讴歌了人间正义和真情大爱,彰显了作者对中西文化交流与互释的文化理想和人文关怀。同时,作者将古徽州的著名风景区西递、宏村、棠樾牌坊群等与玛雅人关于世界末日的传说巧妙地融合在一起,展现了徽州人文历史的无穷魅力。尤其值得我们注意的是,这部小说堪称是一部美妙的中西文化交响乐,大量纵贯古今的中西文化因子自然而然地充斥于作者娓娓道来的奇幻故事中,既有宏大的世界"大文化"的视野,又有对典型的中西方神话、建筑、典故、文学等文化元素的细致描述,体现出作者紧随时代潮流,在中西文化融合的语境下打通中西文化壁垒的人文理想,也不失为对开展跨文化研究的勇敢尝试。

如前所述,在当今社会,中西方文化的接触与交流不可避免;但在这种形势下,人们又不免对本民族文化是否会消散在世界"大文化"中有一种本能的恐惧,从而形成一种落叶归根、固守本土文化的心理。如何调和二者间矛盾,是我们必须反思的问题。在当今世界经济一体化、信息传播全球化的大趋势下,要想保持并继续发展人类几千年来创作的文化的多样性与丰富性,就必须在"求同存异,和而不同"的理念指导下,积极进行异质文化的对话与沟通。由此,我们首先把《谜窟疑踪》置放在法国文艺批评家丹纳的三因素说的理论视野中,从实证主义的角度分析小说文化内涵的三个范畴,为进一步分析小说中中西文化融合的具体表现奠定基础。

2　丹纳艺术三因素说与小说的文化内涵

丹纳深受19世纪自然科学的影响,尤其对达尔文的生物进化论思想推崇备至。他认为一切事物的产生、发展、演变和消亡都有其内在的规律,文学研究应该从具体的文学史实出发,在分析大量的文学史料的基础之上,才能发现文学艺术的规律。在《艺术哲学》中,丹纳分析了大量史实,对一些典型的文学现象进行了深入的探讨,列举了古希腊以及欧洲中世纪、文艺复兴时期的意大利、16世纪的法国、17世纪荷兰的艺术文艺史实,并加以分析比较,科学地揭示了文学艺术与种族、环境、时代这三个要素的紧密关系。丹纳认为种族是"内部动力",环境是"外在压力",而时代是"后天动量",这三者相互联系,共同促进精神文化的不断发展。而《谜窟疑踪》的文化内涵也可以在这三者中找到理论归属。

2.1　种族

在《简明英国文学史·序言》中,丹纳将"种族"(race)定义为"天生的和遗传的那些倾向,人带着它们来到这个世界上,而且它们通常更和身体的气质与结构所含的明显差别相结合"。①种族的特征虽为"天生的和遗传的",但不可否认的是这种遗传因素不会无端形成,而是基于该民族早期所处的自然地理环境之上形成并传承,从而逐渐形成一个种族的个性特征。这种"永久的本能"是一种"不受时间影响,在一切形势、一切气候中始终存在的特征"。这种种族特性是一个民族的"原始模型的巨大标志",是一个民族特有的生命力量或原始冲动,是第一性的不变的印痕,它隐藏在这个种族的变化着的语言、宗教、文学和哲学之中,隐藏在种族发展的历史进程中,即使在漫长的历史过程之后,地域、气候、环境发生了巨大的变化,我们仍然可以从深处发现其显著特征。这些特征是艺术发展的原始动力。丹纳认为种族的特征是由地理环境和自然气候造就的,而种族的特征又体现于民族的精神文化。《谜窟疑踪》涉及了东西方两大文明,由于自然环境的巨大差异,东西方长期形成的民族特性、心理素质及民族的审美习惯和爱好对艺术的发展产生了重大影响。作者将故事发生的地点设置在黄山脚下的桃源村。黄山是安徽省的风景名胜,是徽州文化的核心与图腾,更是东方文明的杰出代表;而三个西班牙人化身西方文化的使者,为桃源村带来了别具特色的西班牙文化。中华徽州和伊比利亚半岛作为徽州文化和西班牙文化生发的土壤,也在作者的行文中逐渐展露出令人瞩目的光彩。

2.1.1 中国地理环境与中国传统文化

中国得天独厚的地理环境为中华民族的生存与发展提供了极佳的自然条件。中国传统文化始终建构于小农自然经济的基础之上。中国独特的地理环境对中国传统文化产生了深刻而持续的影响。

(1)农耕文明与"天人合一"的思想

我国自然经济的基础是灌溉农业,与我国的地理环境具有密切的内在联系。我国大部分地区处于亚热带和温带,四季分明,雨热同期;东部地势平坦,大多是冲积平原,土地肥沃,江河湖泊星罗棋布,为灌溉农业的发展提供了优越的条件,更为中国传统文化的发展提供了重要的物质基础。中华民族在长期的农业生活中形成了天人合一、物我相通的文化精神。传统的农业生产方式使得中华民族比较重视经验理性,而较少对宗教和科学产生依赖。我国传统文化充分肯定天道与人性的相通、自然与人类的和谐。根据这种思想,人只能顺应自然规律去利用自然,调整自然,使其更符合人的需要,也使得自然万物能够顺利发展。[②]

（2）复杂的地理环境与中国传统文化的一体多元

中华大地辽阔的地域,复杂的地形,往往形成了多样的气候,具备了从热带到寒温带的各种气候类型。复杂的地形和多样的气候,形成了各具特色的地缘文化和区域思想观念。早在先秦时代就形成了各具特色、对后世影响深远的齐鲁文化、燕赵文化、三秦文化、荆楚文化、吴越文化、巴蜀文化及岭南文化等。中国的区域文化虽然表现出明显的差异,但又并存于中国传统文化之中,形成了中国传统文化的一体多元结构。

（3）完整而广阔的地理环境与中国传统文化的延续性

中国相对完整而广阔的地理环境为文化的生成和发展提供了广阔的空间和回旋余地,当北方强悍的游牧民族挥师南下,中原王朝在失去黄河流域时,还可以以长江流域及珠江流域为依托延续着自己的文化。中国传统文化在对周边外来文化进行潜移默化中,始终保持着自己完整的风格和日趋完善的系统,长期绵延不绝,使中国文化具有较强的自信心和稳定的发展过程。同时,兼容并蓄的精神也使得中华民族不仅在内部吸收各族文化精髓,更能接受外来文化,从而使内聚力得以加强,中国文化的传承得以久远。

（4）相对封闭的地理环境与中国传统文化的保守性

中国是三面陆地、一面临海,形成了相对封闭的地理环境,这与古代的地中海文化和近现代的大西洋文化的开放性地理环境形成了鲜明对比。相对封闭的地理环境在一定程度上阻隔了中华民族同外部世界的交往。我国自然经济的早熟以及周围地区文化的相对落后,使得中国传统文化很早就具有一种优越感,产生一种主静瞻后的文化思维模式。这种思维模式很容易导致文化的保守性。③新中国成立后,中国传统自然经济逐渐解体,中华民族卧薪尝胆,进行改革开放,中国文化又重新获得了活力。

2.1.2 西方地理环境与西方传统文化

与中国的大陆性文化不同,西班牙文化作为西方文化的一支,属于海洋性文化。西方文化源于古代希腊、罗马文化和希伯来文化,中世纪的近千年时间都处于基督教文化的统治之下并融进了阿拉伯文化。四周面海的地理环境使得西方人充满进取与冒险精神,西方文化体现出与中国传统文化的保守性、内敛性截然不同的扩张性与开放性。

(1)海洋文化与"天人相分"的思想

欧洲大陆以四大半岛为主体,陆地相对狭小,海洋成为欧洲人最为重要的生活来源。而在古代,科学发展程度较低,受到自然条件的束缚,人们很难随心所欲地掌控海洋。为了求得生存,西方人必须与自然抗争。因此相对于中国的"天人合一"的思想,西方文化主张"天人相分"。西方人大都将自己置于自然的对立面上,强调了解自然,利用自然,征服自然,而这种对自然的探索欲和征服欲也导致西方文化中理性精神和自然科学的高度发达。

(2)相对分裂的地域环境与西方文化的多样性

如前所述,欧洲大陆由四个半岛组成,中间隔着大海,加之欧洲历史上城邦众多,因此西方文化体现出极大的多样性。各个文化强势中心将己方文化向周围辐射,通过接受、同化与改造,欧洲各个地区都形成了特色鲜明的本地文化。

(3)城邦混战与西方文化的间断

由于地理环境的分隔,自古希腊、罗马时代伊始,欧洲大陆上就存在着许多大大小小的城邦。受复杂的地貌和河流、海洋的阻隔,一个国家的内部也极难统一成一个文化整体。各城邦为了生存和发展而不断对外扩张或防御自卫,加之西亚、北非等外族的频繁入侵,西方文化中很多支流被其他种族的文化取代而改头换面,或者湮灭消失了。这与中国传统文化的延续性有很大差异。

(4)优越的航海环境与西方文化的开放性

如前所述,欧洲文化是一种海洋文化。欧洲半岛地貌特殊,海岸线绵延不断,优良的港口极多。为了向海洋索取生活资料,并随着海上商业的发展,自古以来,欧洲人就积累了丰富的航海经验,造船业也十分发达。在探索欲与征服欲的驱使下,欧洲人积极地通过海上航线向外扩张,并积极传播己方文化,接受他方文化。伊比利亚半岛是16世纪大航海时代开启之地。西班牙人最早发现了美洲大陆,借助航海的优势积极扩张,也将西班牙文化传播到了世界各地。

总体来说,西方文化以人为中心,强调人是万物之灵,认为人可以认识自然、征服自然、控制自然。其出发点是人文主义,其核心是理性和科学;重视个人的发展,重视人与自然的斗争,崇尚民主法制意识、扩张征服意识和冒险精神。

2.2 环境

丹纳认为环境是构成精神文化的一种巨大的外力。他所谓的环境既指地理、气候条件,也指社会文化观念、思潮制度等社会环境。丹纳认为,一件艺术作品是从属于作者的全部作品,艺术家本身也隶属于某种艺术宗派,而艺术宗派则属于它周围趣味和与它相一致的社会。"因为人在世界上不是孤立的,自然界环绕着他,人类环绕着他,偶然性的和第二性的倾向掩盖了他的原始的倾向,并且物质环境或社会环境在影响事物的本质时,起了干扰或凝固的作用。"④社会环境包括国家政策、政治局面、军事战争、宗教信仰等。"某些持续的局面以及周围的环境、顽强而巨大的压力,被加于一个人类集体而起着作用,使这一集体中从个别到一般,都受到这种作用的陶铸和塑造。"⑤如果说之前论述的种族这一因素侧重于自然地理条件的影响力,那么环境这一因素在丹纳的理论中则更加体现社会环境对艺术创作的制约作用。《谜窟疑踪》蕴涵着丰富的中西方文化信息,而中西方的社会环境对中西文化乃至作者的小说创作的影响无疑都是非常深刻的。我们不妨从审视社会因素对中西文化的影响入手,进而探讨小说中中西文化交融的社会意义。

2.2.1 中国社会政治与中国传统文化

宗法制度和家族制度是中国传统社会政治结构的核心和基础。我国宗法制度是由父系氏族社会的家长制演变而来,我国古代的家族一直是以父系血缘联结的,而若干出自同一男性祖先的家族又组成了宗族。家族和宗族密不可分。自秦汉建立统一的君主专制中央集权,我国历代社会政治结构在长期的因循发展中形成了一系列显著特征,对中国文化产生了深远影响。

(1)宗法制度与家族制度

所谓宗法制度,是指一种以血缘关系为基础,标榜尊崇共同祖先,维系亲情,而在宗族内部区分尊卑长幼,并规定继承秩序及不同地位的宗族成员相应的权利和义务的法则。为了加强宗族内部的凝聚力,祖先崇拜被抬高到新的高度,同一宗族的人具有共同的祖先、宗庙、形式和领地,共同受宗法制度的制约。在我国封建社会的鼎盛时期,上古宗法制度中尊祖、敬宗、收族的原则在经过一定程度的调整后仍得到实际贯彻,从而形成了以修宗谱、建宗祠、置族田、立族长、订族规为主要内容的家族制度,成为仅次于封建政权的权力体系,并和封建礼教相结合,对我国传统文化具有长期而深刻的影响。⑥

(2)君主专制中央集权

自秦汉伊始,我国古代政体就一直是君主专制中央集权。我国自给自足的自然经济为这一政体提供了坚实的社会经济基础,君主专制与中央集权对国家统一、国防建设和经济、文化的发展产生了重要影响,并与宗法制度和家族制度时刻保持着密切关联,形成了集权于上、分权于下的社会政治模式。这种稳定、统一的社会结构使中华民族形成了向心求衡的民族心理和持续发展的动力,但专制与集权也使中国传统文化具有封闭性。

(3)家国同构

家国同构是指家庭、宗族和国家在组织结构与管理方面的共通性。我国政治结构以宗族为核心,具有家天下的性质,进而形成了家国同构的社会政治模式。宗法制度、家族制度在社会政治中的渗透,使得历代帝王像处理家族事务一般去处理国家大事,而臣民在观念、心理上也乐于接受这种家族统治模式,从而使中国传统文化较多地包含伦理训条,而缺乏法律精神。这种政治型文化范式一方面使中国文化具有一种强烈的政治实用倾向,形成富有社会责任感的经世致用的传统,另一方面妨碍了各个文化分支自由、均衡、独立地发展,使得中国文化带有盲目排外性。

2.2.2　西方社会政治与西方传统文化

西方文化以人为中心,重视个人的发展,其出发点是人文主义,核心是理性和科学,崇尚民主法制意识,并通过分权使各个权力之间相互制约、相互监督,以避免权力的过度集中与膨胀。同时,西方社会政治受到基督教思想的深刻影响,人在上帝面前、在自由与真理面前生而平等,统治阶级与基督教紧密结合,对西方社会政治及西方传统文化产生了长期而深远的影响。

（1）法治社会

西方的法治精神最早形成于古希腊城邦政治。如前所述,西方人崇尚自由和个性,但是他们同时意识到所有人必须被置于一个统一的、所有人都认可的规则下,生活才能稳定,民主和自由才能得到更为有力的保障,个性的高扬才有更为坚实的社会根基。于是,西方人在社会契约的基础上组建社会政治模式,用法律约束人的行为,这是与中国社会政治的伦理倾向极为不同的,也是西方传统文化中崇尚民主、自由、平等的深刻体现。

（2）基督教精神

基督教提倡人遵循上帝的意志,尊重人、爱护人,秉行公义,做到正直、公平、公正。基督教尊重人权的思想传统,对西方政治文明产生了巨大的影响。同时,基督教宣扬博爱、感恩的教义,对西方社会政治产生了很大的影响,成为社会保障、社会救助制度等的有力支持。基督教文化是一种"罪感文化",其"原罪说"和"救赎论"为人提供了一条自我超越现世的道路。西方社会政治制度则是在预设人性本恶的前提下,为克服恶提供制度保障。西方由此得以建立较完备的法治社会和民主制度,这也与中国传统社会政治形成鲜明对比。

（3）政教不分

自基督教诞生以来,其作为宗教与西方政治结下了不解之缘,成为统治者对人民进行精神控制的工具。随着教会势力的不断崛起与信徒的不断增加,基督教会逐渐与王国政权形成均势。统治阶级为了维护统治,需要利用宗教;而宗教首领为了扩大影响、争夺势力,也需要与封建统治者合作。掌握神权与掌握政权的两大集团既彼此争夺权势,又相互依赖和利用,由此欧洲历史上出现过宗教控制政权或由封建君主担任教主的局面,从而使得西方人的天性不会随着社会政治形式的变化而发生改变,形成了相对稳定的文化性格。虽然政教合一的社会政治形态逐渐被政教分离政治形态取代,但西方人的文化心理中基督教思想的积淀早已挥之不去。

2.3 时代

丹纳所谓的时代内容更为广泛,包括精神文化、社会制度、政治文化等上层建筑诸因素。这些因素影响当时的时代精神和风俗习惯,形成一个时代独有的精神气候。他认为时代精神对文学艺术具有决定性作用。一定的艺术品种、艺术流派只能在特定的精神气候下诞生。"时代的趋向始终占着统治地位……群众思想和社会风气的压力,给艺术家定下了一条发展的路,不是压制艺术家,就是逼他变弦易辙。"[⑦]艺术家的创造活动也不是孤立的,受到同时代人的影响和协助。整个时代的精神气候约束着作家的创作倾向。

时代精神同时受到地理环境与社会政治的影响,可谓是后两者的综合体现与总结,并且兼具稳定性与变异性。虽然中西方各个时代的精神气候迥异,但各个时代的精神气候对艺术家创作发生的影响机制是相似的。在此我们暂不区分东西方各个时代精神的特征,只讨论小说作者受时代精神影响的机制。

首先,时代的精神状态对作者的创作具有决定性的影响。作者作为当今时代的成员,其思想感情必然受到时代与社会的综合作用。小说家并不是与世隔绝的孤立的人,而是生活在群众中的一分子,必然要分担集体的命运。和平与发展是当今时代的主题,中西方的交流与合作更是必然趋势。《谜窟疑踪》的作者顺应时代的大潮,在小说中突出中西方文化交融的深刻内涵,可谓是代表了集体的声音,因为其作为艺术家必然具备一种特殊的气质,就是能够迅速把握时代精神的本质,而且感受到的精神气候比普通人更加细致与全面,在小说中也表现得更加深刻与纯粹。

其次,小说家的创作并不是孤立的。一部小说的问世,既需要小说家的汗水与天才,又需要周围的群众乃至前几代人的汗水与天才,需要有千千万万个无名者在暗中与作者合作。小说家的一个创作动机像一粒种子,其生发需要小说家周围人的精神世界提供养分。在中西交流的时代进程中,方兆祥先生在小说里反映这一时代潮流,就好像得到了整个时代的助力,因为整个时代都在为他的创作提供方法与精神,无数无名者在为他的创作开辟道路。

最后,小说创作要想取得成功,受到广大读者的赞美与钦慕,小说家就必须在内心中充盈时代的思想感情。时代精神与风俗习惯对小说家和群众的影响都是相同的,小说只有表达了群众所了解的情感,才能得到群众的赏识。小说家只有表达整个时代和整个民族的生存现状,才能唤起整个时代、整个民族的情感共鸣。伟大的艺术家不仅能唱出时代的最强音,而且在其洪亮的歌声里还伴随着群众的和声。《谜窟疑踪》的审美趣味体现了当代精神,满足了社会的需要,既有悠远高亢的主旋律,又有"群众的复杂而无穷无尽的歌声,像一大片低沉的嗡嗡声一样,在艺术家四周齐声合唱。只因为有了这一片和声,艺术家才成其伟大"。⑧

3 小说中中西文化元素的具体显现及比较

我们将《谜窟疑踪》置于种族、环境与时代的立体坐标系中,探索了地理环境、社会政治及时代精神对中西方文化及小说创作的深刻影响,从宏观上初步明确了小说中中西方文化碰撞与交融的理论基础与"大文化"视野,成为我们进一步探寻小说中中西方文化元素的具体性的出发点与落脚点。文化是一个极其宏大而内涵丰富的概念。在人类的文化进程中,各种各样的文化因素充斥于人们的生活中,各个地区、各个民族的文化元素共同构成了人类文化这一不断变化、发展着的动态有机体。其中,神话、建筑和典故作为人类文化的重要组成部分,既是人类的宝贵文化财富,又全面而深刻地反映出中西方文化的差异与共通之处。我们不妨从这三个方面出发,讨论《谜窟疑踪》中中西方文化的具体显现及其异同。

3.1 神话

鲁迅先生对神话有一段精彩的论述:"昔者先民,见天地万物,变异不常,其诸现象,又出于人力所能以上,则自造众说以解释之:凡所解释,今谓之神话。"⑨神话是远古先民对所接触到的自然现象和社会现象,幻想出来的具有艺术性的解释和描述的集体口头创作。在原始时代,由于生产力低下,人们的知识水平较低,先民在自然中生活时无法掌握自然规律。因此,他们把自然界中无法解释的现象归结为神的意志与权力,认为是神在指挥和操控这些变化无穷的现象,一切自然力都被人格化、形象化了。先民根据自己族群中的英雄人物形象,在生产劳动中集体创造了很多神的故事,族群整体信以为真,代代相传。神话是原始先民借助想象企图征服自然的表现。神话中的神大多具有超人的力量,是先民对自然的认识和愿望的理想化。许多民族的原始社会历史都是从神话故事开始的,神话中的人物大多基于原始人类的自身形象。神话大致可以分为创世神话、自然神话和英雄神话。神话具有一定的地域性和区域性,不同的文明或者民族都有自己所理解的神话含义,中西方的神话既有各自的文化特点,又有人类学意义上的一致性。在《谜窟疑踪》的叙事过程中,中西方神话对铺展剧情、设置悬念起到了重要作用,更是中西方文化交融的具体显现。

3.1.1　中国神话

（1）中国神话的特点

第一,中国神话零散而不成系统。中国神话中的神祇没有严整的谱系,也少有悲欢离合的故事情节,经过历史的冲刷,只剩下一些孤零零的片断散见于《山海经》《淮南子》《水经注》《尚书》《史记》《礼记》《楚辞》《吕氏春秋》《国语》《左传》等文献中,而没有专门的辑录文献。首先,在中国传统农耕文明的影响下,中国人重实际而轻玄想,没有把一些虚无缥缈的神话传说片断辑录为鸿篇巨制的主观意识。其次,儒家思想作为中国古代的主导思想,注重修身、齐家、治国、平天下的实用教训,"子不语怪力乱神",在儒家思想为正统的中国,神话很难受到人们的重视。最后,由于中国神话中神、人、鬼不分,原始的信仰与新的传说时常相互矛盾,二者也都很难得到突出的发展。

第二,中国神祇的神性十分突出,具有献身精神。中国神话具有强烈的尚德精神。中国神话中的神祇具有威严庄重的品格、伟大的志向以及为实现伟大理想而斗争的进取精神。他们纯洁而高尚,不苟言笑,从不戏谑人类,更不嫉妒或伤害人类,注重品行和修养,并且尊贤重能。神祇间即便发生爱情,也只是止步于纯洁的爱情。此外,中国神祇还具有献身精神。在中国的创世神话中,创世神是以牺牲肉体来完成天地开辟和万物创造的。中国神话中的始祖神也都是各自部族中功劳卓越的人物,为本民族的发展或在民族重大变故中起到过巨大的作用,如燧人氏取火、神农氏尝百草、女娲氏补天等,而英雄神话中的大禹治水、后羿射日等,也同样表现出甘于奉献和自我牺牲的伟大精神,具有保民佑民的责任感。中国神祇的这种精神是中国传统文化中稳定、和谐、礼仪的映射。

(2)女娲

在《谜窟疑踪》中,女娲这一中国神祇对推动剧情发展具有重要作用。女娲补天这一神话传说甚至可以作为小说故事的原点。对于女娲补天的前因后果,《淮南子》中有较为详细的记载:

"昔者共工与颛顼争为帝,怒而触不周之山,天柱折,地维绝。天倾西北,故日月星辰移焉;地不满东南,故水潦尘埃归焉。"(《淮南子·天文训》)

"往古之时,四极废,九州裂,天不兼覆,地不周载,火爁炎而不灭,水浩洋而不息,猛兽食颛民,鸷鸟攫老弱。于是,女娲炼五色石以补苍天,断鳌足以立四极,杀黑龙以济冀州,积芦灰以止淫水。苍天补,四极正;淫水涸,冀州平;狡虫死,颛民生。"(《淮南子·览冥训》)

传说女娲用五彩石补天,扑灭大火,弄干洪水,树立四极,并抟黄土做人。在小说中,作者巧妙地续写了女娲补天的传说。女娲将一块补天剩下的彩石送给人类,太阳山下的一位漂亮姑娘得到了这块石头。姑娘与太阳女神羲和和东夷人祖先帝俊的后代帝子相爱,把自己的五彩石分给帝子一半。而这两块五彩石分别到了徽州本地人婉月小姐和西班牙人桑德罗先生的手中。桑德罗拿着那半块五彩石和半张手绢(其实是半张地图),不远万里来到徽州寻根,却发现自己正是帝子的后人,并最终与娲女的后人婉月小姐喜结连理,在一定程度上包含着中西方文化交融的深刻寓意。在小说中,婉月小姐作为桃源村的导游,又是娲女的后人,聪明伶俐,善良真诚,宛若女娲转世,具有中华民族的美好性格。

3.1.2 希腊神话

(1)希腊神话的特点

第一,希腊神话有完整而宏大的系谱。希腊神话是世界神话中保存最为完整的,内容丰富多彩。希腊著名的叙事诗人赫西俄德的长诗《神谱》将不同的神话传说归为一个完整的体系,明确了希腊神祇演化的基本脉络,确定了以主神宙斯为核心的奥林匹斯神系。而荷马史诗《伊利亚特》和《奥德赛》则详细叙述了奥林匹斯诸神的故事与英雄的传说,使得希腊神话更加生动真实。

第二,希腊神祇是世俗与人性化的。希腊神话中的神具备人的思想感情,性格十分鲜明。他们既不是道德观念的化身,也不是阴森恐怖的偶像。他们和人一样有七情六欲,甚至爱慕虚荣,虚伪狡诈。他们大都率性而为,完全不关心人类疾苦,甚至时常与人类为敌。如,众神之王宙斯狂放不羁,拈花惹草,在神界与人间留下了一大串风流债,更充满嫉妒和个人意志;天后赫拉也常常因为嫉妒和仇恨而显得异常残酷。由此可见,希腊神祇与凡人不同的地方,只是前者长生不老,拥有强大的力量和智慧。除此之外,他们与凡人无异。

(2)宙斯

在小说中,桑德罗的祖先莫尼·桑德罗伯爵在与玛雅人的战斗中身负重伤,他梦见"宙斯坐在奥林匹斯山的宝座上,手上托着雄鹰,脚下踩着雷电,威风无比"。[⑩]宙斯要求莫尼·桑德罗伯爵为杀害玛雅人赎罪,去东方朝圣,去桃源村从一双姊妹楼中买下一幢运回西班牙重建,直到发现房子中的秘密。这个秘密就是山庄水井密室中的半张地图。于是桑德罗先生一些人开始了徽州的寻根之旅。在这里,宙斯和女娲一样,揭示了故事的起因与背景,都带有神话与预言的意味。

如果说女娲是中国神祇的代表,那么宙斯就是希腊神祇的灵魂。他既是奥林匹斯神系的中枢与纽带,又是希腊神话中老神与新神的分水岭。首先,宙斯是奥林匹斯神系的核心,在奥林匹斯其他11位主神中,有的是他的兄弟姐妹,有的是他的妻子儿女,他是这一父权社会关系中的领导者,这也与女娲代表的中国母系社会崇拜有所区别。除此之外,宙斯还通过某些事件与人间的凡人或英雄联系起来,使得希腊神话中的神界与人界产生了有机联系。宙斯是一个充满矛盾的混合体。他既威严,又顽皮,既公正无私,又爱拈花惹草,作为众神的主宰,有时行为却极其不负责任。这些矛盾其实是宙斯身上复杂人性的表现,他既要维持神性的尊严,又摆脱不了人性的欲望。因此,宙斯不仅反映了希腊神祇的特征,更在一定程度上体现出了古希腊人的特征。

3.1.3　中西方神话在人类学意义上的一致性

在小说中,中西方文化的交融也体现在中西方神话在人类学意义上的一致性,这是因为人类文化是有共通性的。首先,中西方神话都是原始先民对自然界的初级解读。虽然中国神话厚重、威严,希腊神话细致、浪漫,但都是原始先民利用神话中神的生活与状态来解释尚未可知的自然界。其次,在创世神话、始祖神话、洪水神话、战争神话及发明创造神话中,中西方神话有很多相似点。由此可见,"神话是我们不再相信的一种宗教"。⑪神话思维是一种具体、形象的思维,并伴随着浓烈的情感体验,想象力极强,它把万物拟人化,也把人的精神领域、感情领域和社会生活领域的现象拟人化、神话化了,且合情合理、合乎逻辑、引人入胜。原始先民在神秘而悲喜莫测的日常生活中积累了丰富而强烈的情绪体验,神话难以理解的现实呈现出戏剧性的效果,人们在对世界假想性的把握中宣泄了种种令人不安的情绪。相同的原始社会形态,决定了中西方先民在社会生活、意识形态等方面具有某些一致性。而神话作为这种社会生活和意识形态的曲折的、幻想的反映,也就必然有共同性和规律性,这就是中国和希腊古代神话相似的根本原因。因此,小说家通过中西方神话反映中西方文化的相通性,可谓匠心独运。

3.2 建筑

黑格尔认为,艺术最初的任务就是将本身客观的东西根据自然的基础或精神的外在环境来构成形状,从而把一种意义和形式纳入本来没有内在精神的东西里,最早承担这项任务的艺术就是建筑,因而建筑是一门最早的艺术。⑫建筑艺术是在技术支撑下的文化观念的表达。建筑以物质的形式承载了一定的社会背景和时代精神,其风格、形式和结构等是社会发展综合变量的产物,其与社会的发展息息相关。建筑发展的阶段性与社会发展的阶段性一致,每当社会发生实质性的变化,建筑也一定会变化,某种类型的建筑会占据主导地位,演化出满足当时条件下的功能要求的新形制,进而形成那一时代的建筑风格,反映出当时的经济形态、政权形态、社会形态和相应的意识形态。⑬艺术的原始旨趣在于将原始的对客观事物的观照和带有普遍性的重要思想摆到眼前来,让自己看,也让旁人看。但是这类民族性的观点或思想起初还是抽象的,本身未经明确界定,要想使这类思想成为有形可见的,就必须采用物质媒介。因此建筑风格是附丽于建筑的可见形象,而与建筑材料发生密切关系。从根本上说,中西方建筑艺术的差异首先在于建筑材料的不同:中国传统建筑一直是以木头为构架,而西方传统建筑长期以石头为主体。建筑材料的不同,为其各自的建筑艺术发展提供了不同的可能性。在《谜窟疑踪》中,作者对中国传统徽派建筑进行了细致的描写,并多次比照西方建筑,体现出浓厚的人文关怀。

3.2.1　中国徽派建筑

中国古代的木制建筑以斗拱为基本语汇。所谓斗拱,是将屋檐托起的交叠的曲木,它可以将建筑作横向拓展,从而衍生出各色各样的飞檐。徽派建筑是中国封建社会末期比较成熟的一大建筑流派。徽派建筑所体现的清秀、典雅、天人合一的建筑美学形式与中国传统文化思想内涵紧密结合,与徽州地区的山地特征、风水特色、儒家思想融为一体,成为东方建筑文化的典范。徽派建筑布局一般顺应自然山水形势,包括建筑的起承转合和层高的起伏,力求建筑和自然景观融为一体,以山为骨,以水为血,达到建筑美与自然美的协调统一,居家环境静谧雅致,如诗如画,保持人与自然的天然和谐。徽州建筑中天井的灵活性及单体形态的简练性,使得建筑与自然更加协调,而徽州三雕更与徽派建筑相得益彰。黑瓦铺成的屋顶线条简洁,高大的白墙错落有致,色调素雅清淡,形成一幅清秀的水墨画。除了徽州民居外,牌坊和祠堂可谓是徽派建筑的代表。

（1）牌坊

在小说中,当桑德罗先生一行人刚到桃源村,村长和婉月小姐

就带领他们参观了桃源村举世无双的"村口名片",即现实中的棠樾
牌坊群。作者对其有一段十分精彩的描写：

"牌坊又叫牌楼,是中国古代最具典型意义的物质文化形态,它
把'忠、孝、节、义'这个儒家文化的重要内涵与标新立异的石坊建筑
巧妙地结合起来,成了传统文化的旗幡。人们一见牌坊,就似看见
一个个千古名人、一桩桩流芳事迹,让你不得不潜心思虑,抚胸感
怀,真的是一门一境界,一坊一蓬莱。"⑭

在介绍许国牌坊,即"八脚牌坊"时,作者又写道：

"只见这座牌坊八柱擎天,三层石坊飞檐翘角,东、西、南、北四
面通衢,正面的凯旋之门直指苍穹。整个石坊遍布雕饰,仿佛集中
了全国最精湛的雕工雕技,既有如意缠枝、锦地开花,又有苍龙翘
首、凤穿牡丹,更有雄狮守护、气势磅礴,特别是石坊上的题款更是
不凡……"⑮

从这些描写中我们可以看出,作者对徽州牌坊可谓是如数家
珍。棠樾牌坊群是明清时期徽派建筑艺术的代表作,位于古徽州府
歙县郑村镇棠樾村东大道上,共七座,明建三座,清建四座。其建筑
风格浑然一体,虽然时间跨度长达几百年,但如一气呵成。牌坊群
高大挺拔、恢宏华丽、气宇轩昂,具有极高的艺术价值和文化价值。
在封建社会,牌坊多是为了表彰功勋显赫的官员、节妇烈女或家族
科举成就,从而宣扬礼教,标榜功德,具有浓烈的宗法制度色彩。

（2）祠堂

祠堂是建筑艺术对宗法制度的现实反映。在徽州古建筑中,祠
堂突出反映了徽派建筑设计、工艺美术及雕刻装饰的艺术特点,在
徽州文化中占有重要地位,更是中国传统文化的典型反映。祠堂可
以反映出一个姓氏宗族的历史背景、社会经济、家族繁衍及盛衰等

各个方面的情况。徽商兼具商人和知识分子的特点,是富裕的知识分子,也是有文化素养的商人,既有文化素养,又有经济实力。徽州的强宗大族历来聚族而居,在程朱理学思想的熏陶下,尊祖敬宗,崇尚孝道。由此宗族祠堂与徽州严格的宗族制度紧密相连,呈现出明显的家族特性,保持了历史的延续性和连贯性。宗祠规模宏伟,家祠小巧玲珑,形成风格古雅的祠堂群,可以称得上是中国封建宗法势力的博物馆。

在小说中,作者重点介绍了双祖祠堂,详细描述了祠堂的石狮石鼓、仪门、影壁、天井、露台、正厅、享堂等部分,突出了徽州祠堂的布局、功能及艺术特征,更与"李改胡"的传说相结合,将建筑艺术与历史传说融为一体,文化内涵十分深刻。

3.2.2 西班牙建筑

西方建筑主要使用石材,一般是纵向发展的,因此柱子成为西方建筑的主要因素,承担着将高密度的石制屋顶擎入云霄的任务。西班牙位于伊比利亚半岛,是一个各种文化相互影响、相互交织的国家。作者也在小说中提到:

"美丽的塔霍河环抱着伊比利亚半岛,在这个富饶的小岛上矗立着不同时代、不同文化、不同风格的建筑物,罗马人、西哥特人、阿拉伯人都曾经是这里的统治者,而这些基督徒、穆斯林和犹太人留下的文化基因居然能巧妙地融合在一起,使托莱多成为西班牙非常独特、非常典型的丰厚遗产。这种遗产不仅属于西班牙,更属于全世界。"[⑩]

在此,我们无法详尽地介绍各种风格的西班牙建筑,只从与小说相关的角度,在中西方文化交融的背景下讨论两种具有代表性的西班牙建筑——巴塞罗那凯旋门和托莱多大教堂。

（1）巴塞罗那凯旋门

凯旋门是欧洲纪念战争胜利的一种建筑,始建于古罗马时期。当时统治者以凯旋门炫耀自己的功绩,后为欧洲其他国家统治者所效仿。凯旋门常建在城市的主要街道或中心广场上,多用石块砌筑,形似门楼,有一个或三个拱券门洞,凯旋门上多刻有宣扬统治者战绩的浮雕。除了法国巴黎的星形广场凯旋门,西班牙也有很多凯旋门。巴塞罗那凯旋门并不是为纪念战功而建,而是作为1888年世界博览会的主要入口而兴建,其用红砖砌筑,古色古香,醒目壮观,属于摩尔复兴风格。凯旋门正面的门楣上雕刻有"巴塞罗那欢迎各国"的西班牙语。凯旋门的顶端装饰着西班牙其他49个省的省徽。凯旋门上还有12尊女性雕像,代表着荣誉和声望。凯旋门与牌坊同为纪念性建筑,由于中西方建筑材料、技法、思想不同而风格迥异,但仍然在建筑目的方面有共通性。凯旋门是对功绩的歌颂,是对力量与胜利的赞美,充满西方文化的奋斗与进取精神;而牌坊则更多具有引导和教育的意义,体现了中国封建社会的宗法礼教思想。

（2）托莱多大教堂

托莱多大教堂建于1227年至1493年,内部装饰完成于18世纪,主体为哥特式建筑,内部装潢则吸收了姆德哈尔等风格,是一座各种建筑艺术风格相结合的庞大建筑群,是西班牙最大的教堂之一,也是西班牙首席红衣大主教驻地。教堂正门左侧钟楼高90米,主堂长112米、宽56米、高45米,由88根大石柱支撑。主堂周围有22个祠堂。大教堂的唱诗室位于主堂中央,唱诗班的两排座椅为西班牙木雕艺术之珍宝,下排为哥特式,上排为文艺复兴式,两种艺术风格水乳交融。下排座椅上方刻有54幅连环画,生动地记载了光复战争中收复格拉纳达的历史场面。哥特式建筑的特点是尖塔高耸、尖形拱门、大窗户及绘有圣经故事的花窗玻璃。尖肋拱顶、飞扶壁和修长的束柱营造出轻盈修长的飞天感。新的框架结构增加了支撑建筑顶部的力量,使整个建筑具有直升的线条、雄伟的外观和教堂内的空阔空间。教堂墙壁上常结合镶着彩色玻璃的长窗,使教堂内产生一种浓厚的宗教气氛和神秘、哀婉、崇高的强烈情感。作者在小说中借伯爵夫人之口赞叹托莱多大教堂为"中世纪哥特式建筑的典范之作"。中国的祠堂和西方的教堂都具有深刻的形而上的精神内涵,是人们心目中的神圣之处。"西方的教堂金碧辉煌,东方的祠堂精妙绝伦,都是摄人心魄的地方。"[17]作者通过将中国祠堂与西方教堂的对比,深刻揭示出人类对精神世界向往和追求的共通性。

3.2.3 中西方建筑的文化层面的共通性

由于中西方社会经济发展的差异性,中西方的建筑艺术也存在很多不同点。但从广泛的文化层面上看,中西方建筑艺术也具有共通性。除了最基本的栖身作用之外,中西方建筑都是人类将抽象的精神意志通过具体的、有重量和体积的现实材料加以表现的产物。除了实用功能以外,中西方建筑都带有象征意味。因此,中西方建筑都是人类尝试用某些适合的材料和形式将内容进行外化的结果,这些材料(木、石)没有精神性,只有重量,是只能按照重量规律造型的物质,通过外在自然的形体结构,有规律地和平衡对称地结合在一起,来形成精神的一种纯然外在的反映和一件艺术作品的整体。[18]虽然人类在这种活动中形成了各自的具有独特性、稳定性和一贯性的风格,但建筑艺术和创造建筑艺术的活动在本质上没有区别,是全世界人类的一项共有的不停歇的活动。作者在小说中对中西方建筑的对比与联系,既使我们深刻认识到中西方建筑的特点及其博大精深的文化传统,又使我们进一步意识到中西方文化在本质上的共通性。

3.3 典故

典故是没有明确关联性的转变参照,类比某一文学或历史人物、地点或事件,或是另一篇文学作品及章节。由于典故并未被明确地标识出来,这就意味着作者和他的读者都应具备相当丰富的知识才能正确理解典故的含义。[19]典故分为很多类别,如文学典故、历史典故、成语典故等。在《谜窟疑踪》中,作者运用了大量典故,可谓妙语连珠,体现出其丰富的知识阅历和深厚的文化修养。大量典故的运用也使得小说的文化内涵更为丰富,多彩的中西方典故也映射出中西方文化的特色及其背后广阔的文化背景。

3.3.1 中国历史典故

在小说中,村长、婉月小姐及桑德罗先生一行人来到花山谜窟,管家冈斯纳尔无意中触碰了一幅壁画,结果除了村长之外,其他人有的穿越到了春秋吴越争霸时期,有的穿越到了唐朝马嵬兵变时期。而勾践灭吴和马嵬兵变是我国两个著名的历史典故,既有惊心动魄的历史事件,又有缠绵悱恻的爱情故事,是中国传统文化的重要组成部分。

(1)勾践灭吴

在小说中,冈斯纳尔和蝶丝小姐穿越到了春秋吴越争霸时期,作者也饶有兴趣地介绍了时代背景。吴越交战,越国战败,越王勾践夫妇在夫差处当了三年人质,受尽屈辱。后来勾践买通了吴国太宰伯嚭,勾践夫妇才得以从吴国脱身。回国后,越国秘密在花山石窟练兵,勾践卧薪尝胆,准备报仇雪耻。西施舍生取义,以美人计使吴王夫差沉湎酒色,荒废朝政。在离间夫差和伍子胥后,勾践伺机伐吴,功成后范蠡与西施隐居。这是一个中国人耳熟能详的历史典故,范蠡和西施的传说更让这一典故蒙上了浪漫的色彩。而小说作者选择在情节中叙述这一典故,还可能因为这一典故背后宏大的文化背景。

春秋战国时期是我国古代社会由奴隶制度向封建制度转变的时期,农业和手工业有了较大发展,各地相继出现了许多繁荣的商业都市,成为各诸侯国政治、经济、文化的中心。社会的大变革、大动荡为思想文化的活跃提供了可能性,新兴知识阶层的出现为学术流派的不断产生提供了契机,各诸侯国的政治改革也为各个学派发表自己的见解提供了讲台。战国时期诸侯争霸的政治局势,使百家争鸣的文化格局得以形成。百家争鸣是我国历史上第一次重要的思想解放运动,各个学派相互融合、相互竞争,充分展现了中国传统文化的各个方面,使得我国古代学术文化在碰撞中升华,对后世文化发展产生了深远影响。

(2)马嵬兵变

婉月小姐和桑德罗先生穿越到了唐朝马嵬兵变时期。马嵬兵变也是中国的一个著名历史典故。公元755年,安史之乱爆发。公元756年初夏,安禄山大军逼近长安,继而潼关失守,长安城岌岌可危。在一个阴雨连绵的黎明,唐玄宗携杨贵妃、宰相杨国忠、太子李亨以及诸皇亲国戚、心腹宦官,离开都城长安,逃往四川蜀地。次日晚,行至马嵬驿时,护驾军士兵变,杀死了祸国殃民的宰相杨国忠,并进而要求唐玄宗立即处决杨贵妃。这实际上是太子李亨和宦官李辅国、高力士等策划的一场争权斗争。唐玄宗纵然百般不舍,也不得不下令缢死杨贵妃。而在小说中,桑德罗化身天翼将军,带着杨贵妃(婉月小姐)逃到了花山石窟,即那时的通天洞府。唐明皇与杨贵妃的故事在中国可谓家喻户晓,而这一典故也有其特殊的文化背景。

隋唐时期是中国传统文化的鼎盛时期,也是除了春秋战国和晚清民国之外中国重要的文化历史时期。李唐王朝建立之后,采取了一系列稳定社会、休养生息的政策。科举取士使得一大批庶族寒士通过科举成为官僚,打破了门阀世胄在政坛的垄断地位,也为唐朝文化注入了新鲜活力。唐朝经济繁荣,国力强盛,采取了一种积极开发的文化政策,实行三教并行的政策,使儒、释、道相互影响,趋于融合。唐朝艺术百花齐放,各个艺术领域都取得了辉煌的成就。更重要的是,唐朝各民族融合进一步加深,国际文化交流也十分活跃,以宏大的气魄广泛吸收外域文化,周边国家文化纷纷涌入长安,使其成为中外文化汇聚的中心。

3.3.2　西方文学典故

(1)堂吉诃德

在小说中,作者多次援引了堂吉诃德这一文学典故,用堂吉诃德和桑丘比喻桑德罗先生和管家冈斯纳尔。塞万提斯的《堂吉诃德》是欧洲文艺复兴时期划时代的讽刺小说佳作。小说以堂吉诃德企图恢复骑士道来扫尽人间不平的主观幻想与西班牙社会的冷酷现实之间的矛盾作为情节的基础,巧妙地把堂吉诃德与仆人桑丘的荒诞离奇的游侠经历与16世纪末17世纪初的西班牙社会现实结合起来。堂吉诃德时而清醒,时而糊涂,时而睿智,时而疯癫,这些极端矛盾的现象集中在他一个人身上,构成其复杂、丰富、多样的性格特征。堂吉诃德性格中的矛盾正是处于新旧交替时代西班牙现实社会矛盾的反映。[20]

桑丘与堂吉诃德既对立又互补。桑丘是一个西班牙农民的形象。他讲究实际,头脑清醒,生性机敏,善于衡量得失;但他又目光短浅,狭隘自私,愚昧迷信。主仆二人成为欧洲文学史上不朽的典型。《堂吉诃德》是西班牙古典艺术的巅峰,对欧洲各国的现实主义文学产生了深远的印象。

同样的,堂吉诃德这一文学典故也有着宏大的时代背景,那就是16世纪欧洲文艺复兴运动。文艺复兴运动发生于中世纪晚期,是第一次全欧性的反封建反教会的思想文化运动,是欧洲从中世纪转入近代的枢纽。资本主义经济和新兴资产阶级迅速发展,欧洲文化也达到了古希腊后的第二个高峰。人文主义是文艺复兴时期资产阶级反封建斗争的思想武器,人文主义肯定人的价值,用人性反对神权,用个性解放反对禁欲主义,用理性反对蒙昧主义,拥护中央集权,反对地方割据,进而动摇了基督教神学基础,促进了生产力发展和精神文化的解放,对近代西方的思想、科学、文艺的发展产生了极为深远的影响。

除此之外,作者在小说的字里行间巧妙穿插了很多其他中西方典故,在此不一一赘述。大量典故体现出丰富多彩的中西方文化,为中西方文化交融的人文理想的实现埋下伏笔,对小说中的中西方文化互释起到了积极的作用。

4 小说中中西方文化交融的人文理想及其实现

4.1 中西方文化互释

互释一词源于宗教。自唐代开始,儒、释、道三教在中国并立,中国传统文化存在儒道互补的格局,佛教作为一支外来宗教,也迅速融入中国社会。出此,儒、释、道三家开始相互吸收,相互补充,相互批评,相互解释,形成一种"互释"的格局。互释既是一种方法,又是一种存在的状态,即你中有我,我中有你,二者互为对方意义的载体,脱离了对方,自身的意义就会遭到否定。虽然儒、释、道三家在中国历史上此起彼伏,但总体上借互释保持着一种微妙的平衡。由此,我们可以将互释援引至中西方文化交融上来。如前所述,中西方文化虽各具特点,但存在共通性,这是由人类这一族群整体的特性决定的。因此,中西方文化互释就有了立足点和必要性。

需要注意的是,我们所说的文化并非一经铸就就一成不变的文化陈迹,而是在永不停息的时间洪流中不断以当代意识对过去已成的"文化既成之物"加以新的解释,赋予其新的含义。文化是正在进行着的当前整个社会的表意活动的集合,包括意义的陈述、传达以及各种释义活动。因此我们所说的文化是一种不断发展、永远正在形成的"将成之物"。[20]中西文化互释需要一种规则,我们可以将这种规则看作一种双方都认同的相互对话的方式。如果只是用西方文化解释中国文化,那么中国文化就会被纳入西方文化的体系,失却自身的特点,许多宝贵的不符合西方文化体系的独特之处就会被排除在西方文化的话语之外;如果只是用中国文化解释西方文化,就会难以被西方接受,而自身的文化特点也很难在对比中突出。随着近现代"西方中心论"的逐渐瓦解和中国文化的光彩为世人所瞩目,中西方文化的互释是双方进行文化对话的重要方式。在《谜窟疑踪》里,作者将中西方文化的互释与交融这一人文理想寄寓在小说的人物形象和故事情节中,或隐或显地表达出对中西方文化的赞美及对其相互融合、共生的殷切期待。

4.2　中西方文化互释在小说中的体现

4.2.1　人物形象

首先,婉月小姐与桑德罗先生是一对美妙的组合。婉月小姐是徽州本地人,她聪明貌美,善良诚实,放弃了去大城市发展的机会,留在了桃源村时光旅游公司当导游,直到成为公司的副总经理。她学的是国际贸易专业,而且作为著名旅游胜地的导游,不免要经常与外国游客打交道,因此她本身就是中西方文化交流的媒介。在小说中,婉月小姐是东方女性乃至东方文化的象征,更是小说中娲女的后代,在小说的最后和桑德罗一起拯救了世界。

而桑德罗先生作为西班牙人,"有着典型的西方人身材,高挑坚挺,但脸庞却透露出东方人的敦厚和聪颖,特别是那一双漆黑发亮的眼珠,与传统的中国人别无二致"。[22]作者首先就在外貌上让西方人桑德罗染上了东方色彩。同时,桑德罗的祖先莫尼·桑德罗听从宙斯的劝告,不远万里到中国徽州桃源村买下了东莱山庄,并留下遗嘱让桑德罗家族的男子回桃源村寻根。桑德罗正是奉着家族使命来到桃源村,他作为帝子的后代,不仅与婉月小姐合力拯救了世界,更在小说的最后和婉月小姐喜结连理,不仅续写了帝子与娲女的前缘,也在一定程度上象征着中西方文化的姻亲关系和交融的必然结果。这两位人物在各自具备东西方人的特点之外,身上也存在着很多异质文化特色,由此我们可以看出小说作者的良苦用心。

其次,外星人村长也是一个十分具有人格魅力的角色。在小说的前半段,他是桃源村的村长,十分有领导能力,带着桃源村的百姓过上了好日子,很有威望,是一位具有东方传统智慧的老村长。而在小说的后半段,他脑中的记忆断片渐渐被找回:原来他是一个外星人,在桃源村生活了20年。为了拯救地球于水火,借着帝子的后人桑德罗来到徽州寻根、地球将再度陷入灾难的契机,他那外星人的意识和能力渐渐觉醒,他在各个时空里任意穿梭,运用各种手段解救、帮助桑德罗和婉月小姐一行人,最后终于挫败了冈斯纳尔家族的阴谋,拯救了月亮岛,也拯救了地球。在这一过程中,村长起到了引路人的作用。他既有超能力,又有丰富的知识和社会经验,没有他的帮助,就不会得来小说最后的大团圆结局。可以说,村长是作者心目中的东方智者形象。而这位地球的恩人、全能的智者却选择了和外星人妻子一起消除了所有关于外星人的记忆,留在了桃源村,"成为地地道道的桃花源中人"。这既体现出作者对黄山的热爱与赞美,又流露出宇宙是一家的宏大的人文情怀。

4.2.2　小说情节

首先,从故事的缘起来看。很久以前,娲女和帝子受到冈斯纳尔家族的阻挠,最后被迫分离,这可以看成是东西方文化的短暂分隔而相互陌生。而桑德罗家族的莫尼·桑德罗受宙斯启示,远渡重洋来到中国,买下了东莱山庄,并让后代男性子孙,也即帝子的后代去徽州寻根。在东莱山庄,一切都是东方式样的。有名人字画、古玩玉器、徽州三雕和文房四宝,莫尼·桑德罗的画像是中国式的,他穿着前文提到的许国大学士的官服,也是伯爵自称有半个汉人的血统的佐证之一。因此,我们可以认为,桑德罗家族是中西方文化交流的使者,他们的寻根行为既是家族使命,又具有中西方文化交流的人类学意义。

其次,从故事的经过来看。桑德罗先生一行人和婉月小姐及村长经历了一系列艰难险阻,从最初的相遇、误会、怀疑,到后来的相互了解、信任、合作,直到解除危机,皆大欢喜。在此期间,其实是以桑德罗、冈斯纳尔、蝶丝小姐乃至莫尼·桑德罗伯爵及伯爵夫人为代表的西方文明,同婉月小姐、村长乃至娲女、帝子、春秋文明、唐朝文明为代表的中国文明的对话与交流的过程。同时我们可以看出,这一过程是生动、友好而富有成效的。桑德罗一行人对东方文明充满好奇与尊敬,而婉月小姐和村长对西方文明也颇有好感,这显现在他们的对话、行动及思想活动中。因此,小说的经过不仅是桑德罗家族的寻根过程,更是中西方文明的呈现、对话和交流、碰撞的过程。这一过程不仅带给读者丰富的中西方文化元素,而且向读者表明了对中西方文化交融的坚定信心和无限期许。

最后,从故事的结果来看。桑德罗和婉月小姐明确了自己作为帝子和娲女后人的身份,在外星人村长的帮助下,用五彩神石拯救了月亮岛,更拯救了人类世界。在此,作者已经将眼光从世界的东西方聚焦到人类这一整体性的范畴上,从而进一步摆脱了民族主义和地方主义,这是一个极其深刻的转变。作者更通过村长的外星人身份,把目光从人类投射到全宇宙,体现出宏大的世界观。

4.3 求同存异、和而不同对中西方文化交融的意义

在《谜窟疑踪》里,中西方人尽管对对方的文化都十分欣赏,但都没因过分追求异质文化而丧失本民族文化的立场,间接体现出作者"求同存异、和而不同"的文化立场和人文理想。

4.3.1 求同存异作为中西方文化交融的途径与方式

早在清朝末期,中国的有识之士认识到了西方文明的先进性,主张国人放弃"天朝上国"的自我中心主义,积极学习西方文化,同时保持自身的特殊性,即"洋为中用""师夷长技以制夷"。在1955年的万隆会议上,周恩来总理提出了"求同存异"的方针,主张第三世界国家放弃成见,达成共识,积极合作。由此可见,求同存异是一

种重要的文化交流方式。求同,就是寻找共同点和一致性。如前所述,中西方文化由于人类行为、思想、生命形式和体验形式等方面存在一致性,因此在文化方面存在共通性,这可以作为中西方文化交融的立足点和中介。存异,就是包容、接受、学习对方的个性。不同文化可以相互借鉴、吸收,但其之间的差异是无法无视的,它们之间的矛盾也必然存在。在文化差异和文化冲突的问题面前,我们必须首先承认并尊重差异,才能在平等互惠的文化交流中将文化冲突与文化矛盾引向相互沟通、相互理解和互补互惠。

4.3.2 和而不同作为中西方文化交融的原则与理想

对于开展文化对话与交流,中国传统文化中的"和而不同"原则具有重要价值。"和"与"同"的区别,在于是否承认原则性和差异性,有差异性的统一才是"和"。事物虽各不相同,但都存在于相互的关系中而非孤立存在,"和"就是指诸多不同因素在不同的环境中和谐相处。"和"要协调"不同",达到新的和谐统一,产生新的事物。这一事物与其他事物又构成新的"不同",最后所有的"不同"并存,达到更大、更和谐的统一。同时,"和"要适度,要恰到好处,达到"万物并育而不相害,道并行而不悖"的理想。[23]"和而不同"反映了一个国家、一个民族甚至一个时代的文化包容性和开放性,是文化发展与繁荣的重要原则和最高理想。

5 结语

文化的多样性和文化交流方式的差异性是中西方文化融合中的最大困难。但是最富挑战性的并非在于多样性,而在于我们接受文化多样性的兴趣和执著。中西方文化交融要求我们不仅要把握文化的多样性和差异性,更重要的是要抱有跨越文化障碍、进行文化交流的诚实而真挚的愿望,既不妄自尊大,也不妄自菲薄。显而易见,作者就是满怀这种诚实而真挚的愿望,在《谜窟疑踪》里引领读者认识中国宝贵的文化遗产,体会西方文化的异域风情,在"求同存异、和而不同"的方法与原则下,铺展出中西方文化的绚丽图景,勾勒出中西方文化交融的美好未来,满怀深情地表达出了在文化多元共存的基础上实现中西方互看、互识、互补、互利的人文理想。

注释:

① 伍蠡甫.西方文论选·下卷[M].上海:上海文艺出版社,1963:236.

② 张岱年,方克立.中国文化概论[M].北京:北京师范大学出版社,1994:381.

③ 李平.中国文化概论[M].合肥:安徽大学出版社,2002:56.

④ 伍蠡甫.西方文论选·下卷[M].上海:上海文艺出版社,1963:237.

⑤ 伍蠡甫.西方文论选·下卷[M].上海:上海文艺出版社,1963:239.

⑥ 李平.中国文化概论[M].合肥:安徽大学出版社,2002:66.

⑦ (法)丹纳.艺术哲学[M].傅雷,译.北京:人民文学出版社,1963:35.

⑧ (法)丹纳.艺术哲学[M].傅雷,译.北京:人民文学出版社,1963:6.

⑨ 鲁迅.中国小说史略[M].上海:上海古籍出版社,1998:6.

⑩ 方兆祥.谜窟疑踪[M].合肥:时代出版传媒股份有限公司,安徽文艺出版社,2013:53.

⑪ (美)艾布拉姆斯.文学术语词典[M].吴松江,等,译.北京:北京大学出版社,2009:343.

⑫ (德)黑格尔.美学·第三卷(上册)[M].朱光潜,译.北京:商务印书馆,1979:28-29.

⑬ 陈志华.外国建筑史[M].北京:中国建筑工业出版社,1997:8.

⑭ 方兆祥.谜窟疑踪[M].合肥:时代出版传媒股份有限公司,安徽文艺出版社,2013:5.

⑮ 方兆祥.谜窟疑踪[M].合肥:时代出版传媒股份有限公司,安徽文艺出版社,2013:6-7.

⑯ 方兆祥.谜窟疑踪[M].合肥:时代出版传媒股份有限公司,安徽文艺出版社,2013:62.

⑰ 方兆祥.谜窟疑踪[M].合肥:时代出版传媒股份有限公司,安徽文艺出版社,2013:15.

⑱ (德)黑格尔.美学·第三卷(上册)[M].朱光潜,译.北京:商务印书馆,1979:17.

⑲ (美)艾布拉姆斯.文学术语词典[M].吴松江,等,译.北京:北京大学出版社,2009:19-21.

⑳ 朱维之.外国文学史·欧美卷[M].天津:南开大学出版社,2004:85.

㉑ 乐黛云.比较文学与比较文化十讲[M].上海:复旦大学出版社,2004:5.

㉒ 方兆祥.谜窟疑踪[M].合肥:时代出版传媒股份有限公司,安徽文艺出版社,2013:3.

㉓ 乐黛云.比较文学与比较文化十讲[M].上海:复旦大学出版社,2004:35-36.

参考文献:

[1](法)丹纳.艺术哲学[M].傅雷,译.北京:人民文学出版社,1963.

[2]张岱年,方克立.中国文化概论[M].北京:北京师范大学出版社,1994.

[3]李平.中国文化概论[M].合肥:安徽大学出版社,2002.

[4]伍蠡甫.西方文论选·下卷[M].上海:上海文艺出版社,1963.

[5]鲁迅.中国小说史略[M].上海:上海古籍出版社,1998.

[6]方兆祥.谜窟疑踪[M].合肥:时代出版传媒股份有限公司,安徽文艺出版社,2013.

[7](美)艾布拉姆斯.文学术语词典[M].吴松江,等,译.北京:北京大学出版社,2009.

[8](德)黑格尔.美学·第三卷(上册)[M].朱光潜,译.北京:商务印书馆,1979.

[9]陈志华.外国建筑史[M].北京:中国建筑工业出版社,1997.

[10]朱维之.外国文学史·欧美卷[M].天津:南开大学出版社,2004.

[11]乐黛云.比较文学与比较文化十讲[M].上海:复旦大学出版社,2004.

[12]胡经之.西方文艺理论名著教程·上卷[M].北京:北京大学出版社,2003.

[13]袁柯.中国古代神话[M].北京:华夏出版社,2006.

[14]游国恩.中国文学史·第一册[M].北京:人民文学出版社,1963.

[15]赵林.西方文化概论[M].北京:高等教育出版社,2004.

[16]启良.中国文明史·上[M].广州:花城出版社,2003.

[17]梁思成.中国建筑史[M].天津:百花文艺出版社,1998.

[18]王明居,王木林.徽派建筑艺术[M].合肥:安徽科学技术出版社,2000.

[19]朱光潜.西方美学史[M].北京:人民文学出版社,1979.

[20]王伟,王声跃.论中国传统文化与地理环境的关系[J].玉溪师范学院学报,2003(11).

（此文发表于2013年6月《科教文汇》）

朴素有真意——赤子的心

——纪念傅雷夫妇辞世50周年

暨《傅雷家书》出版35周年

赤子孤独了,会创造一个世界。

傅雷是一个真人,他用赤子之心对待周围的人与事。我读傅雷先生的书,感动、感慨、感叹。他的书教育了我们,让我们反思。我读傅雷先生的家书、译文全集时,常泪流满面。在感动、感慨、感叹的同时,我也与中国社会科学院研究员张森根先生一样,诅咒那些丧心病狂者,诅咒那些卑鄙下流的小人,诅咒那些在运动中扮演恶魔的"鬼"……假如傅雷先生能活得更久,我们的国家、我们的民族岂不又多一大笔丰厚的文化遗产?因为就眼下他所留下的文化遗产,也已足够令我们这个民族沉思、兴奋与自豪了!

2016年10月15日至17日,上海浦东傅雷文化研究中心联合国家图书馆、上海浦东图书馆、上海工商外国语职业学院、傅雷中学等举办纪念傅雷夫妇系列活动,我有幸被邀请参加。我是读着傅雷的作品集,前往他的家乡南汇他与朱梅馥的墓前谒拜的。已80岁高龄的傅敏先生在上海浦东福寿园海港陵园祭祀活动仪式上动情地说:"傅聪知道这个活动,因为在国外不能来,他跟我说,心里就一句话,我只想控诉(泪)。他这句话也表达我心里的感受,我也想控诉。可控诉又怎么样呢?我记得当年下葬父母骨灰的时候,我曾经讲过我们一定要把造成这个悲剧的根源铲除掉。几年来,我越来越深感觉到,要铲除掉是何等的不容易啊。但是,我觉得我们今天纪念他们,就是发扬他们的精神,让他们的精神化到千千万万人们的心中,这样,总有一天才有可能把这个根源铲除掉。在当前我们纪念他的意义就在这里,发扬他的精神,赤子孤独会创造一个世界……"

傅雷先生是民族精神的斗士,也是文化的良心,高山仰止。他也是我敬仰的一位真正的文化大师,翻译了许多世界级作家的作品,塑造了文化的金字塔。罗曼·罗兰的《约翰·克利斯朵夫》能在中国找到土壤,可以说是非常幸运的,因为它遇上了傅雷。傅雷翻译它,不是从中国传统文化看它,也不是以法国文化氛围对待它,而是从中西结合的角度来重新审视它,通过再创作,让中国读者了解它、接受它。这种做法本身就了不起,打破了传统,展现了语言艺术的独特魅力以及作品内容的精彩绝伦。傅雷先生将传统国学与西方文学的精髓有机交汇融合在对《约翰·克利斯朵夫》的翻译中,却没有生硬的痕迹,当真了不得。正如中国翻译协会常务副会长、南京大学资深教授许钧先生所言,傅雷是一位文化先贤,他将中国文学语言运用得精妙到极致,在从异国他乡引渡的征途中,深入浅出,把汉语言的新文化功能演绎得精准、诗意化,使中国传统在不同民族语言中生根、开花、结果,使翻译达到最高境界——信、达、雅。

除了罗曼·罗兰的《约翰·克利斯朵夫》《贝多芬传》《托尔斯泰传》,傅雷先生还翻译了巴尔扎克的《人间喜剧》《高老头》《欧也妮·葛朗台》、丹纳的《艺术哲学》等。与傅雷译而优则著的《世界美术名作二十讲》《傅雷家书》一样,这些都是我非常喜爱的读本。

《傅雷家书》是将傅雷先生写给家人的书信编纂而成的一本集子,收集了傅雷先生1954年至1966年5月的数百封书信,最长的一封信长达7000多字。人民文学出版社原社长楼适夷是位老革命,与傅雷先生是生死之交。当年他是我党的地下工作者,为了躲避敌人的追捕与搜查,躲宿在傅雷先生江苏路的家中。后来,新中国成立后,他到南方休假,又在傅雷先生家与傅雷同床而眠,除谈论学术外,更注重的便是傅雷先生的家书底稿。傅雷先生是在家书中倾吐自己的人生观、学术观、世界观,把孩子当做仅有的叙述对象,字里行间充满着爱。楼适夷在《傅雷家书·代序》中说:"这是一部最好的艺术学徒修养读物,这也是一部充满着父爱的苦心孤诣、呕心沥血的教子篇。"我读了三联书店范用先生编辑的《傅雷家书》后,爱不释手。书中处处充满了父亲对儿子的挚爱、期望,对国家和世界的高尚情感,以及对文化的敬畏之心。我以此书作为人生修炼的目标,常常对照着反省自己。后来我又读到香港中文大学金圣华教授作序的《傅雷译文全集》,心中更是清晰地出现了傅雷高大、完美、率真、坦荡的形象。

在《傅雷家书》中,傅雷先生首先强调的是如何做人,如何对待生活。他用自己的经历,教导儿子待人要真诚谦虚,做事要严谨,礼仪要得体;遇困境不气馁,获大奖不骄傲;要有国家和民族的荣誉感,要有艺术、人格的尊严;告诉儿子"先做人、再做学问、再做艺术家,最后成为钢琴家……"他对儿子的生活也进行了有益的引导,对日常生活中如何劳逸结合、正确理财以及如何正确处理恋爱婚姻等问题,都像良师益友一样提出建议。傅雷写给儿子的信大概有四项内容:一、讨论艺术;二、激发青年人的感想;三、训练傅聪的文笔和思想;四、做一面忠实的"镜子"。信中谈论的,除了生活琐事,更多的是艺术与人生,灌输给儿子一个艺术家应有的高尚情操,让他们知道"国家的荣辱、艺术的尊严",从而做一个"德才具备、人格卓越的艺术家"。拳拳爱子之心,溢于书表。

傅雷先生在艺术方面也有很深的造诣,因此在家书中他还以相当多的篇幅谈美术,谈音乐,谈表现技巧、艺术修养等。近日,我又翻读了傅雷致黄宾虹的121封书信,读毕静心思想,颇有感悟。

傅雷与黄宾虹,都是大师级的人物,一位是翻译家兼艺术史论家,一位是博古通今的学者、集大成的画家。两人书信往来,少有虚、假、生、涩、做,只见平实、真诚,或谈论艺术主张、文化现状,或叙说买卖生计、亲情友谊,言之有物,物中有情,明白了事,开门见山,绝无迂腐之气,也不避讳"钱"字,随心随意。由此可以断定,只有真性情的人,才能有大作为,能成大器。凡做人,或做事,假了,则不立。朴素、实在,是艺术人生的根本。

而当下,有一股伪复古、虚假之风,行文半文不白,生、硬、涩、假、虚、作等,在文化界风靡。学者不像学者,专家不似专家。殊不知,与时俱进,是时代的号角,也是社会发展的必然规律。"五四"新文化运动之后,用白话文便成为必然趋势。我坚信胡适、陈独秀、鲁迅、钱玄同、李大钊等文化先贤们,古文基础并不差,但他们都带头兴起了新文化运动,倡导白话文,使语言和文字更紧密地统一起来。如今通读他们的作品,人们仍觉朗朗上口,通俗易懂。

有些人以年龄代沟来解释自己的"伪复古"倾向,其实不然,学问之事,真正进入了,与年龄无关,也没有那么玄。深入浅出是大师风范,而浅进深出误人也害己、欺世盗名。傅雷与黄宾虹友谊始于1943年,这一年傅雷35岁,黄宾虹78岁,一个在上海,一个在北平。他们结交后,就像磁石一样,都十分欣赏对方,视对方为知音,经常通信。黄宾虹与傅雷是精神知己,更是文化的正脉。黄宾虹曾经对多人说:沪上近年来,只有傅雷精研画论,识得国学,通融西洋美术……傅雷了不起的眼光和大师的言语,都是在这平白如水中修炼成的。他用这眼光及言语告诉人们艺术的真谛、生活的本原。开门见山,是当下倡导的一种健康文风。半生不熟的文言文,不中不西的东拉西扯,将学术殿堂搞得如同迷宫一样,这是一种误导,高校里尤其要不得。传授知识,需要接受的人们能消化,就像食物的各种养分需要被身体吸收一样。

今天,我们纪念傅雷先生,研究他的学术思想、人格魅力,以及家书中的拳拳爱国之心、对世界文明古国艺术的完美解读。我们会发现,傅雷先生在当时所作的一些坦率、锐利的美术评论,经历了一个多甲子的涅槃,经受住了时间的洗涤。他昔日对张大千、齐白石、黄宾虹等人的美术作品的评论仍然在理,没有错误。下面我录一些傅雷对画家的技艺、文字、修养所作的评论。

石涛:石涛为六百年(元亡以后)来天才最高之画家,技术方面之广,造诣之深,为吾国艺术史上有数人物。

吴昌硕:吴昌硕全靠"金石学"的功夫,把古篆籀的笔法移到画上来,所以有古拙与素雅之美,但其流弊是干枯。

齐白石、黄宾虹：以我数十年看画的水平来说，近代名家除白石、宾虹二公外，余者皆欺世盗名；而白石尚嫌读书太少，接触传统不够（他只崇拜到金冬心为止）。宾虹则是广收博取，不宗一家一派，浸淫唐宋，集历代各家之精华之大成，而构成自己面目。尤其可贵者他对以前的大师都只传其神而不袭其貌，他能用一种全新的笔法给你荆浩、关仝、范宽的精神气概，或者是子久、云林、山樵的意境。（黄宾虹）他的写实本领，不用说国画中几百年来无人可比，即赫赫有名的国内几位洋画家了难与比肩。他的概括与综合的智力极强。所以他一生的面目也最多，而成功也最晚。六十左右的作品尚未成熟，直至七十、八十、九十，方始登峰造极。我认为在综合前人方面，石涛以后，宾翁一人而已。

白石老人则是全靠天赋的色彩感与对事物的新鲜感，线条的变化并不多，但比吴昌硕多一种婀娜妩媚的青春之美。

张大千：足下所习见者想系大千辈所剽窃之一二种面目，其实此公宋元功力极深，不从古典中泡过来的人空言创新，徒见其不知天高地厚而已（亦是自欺欺人）。大千是另一路投机分子，一生最大本领是造假石涛，那却是顶尖儿的第一流高手。他自己创作时充其量只能窃取道济的一鳞半爪，或者从陈白阳、徐青藤、八大（尤其八大）那儿搬一些花卉来迷人唬人。往往俗不可耐，趣味低级，仕女尤其如此。

溥心畬：山水画虽然单薄，松散，荒率，花鸟的水平却是高出大千太多！一般修养亦非大千可比。

庞熏琹：他在抗战期间在人称与风景方面走出了一条新路，融和中西艺术的成功的路，可惜没有继续走下去，十二年来完全抛荒了。

林风眠：因抗战时颜料面布不可得，改用宣纸与广告画颜色（现在时兴叫做粉彩画），效果极像油画，粗看竟分不出，成绩反比抗战前的油画为胜。诗意浓郁，自成一家，也是另一种融和中西的风格。以人品及艺术良心与努力而论，他也是老辈中绝无仅有的人了。

徐燕孙：徐燕孙在此开会，标价奇昂（三四千者触目皆是），而成绩不恶，但满场皆如月份牌美女，令人作呕。

吴湖帆：吴湖帆君近方率其门人一二十辈大开画会，作品类多，甜熟趋时，上焉者整齐精工，模仿形似，下焉者五色杂陈，难免恶俗矣。如此教授为生徒鬻画，计固良得，但去艺术则远矣。

傅雷先生是何等的真诚，他对文化艺术又是何等的虔诚。艺术要进步，便要保持它的神圣。纵观当代的美术评论，大都是锦上添花、市侩吹捧、云山雾罩。而傅雷的评论虽然简短，却远比今天那些卖弄学识、繁琐冗长的文字更具鉴赏力和表现力。这些评论让我们看到文化人的朴素与高贵，让我们重温语言的魅力，有助于消除当下的美盲现象。

中国美术学院王犁教授在 2016 年 10 月 23 日《钱江晚报》上发表的文章《今天，我们为什么要纪念傅雷》中写道："面对当下美术史研究，我们总会梳理出或中或西或中西结合不同思潮的呈现，或学院或非学院的力量，而在傅雷的身边有一批如张弦、庞薰琹、林风眠、张光宇三兄弟等，以东方审美为语言诉求，面对外来文化和传统审美的艺术家，这种诉求不时被时代更强音打断，但他们没有在中西文化的碰撞中纠结，不以一种颜色覆盖另一种颜色，而是以每个个体的知识结构或是认知来混合出第三种可能。""傅雷对黄宾虹的推崇,也是他随年龄变化在本民族文化上认同的佐证,'那时大家都年轻,还未能领会真正中国画的天地与美学观点。(1961年7月31日致刘抗,载《傅雷全集》,辽宁教育出版社2001年12月,第20卷,第29页。)'""傅雷先生浓缩的一生,对第三种可能的关注和对传统核心命题的回归,深深吸引着像我这样还漫游在迷途中的后学。""傅雷说:'先做人、再做艺术家……最后才是钢琴家',我们更要仰视作为人的傅雷,再是翻译家的傅雷或者美术批评家的傅雷,'赤子孤独',傅雷的精神,反照每一个人和我们所处的时代,才会有光芒透过雾霾照亮未来。"他号的脉很准,我们这个时代所需要的正是这种严谨、认真的工匠精神,从而净化从艺人那颗浮躁的心,使江湖气息少点再少一点,回归文化艺术的本真。

可惜1966年9月3日,傅雷58岁,朱梅馥53岁,他们从容地走了,以死亡来捍卫自己的清白与尊严。傅雷,赤子之心,是文化的贵族,也代表了文化良心。《傅雷家书》记录了傅雷在生命最后时光还对黄宾虹的书信做了退还给其后人的交代。从退信这件事上看,傅雷内心干净,尊重他人的隐私。两位大师求真求诚的态度、平实朴素的风格,正是我们这个时代所追求的,值得我们学习再学习。今天我们重温傅雷,是人文精神的复苏,是艺术气息的浓郁,更是学术研究及文明阅读的进步。我们重温傅雷,对我们人生与事业进行反思,将受益一生。

最后,我们朗诵一段傅雷先生译的罗曼·罗兰的《约翰·克利斯朵夫》:"蒙蒙晓雾初开,皓皓旭日方升……江声浩荡……钟声复起……天地重光……英雄出世……"在译《约翰·克利斯朵夫》时,傅雷先生借天下之大言,以自励者励人,以自铸者铸人,以自树者树人。他以虔诚之心,凭魏晋之风,借传统文化,打开这部世界宝典。傅雷先生的绝妙翻译,让我的心灵饱满、思想丰富、感情热烈起来,让我回归到山川田畴、湖畔溪旁、大川河流、草茵海蓝中去……我们在月光下轻吟它,如同低唱元曲《行香子》:"却有些风,有些月,有些凉。日用家常。木儿藤床。据眼前、水色山光。客来无酒,清话何妨。但细烹茶,热烘盏,浅浇汤。"同理一境,妙不可言。

我们缅怀傅雷,我们纪念傅雷。

(此文在发表于2015年7月25日《人民日报》上的《朴素有真意》一文基础上,再增加内容。)

以期刊弘扬文化　用数字传承文明

——安徽科教文汇期刊中心数字出版之路

　　摘　要:传统媒体的数字化出版转型升级,是当下传媒发展的重要趋势之一。安徽科教文汇期刊中心有限公司近年来制订了相关传媒数字出版转型的融合发展规划,从原先单薄的纸媒出版,变成拥有期刊、网站、微博、微信等多种媒介形态的出版平台。

关键词:期刊　数字化出版　传媒融合

互联网在改变着这个世界,也在改变着出版界。出版自诞生以来,所有的相关革命似乎都是在复制技术方面的,然而互联网的到来与发展改变了整个出版行业,几乎涉及了出版的方方面面,如商业模式、生产方式,乃至于生产内容。媒体的数字化出版转型升级,是当下传媒发展的重要趋势之一。作为安徽出版的一个重要阵地,安徽科教文汇期刊中心有限公司(以下简称"公司")紧跟潮流,抢抓机遇,加快融合,着重布局新媒体战略,以强化内容生产为根本,以加快网络和移动端等新媒体产品建设为翅膀,以多元化产业发展为利润增长点,取得了一定成效。2014 年 2 月 14 日,公司的互联网出版许可证由国家新闻出版广电总局批准颁发。其实,早在 2005 年初,公司旗下的《少儿科技》就开始创办网站,在互联网上传播。随之,其他期刊也相继自建了网站。发展至今,公司在原有的基础上,制订了传媒数字出版转型的融合发展规划,从原先单薄的纸媒出版,变成拥有期刊、网站、微博、微信等多种媒介形态的出版平台。现将公司近年来的情况、数字出版情况整理如下。

一、公司现状

1. 所获荣誉

目前,公司旗下有《少儿科技》《少儿画王》等期刊。自成立以来,公司以弘扬科学精神、加强科学素质服务能力建设、不断提高公众素质教育水平为宗旨,坚持正确的出版方向,牢固树立和落实科学发展观,出版事业得到了健康、快速的发展,现正向着数字化、集团化、集约化经营实体迈进。旗下各期刊也屡获表彰,在社会上有一定的知名度。

2. 出版力量

人员方面,公司现有采编业务人员 34 人,其中有编审职称 9 人、副编审职称 5 人、中级职称 17 人;研究生以上学历员工占三分之一以上。在岗编辑功底扎实,都取得了出版专业技术人员职业资格证书,平时注重继续教育,实现了多学科知识的互补。另外,公司有网络技术人员数人,市场推广及行政人员 20 多人。这是一支政治觉悟高、业务能力好、市场意识强的团队。

场地及设备方面,公司现有办公场地共计 660 多平方米,另有采访车、电脑、打印机、复印机、电话、传真机、相机等各种配套办公设备。公司坐落于合肥市庐阳区,交通便利,附近有多所学校、图书馆、报刊亭、邮局、兄弟出版单位、企事业单位等。综上可满足期刊正常采编等一系列印前工作需要。

工作制度方面,公司有完整的章程、财务制度、人事制度、考勤制度等,在出版内容方面尤其注重制度建设和遵守。如坚持选题策划论证制度,全方位优化选题;坚持内容三审责任制度、责任编辑制度、三校一读制度、责任校对制度等,从稿件的政治性、思想性、科学性、知识性、艺术性等方面入手,严把编校质量关;重视风险防控机制建设,注重著作权保护,及时与作者沟通。在此基础上,由公司各级领导组成刊物质量检查小组,形成完善的质量保障机制。

二、公司数字出版现状

1.数字出版的组织与体系保障

事业发展的关键在于人才。为适应媒体发展形势,推动新旧媒体融合发展,必须建立一支互联网出版的可靠队伍。为此,公司确立了"内延外聘、不拘一格"的人才建设方针。人才招聘过程当中,公司把握"熟悉传统媒体运作流程、适应新媒体发展需要"的总原则,为媒体融合发展做好充分的先期人才储备。

2.公司现有的多媒体平台

之前的荣誉、成就是发展的资本,弥补不足、缺点是发展的动力。近年来,公司继续坚持正确的舆论导向,始终坚持社会主义先进文化发展方向,以改革促发展,以转企改制为契机,以增强活力、调动职工积极性为目标,推动改革不断深入,以期刊弘扬文化,用数字传承文明,确保《少儿科技》《少儿画王》等期刊健康、稳定、快速、可持续发展。

目前,公司旗下期刊可分为少儿、艺术以及教育三种类型,也开展了相关数字出版活动。目前,公司的数字出版活动主要有以下三个方面。

建立独立网站

目前,经国家新闻出版广电总局批准,公司已有了自己的独立网站,可以进行互联网出版。目前公司网站已拥有较高的点击率,在社会上有一定的知名度。网站的编排内容都较好地把握住了读者的特点,针对性很强,已经有了较为固定的受众群。网站的排版风格活泼,图文并茂,具有较强的视觉冲击力,符合不同对象的阅读习惯。同时,已采用计算机辅助报道,运用互联网采集新闻,搜寻、检索、发掘、考证和编辑信息资源,注重形式的创新,充分利用现代科学技术及电脑软件。

加入权威数据库网站

中国万方数据—数字化期刊群,中国学术期刊全文数据库和维普中文期刊数据库等就是数据库机构建立的综合性期刊平台,在我国已基本形成了这三家信息服务商为主体的科技期刊网络出版格局。目前,公司旗下期刊都已加入这三家国内权威数据库的网站,基本实现了期刊内容的数字化,实现了网络检索和在线阅读的功能,在一定程度上促进了学术文献资源的深度开发和综合利用。

开设微信、微博平台

2010年,公司旗下的各个杂志相继在新浪上开通了官方微博,与期刊紧密结合,配合期刊做相关的信息发布等活动。2015年,公司旗下的各杂志又相继开通了官方微信,以及时与广大读者、作者互动为目的,吸引广大网民的注意,成为纸媒的最好补充。

三、未来全媒体出版走向

全媒体出版已经成为一个大的发展趋势。基于此,公司拟建立一个全媒体出版平台。期刊全媒体网络出版应以视频、音频、图片为主,文字和图表为辅,全景记录重要信息,从而使信息更加清晰明了和直观可信。

具体来说,从以下三个方面入手。

内容为王,建立互动平台

开展期刊全媒体网络出版应把握一个方向,即以内容为王。同时,开设互动平台。目前,网站也开设了一些互动平台,但是很少。今后,公司会加大这方面的力量,开设面向读者和作者的多人交流平台,如微博客、网络论坛、微信等。同时,公司设定主题,并设立专门的网站编辑来处理这些事务,或围绕某一热点问题等展开探索,或深挖同行关心的热点,从而让越来越多的人加入这个专业领域的研究、学习以及探讨。一旦网络互动平台达到了一定的规模,便开设特色分论坛,如"我有话说""名家讲坛""教授点评"等,让权威学者、知名专家、微博大亨、网民留言,如"名家有言""读者声音"等,交流讨论,从而记录大家的不同观点。建立交互式平台,将审稿人、读者、作者以及编辑汇集一堂,一方面,方便纸媒编辑从中选择优秀的文章来出版;另一方面,以杂志名称命名的定期讨论,会形成一定的品牌,增强杂志的影响力,从而为期刊争取大批高质量的稿源,与此同时也可以为相关的研究者提供更为广阔的研究思路与方向,为广大读者提供更多不同层面的专业知识。

由各自为政向联动采编转变

全媒体出版的开展,离不开融图片、音频、动画、文字、视频等多种类型符号信息为一体的全媒体融合编辑部。唯有如此,才能保障开展全媒体出版。鉴于此,公司打算在未来两年内建立起一个全媒体融合编辑部,合理调配采访编辑信息的力量,由各个部门的编辑联合采、编、发,从而确保实现内容资源的"多符号采集、多媒体编辑、多渠道发布";同时,促使出版模式从单一向多元转型,可以通过最密集的信息发布、最有效的全媒体整合营销,从而实现资源利用、版权价值、受众覆盖和传播范围的最大化。这个全媒体融合编辑部还会成立多媒体资源库,用于保存这些年来所积累的优秀的、有价值的图形、文字、视频、音频等素材,完成各种素材的数字化管理,实现对所有资源的共享和综合管理。

网络发行营销

在未来五年之内,与运营商、移动互联网公司等的长期合作也将势在必行,公司将实现网络发行营销,将每一期期刊的题名、摘要,以及期刊网络版上这篇文章的链接,发送给微博、微信、论坛等互动平台上对本期刊感兴趣的网民,发给电子书、平板电脑、手机等移动终端上对本期刊内容感兴趣的用户,以此带动期刊的阅读量、论文的引用率。在扩大网站影响力的同时,也将推进赢利。

结语

整合期刊资源,组建一个实力雄厚、核心竞争力强的大型期刊传媒公司,成为当下传统媒体数字出版的主要方向之一。如此,公司将能更好地坚持社会主义先进文化的前进方向,增强文化软实力,积极适应群众文化需求的新变化、新要求,弘扬主旋律,提倡多样化,增强文化企业的凝聚力和创新力,成为报刊出版业的骨干文化企业和战略投资者,从而更好地为我国的文化事业及文化产业发展作贡献。传统媒体的数字出版之路,任重而道远。

(此文发表于 2015 年 12 月《科教文汇》)

对书法经典及其影响的几点思考

　　摘　要：书法经典是中华民族的宝贵财富，是研究中国传统文化的重要材料。文章从书法经典的形成及特征出发，探讨书法经典在书法艺术中的特殊地位及其对后代书法家的影响机制，以及后代书法家对书法经典给予自身影响而产生的焦虑以及超越的方式，以期明确书法经典对于书法创作的意义及其在现代文化语境中的地位。

　　关键词：书法　经典　影响

一、书法经典的形成及特征

　　中国书法是一种复杂的文化现象，超越了装饰性而包含着丰富的精神底蕴，与语言天然的亲和性又使其与民族精神紧密相连，形

钟繇 宣示表

成了一个内涵丰富而外延广阔的意义体系。借鉴艾布拉姆斯在《镜与灯》中提出的文学四要素,笔者认为书法艺术体系也是由作品、创作者、接受者、宇宙构成的:书法家以笔墨表现宇宙而形成作品,接受者的接受行为使作品的创作得以补完,书法艺术的审美与文化体系得以建立。在这四者的互动中,形成了一种相对稳定的、基于作品及其创作者的审美标准和价值观念,并由此将少量名作推至巅峰让后人瞻仰、超越,而其余大部分作品则被经典的光辉掩盖,成为陪衬和参照。

在此,我们还有必要认清书法经典的特殊内涵。中国书法强调"书如其人",刘熙载在《艺概》中说:"书,如也。如其学,如其才,如其志。总之曰,如其人而已。"书法作品和书法家的修养、气质、性格是密不可分的,作品与艺术家的密切关系在书法艺术上体现得更为明显,因此我们谈到书法经典就无法不联系书法家。在此篇文章中,书法经典与书法家的紧密联系可能冲淡书法经典的主体性,但这并不妨碍我们研究书法经典的性质,而且是必备的论据。

经典的形成必然经历历史与文化的积淀,是一个漫长而复杂的过程。刘象愚先生认为决定经典存在的是其本质性特征——"经典性"。虽然这一本质性特征是他针对诗学提出的,但是诗学与书法同属艺术,基于二者的共通性,我们也可以由此观照书法经典的本质性特征:第一,书法经典具有内涵的丰富性。书法经典涉及人类社会、文化、自然、宇宙等一些重大的思想观念,参与人类文化传统的形成与积累。第二,书法经典具有实质的创造性。书法经典内涵丰富,更有旗帜鲜明的创新,而不仅仅是重复前人的创作。第三,书法经典具有时空的跨越性。书法经典和现实生活密切相关,任何时代的书法经典总是与当代的时代精神息息相通。第四,书法经典具有无限的可读性。书法经典经得起若干时代的多数人一读再读,并总能启迪智慧、陶冶情操,令人精神愉悦而永生难忘。

由此可见,书法经典具有极大的艺术魅力和文化价值,因而不可避免地对书法艺术乃至整个文化系统产生影响。

二、书法经典的影响机制

1. 书法经典的优先性与权威性

第一,书法经典的优先性得之于自然秩序——时间与空间。书法经典是学书者学习书法、欣赏者认识书法的主要方向。既然是后者学习、认识前者,那么前者至少在时空上就占据了优先地位,就会理所应当地对后者产生影响。如钟繇之于卫夫人,卫夫人之于王羲之,王羲之之于赵孟頫,除却后三者主观上的学习意愿,前三者作为先驱已然在时空上拥有优先性。

第二,书法经典的权威性得之于精神秩序——评价与认同。首先,创作有经典作品或拥有大师地位的书法家或书论家的肯定具有决定性的作用。他们或是书法经典的创作者,本身就极具示范效应;或是重量级的书法理论的树立者,在论证过程中不免引经据典,对一些书法作品及书法家推崇备至,这就使得一批书法作品为世人所知并在其视野中占据主要地位。其次,教育在书法经典的形成过程中发挥了重要作用。自周朝起,"六艺"——礼、乐、射、御、书、数——成为儒家教育的核心内容,而"书"即指书法(书写、识字)。在中国封建社会,人无论阶级

颜真卿 多宝塔碑(局部)

高低,书法都是一项重要的学习内容,甚至成为人格的具象表现形式,因而受到教学双方的高度重视。及至当今社会,书法教育仍受世人关注,成为素质教育的重要元素和传承传统文化的必要途径。谈到书法学习,必然涉及学习对象,从而必然使得少部分前人的书法作品备受瞩目,甚至使一个时代学书者模仿它们的潮流得以形成。另一方面,书法经典鲜明地体现出书法家的人格魅力和品行修养,书法家也由此成为世人崇拜的对象,这种长期的追求形成了牢固的心理定势,更进一步巩固了书法作品的经典地位。

2. 书法经典的历史性和相对性

第一,书法经典的历史性得之于特定时期的特定阐释。每一历史时期的审美倾向不同,导致该时期的审美标准和价值体系发生变化,从而可能将新的书法作品纳入经典体系,也可能将一些以往的

书法经典排除出经典体系。书法经典地位的确立,在很大程度上归因于特定时期的接受者的特定阐释。刘勰在《文心雕龙·时序》中说:"时运交替,质文代变……文变染乎世情,兴废系乎时序。"书法经典也是如此,其崛起、没落乃至被重新确认的过程,实际上是不同时代的接受群体依照当时的审美趣味和自身的审美经验对书法作品进行阐释的过程。在各个时代,代表官方话语的官方文化、代表民间话语的民间文化和代表知识分子话语的精英文化相互影响,互为补充,使得书法经典的历史性更为突出。

第二,书法经典的相对性得之于模糊内涵的多元阐释。宗白华先生认为,中国人写的字之所以能成为艺术品,主要有两个因素:一是汉字结构优美而富于变化,为书法艺术提供了以线造型的依据;二是毛笔巨细收纵,变化无穷,能够书写出饱含情感与节奏的线条。书法经典大多是实用性文字,如碑铭、信札等,以语言的形式出现,所以书法是一种语言的艺术。语言作为一种符号,具有内在的多义性,但是有限的符号并不能有效地传达出所有的思想情感,书法艺术追求形式之外的意蕴和旨趣,进而表现出内涵的不确定性。书法尤其发达的魏晋时期掀起了"言意之辨",老庄的"言不尽意""得意忘言"等观点深刻影响了中国艺术的发展。因此对于书法经典或者书法审美理想的阐释也体现出模糊性和象征性,而往往并不是明晰的、系统化的本体性论述。如,西晋卫恒在《四体书势》中说:"日处君而盈其度,月执臣而亏其旁;云委蛇而上布,星离离以舒光;禾苯蓴以垂颖,山嵯峨而连冈;虫跂跂其若动,鸟飞飞而未扬。"这是以物喻书。又如,袁昂在《古今书评》中说:"王右军书如谢家子弟,纵复不端正者,爽爽有一种风气。……王子敬书如河、洛间少年,虽皆充悦,而举体沓拖,殊不可耐。"这是以人喻书。这种象征性地阐释主观感受,体现出中国艺术评论模糊、抽象的特点,其自身的多义性融合接受者的想象,使得这种阐释连同书法经典本身成为一个不确定的"召唤结构",在不断"完型"的过程中生发出多元化的意义,进而使得书法经典成为一种相对性的存在。

三、对书法经典的超越

颜真卿　祭侄稿

如前所述,书法经典并非神圣而无法动摇,而是处于一种恒定性与相对性辩证统一的状态。在特定环境中,书法经典拥有强大的典范力量,体现了当时社会主流的审美标准和创作方向,因而成为当时乃至后代学书者不得不面对的一座座高峰,哪怕是最伟大的书法家,一开始也是弱者,书法经典的创作者最初总是书法经典的学习者。布鲁姆在《影响的焦虑》中认为,在后来诗人的潜意识里,前驱诗人是一种权威和优先。后来诗人有意识或无意识地受到前驱诗人的同化,个性遭受着缓慢的消融。为了摆脱前驱诗人的影响阴影,后来诗人必须极力挣扎,凭借争取永存的意志力,竭尽全力地争取自己的独立地位和诗作在诗歌历史中的一席之地。于是,在焦虑的压抑感中迸发出一种

"修正"的动力,使得后来诗人能够承受住前驱和传统的强大影响,获得一定程度的独立和胜利。这种影响的焦虑并不仅仅存在于诗歌创作领域,可以蔓延至艺术创作的各个领域,因为这种焦虑从根本上源于艺术的存在与发展。书法经典的影响是客观存在的,只要后来的书法家有创新、突破的意志力,这种焦虑就会一直存在,并成为书法家自身、书法经典乃至整个书法艺术向前发展的动力。

1. 天才式的超越

天才是强者,他的时代是弱者。康德认为天才首先具有独创性,天才的作品体现出一种从心中灌注到艺术中的生气,具有独特的精神风貌;其次具有典范性,天才的作品具有对其他天才的唤醒和启发作用,同时为艺术立法,成为判断其他作品的准则。唐代以前,字体每隔三四百年就会发生一次剧烈的变化,也使得人们没有机会将一种字体的书写技巧发展到极致。楷书在南朝时已普遍使用,初唐时已经十分精致、准确,风格也臻于成熟,而此时并没有新字体代替楷书。此后两三个世纪内,楷书确立了一套严格的规范,这种规范虽然并不复杂,但十分严谨乃至精确,稍有偏离,则全无可观。而这时,少数书法家在熟练掌握楷书严格规范的前提下加以发挥,将极为严格的基础训练和天才式的自由挥洒相结合,为后代树立了难以企及的典范,并一改当世书风,重新为书法经典立法。如颜真卿的楷书《多宝塔碑》《颜勤礼碑》和行书《祭侄稿》,前两者的雄秀端庄与后者的情如潮涌出自一人之手,已经成为一种不容怀疑的典范。

2. 泛化式的超越

书法作为一种语言的艺术,是中国艺术泛化的典型,其与传统人文理想相契合,通过书面语言的使用而渗入一切事物,使得书法能够抵挡社会分工的压力,始终保持与日常生活的亲密关系。一些书法家并不缺乏创新的才能,他们认为过于严谨的规范会妨碍内心世界与形式的交融。规范越严谨,内涵就越稳固,就越难被新的精神生活渗透。因而他们不愿接受如此严谨的规范,更愿意以书法表现自身的精神,技法的要求逐渐演变为一种"基本技巧"——这里的"基本"是相对唐代的严谨规范而言的,进而打破了前人不遗余力地从技法规范方面学习书法经典的局面。宋代的文人精神使得书法家脱离了唐楷的规范,以最低限度的技法要求追求最为丰富的精神内涵。虽然以往的技巧无法成为当前时代的书写习惯,但可能使少数艺术家的创作远远超越以往书法经典的书写习惯的制约,进而促进书法艺术的发展。这就通过调整书法创作中技法与精神的比例,超越了以往书法经典的创作范式,人人都可能凭借自己的文化修养和努力得来的简单技巧创作出这个时代的书法经典。这也使得整个文化阶层共同担负了创造新的书法经典的责任,在某种程度上是对书法经典的泛化式的超越。

结语

书法经典是前人留给我们的宝贵财富,是书法艺术的核心内容,更是中国传统文化的精髓。书法创作要求书法家在长期的、无意识的运作中实现内心生活与形式的融合,以笔墨线条为媒介,把内心世界同广阔无垠的社会生活紧密联系在一起。而当前的一些艺术创作追求形式新颖,加之西方后现代主义文化的反传统倾向影响,使得一些书法经典的地位遭到质疑,更有甚者将反书法传统作为书法创作的途径,笔者认为这是不足取的。在形式方面,毛笔已经不再是日常书写的主要工具;在精神方面,现代社会的种种思潮冲击着传统书法的精神内核,这使得现代书法家难以恢复传统书法中形式与精神的动态联系,而书法经典恰恰是连接古与今、手与心的桥梁。正视、尊重书法经典在书法理论与实践中的价值,心慕手追,求同存异,才有可能实现对书法经典的超越。

米芾 珊瑚贴

参考文献

[1]邱振中.书法的形态与阐释.中国人民大学出版社,2005.

[2](美)哈罗德·布鲁姆.影响的焦虑.徐文博,译.江苏教育出版社,2006.

[3](德)康德.判断力批判.邓晓芒,译,杨祖陶,校.人民出版社,2002.

[4]周振甫.文心雕龙今译.中华书局,1986.

[5]宗白华.中国书法里的美学思想//美学散步.上海人民出版社,1981.

[6]刘象愚.经典、经典性与关于"经典"的论争.中国比较文学,2006(2).

（此文发表于2016年5月《科教文汇》）

纵谈《历代黄山图题画诗考释》

摘　要：黄山，自古以来美景天成，倾倒无数文人雅士。诸多名家均登涉黄山，心系黄山，图绘黄山，诗颂黄山。《历代黄山图题画诗考释》悉力收录、考释黄山图题画诗，胪陈一得之见。该书作者广泛寻阅博物馆、图书馆、民间收藏者和拍卖市场的画幅、手卷、扇面、地方志、黄山志、名山图等原始媒材，文人和画家的私家文集及《中国古代画派大图范本　黄山画派》《康熙御定历代题画诗》《中国古今题画诗词全璧》《中国历代画家：山水题画诗类选》《历代名人咏黄山》《黄山古今诗词选》《明清黄山学人诗选》等各类与黄山相关的书册，皆悉心参校，一一而辨之。

关键词：黄山图　题画诗　考释

一、选题缘由

"薄海内外,无如徽之黄山。登黄山,天下无山,观止矣。"

黄山,位于北纬 30 度、东经 118 度,属南岭山脉,处安徽省歙县、太平、休宁和黟县之间,原名黟山,后因传说黄帝曾与容成子、浮丘公在此炼丹成仙,于唐天宝六年(747 年)更名,沿称至今。为《徐霞客游记》作序的清人潘耒析评:"黄山体兼众妙;天都、莲花极其端丽,光明顶、炼丹台极其平正,散花、石笋极其诡怪;前堂后苑,位置井井;又如握奇布阵,奇正相生","峰峰挺秀,石石标新,探之不穷,玩之不尽"。

美景天成,倾倒了无数文人雅士。据清人徐璈《黄山纪胜》,南朝人江淹最早咏歌黄山,"诗状奇峻,殆统概黟山矣"。唐人李白、贾岛、岛云,宋人朱熹、王十朋、罗愿,元人唐元、郑玉、汪泽民,明人李东阳、梅鼎祚、汪道昆、袁中道、黄道周,清人钱谦益、施闰章、袁枚、屈大均,近现代许承尧、董必武、黄宾虹、陶行知、郭沫若、老舍,等等,皆留下吟咏黄山诗章。有籍可据的,最早画黄山的画师是宋人马远。据传,马氏登黄山后便将自己过去的山水画付之一炬,其后期山水构图峭拔险峻,线条豪放有力,有黄山神韵。明人郑重《莲花峰图》被称为"稀世杰作",丁云鹏《黄山总图》集一代之大成。清季,渐江、梅清、石涛等皆一代宗师,新安画派崛起,独树一帜。至于近现代,黄宾虹、张大千、潘天寿、汪采白等名家均登涉黄山,心系黄山,图绘黄山。

相较于专注音韵、含蓄、驰骋想象的纯粹的诗,或是讲求造形、笔墨、以形写神的纯粹的画,黄山图题画诗别具意味。它附丽于画,

点化,生发,感应,品评,寄情,哲思,与画相互彰阐,完成"画难画之
景,以诗凑成",映现了黄山之形式美与内涵美,琼枝照眼,宝气辉
然。如"十年幽梦系轩辕,身历层岩始识尊。海上云都供吐纳,天南
山尽列儿孙。峰抽千仞皆成笋,路入重霄独有猿。谁道丹台灵火
息,朱砂泉水至今温",系故宫博物院藏梅清画《黄山图》(八开)之
第七开天都峰图卷上的自题诗,以"天南山尽列儿孙"直述天都峰之
高峻,以黄山猿典故证之,此为画上实景;又提及仙人炼丹传说,"朱
砂泉水至今温"饱含怀想,凸显天都峰之历史久远及人文感,此为诗
之幻景;虚实结合,诗画呼应,时空意识深厚。又如何满子为友人
《黄山西海夕照图》品题之诗,起句"高手画山不像山"颇有新意,至
"但存山气楮毫间"为一转,再至"方知神似胜形似"递进,直至尾句
点明"泼墨成章事更难",参悟画理幽深,逻辑严密,兼具形象性与思
想性……

　　故笔者悉力收录、考释黄山图题画诗,胪陈一得之见。

二、研究综述

　　最早把题画诗作为一种专门体裁,有意识地收集并汇聚成集的
是宋人刘叔赣所编《题画集》。南宋孙绍远编《声画集》,将唐宋两代
各种题材的题画诗编为八卷二十六门,是迄今可见的最早的题画诗
总集。明清,题画诗发展极盛,辑录题画诗的书册有多种,以陈邦彦
编《康熙御定历代题画诗》为著。近现代,则有中华图书馆《历代题
画诗钞》和大华书局《清人题画诗选》等。

　　中华人民共和国成立后,此类著作益多,有总集,如商务印书馆
国际有限公司《中国古今题画诗词全璧》、甘肃人民出版社《中国古

代题画诗释析》、上海书画出版社《历代题画诗选注》等;有以题材辑,如人民美术出版社《中国历代画家:山水题画诗类选》、天津杨柳青画社《花鸟名胜题画诗》《牡丹芍药题画诗》;有以朝代辑,如四川美术出版社《唐朝题画诗注》、中国传媒大学出版社《元代题画诗研究》、浙江人民美术出版社《清人题画诗选》;有以个人辑,如中国美术学院出版社《宾虹题画诗集》、山西教育出版社《郭沫若题画诗存》、湖南美术出版社《齐白石题画诗选注》……保守估计有 50 种。

关于黄山图题画诗。数量颇丰,主要散见于程嘉燧、石涛、渐江、戴本孝、郑旼、查士标、汪洪度、雪庄、黄宾虹、张大千、潘天寿、汪采白等明末、清代、近现代、当代画家的传世画作中,亦有见于黄山志、黄山图经,另有历代文人诗集所载。黄山书社《中国黄山 评语精华》,中国旅游出版社《黄山古今诗词选》,上海古籍出版社《明清黄山学人诗选》,文化艺术出版社《黄山图:17 世纪下半叶山水画中的黄山形象与观念》等各类与黄山相关的书册中,若倾力搜寻,亦时见片光零羽。然而,关于黄山,出版市场有名人咏黄山集、黄山画集、黄山摄影集,部分题画诗集或辟有"黄山"专章、专节,但载相关题画诗数量均较少,至今未见黄山图题画诗专册出版品,实为一憾。

德国接受美学家沃尔夫冈·伊瑟尔曾提出"召唤结构"理论。艺术作品因空白和否定所导致的不确定性,呈现为一种开放性的结构,这种结构随时召唤着接受者能动地参与进来,通过想象以再创造的方式接受。在他看来,文本中的"空白"是"一种寻求连接缺失的无言邀请"。虽是针对作品接受而言,对创作、出版领域,该理论也有一定提示意义。黄山图题画诗集出版空白,正吸引编著者、出版者进行填充,完成复合角度构建,对黄山美、对诗画韵味进行更系统展示。作为一部探索性著作,本书作了一些尝试。

三、本书相关概念

本书定名"历代黄山图题画诗考释",以历代黄山图为原本,指向与其相关之题画诗。

黄山图。本书所指"黄山",以黄山这座名山为原点,画面地域扩及历经宋元明清四代,稳定管辖歙县、黟县、婺源、绩溪、祁门、休宁六县而未变更行政管辖范围的徽州地区,既有群峰葱茏壮阔,又有小桥流水静谧,概因在地理上黄山并不是远离尘世的幻想乡,位于徽州境内,受周围政治、文化、经济等影响。对黄山图的界定:作者在画名或题画诗名、诗句中标明为黄山图;从别人的题跋中可知为黄山图;虽然没有标明为黄山图,但通过与画家其他黄山图相比,可知为黄山图;根据所绘为黄山典型地貌特征,推测为黄山图;通过综合比较,确定为黄山图。至于程邃、程正揆、孙逸等书画家,尽管有学者认为他们的某些作品就是黄山图,但笔者未见有构图或文本明确证明,故出于严谨考虑,其画作中的题画诗没有纳入正篇,仅作为疑似黄山图题画诗列入附录二。此外,不惟卷轴画,版画、壁画也在选择范围内,宋代版画中就有黄山图出现,尤其至 17 世纪下半叶,众多文人画家参与版画创作,描绘黄山,或者所绘黄山图被刻于地方志、黄山志、名山图等版画中。需要说明的是,费心搜寻之种种黄山图,仅证为所收录题画诗的来源,不作为本书讨论重点。

题画诗。我国美学家孔寿山先生在《论中国的题画诗》一文中这样解释:"什么叫题画诗?我们认为所谓题画诗者,是诗人或画家根据绘画的内容而起兴创作的诗歌。简而言之,即根据绘画所题的诗。从形式上来分,一般为两大类:一是就广义而言,这类题画诗,即观画者根据画面的内容所赋的诗,可以离开画面而独立,一般不题在画面上。严格来说,此类属于赞画诗。……一是就狭义而言,所谓题画诗,一般是画家在作品完成之后而抒发画中之意境所赋的诗,要求把所赋之诗直接写在画面上,诗与画相融合,成为有机的统一体,构成整体美。……这类题画诗,既是题在画面之上,自然要受画面地位的限制。"这代表许多学者的观点,把题画诗定义为狭义的题画诗和广义的题画诗。王韶华在《元代题画诗研究》中写道:"题画诗,因画而题的诗。它既指直接题写在画面上的配画诗,也包括题写于画面外的咏画诗。又因为中国绘画不仅仅出现于绢、纸、壁、石上,而且常常作为扇面、屏风的主要装饰,故咏扇面画诗、咏屏画诗也属题画诗。"他进一步总结:"题画诗从体裁形式上讲,可包括常说的五言、七言、近体、古体诗,又包括四言赞颂铭,包括六言、三言等诗,取青木正儿之说,亦取辞赋在内,如吴镇有大量的渔父辞。从内容上讲,可咏画、论画,依画抒情、因画叙事,也可脱离画面议论、抒情。"这种定义扩大了题画诗的范围,笔者认为更加全面、准确和科学,故采纳此种定义选录黄山图题画诗。

四、本书特点

广泛寻阅博物馆、图书馆、民间收藏者和拍卖市场的画幅、手卷、扇面、地方志、黄山志、名山图等原始媒材,文人和画家的私家文集及《中国古代画派大图范本 黄山画派》《康熙御定历代题画诗》《中国古今题画诗词全璧》《中国历代画家:山水题画诗类选》《历代名人咏黄山》《黄山古今诗词选》《明清黄山学人诗选》等各类与黄山相关的书册,笔者所录,皆悉心参校,一一而辨之。

　　不少优秀之作,仅出现在原始媒材中,从未见于其他文字选本,如戴本孝《黄山图》(十二开)之第八开的题画诗:"千霄莲霁忽开房,万壑风摇草树香。天堕花中真逼侧,松眠石罅最苍凉。丹梯水接孤云迹,碧汉峰衔独木梁。到此已如登上世,攀龙应欲梦轩黄";又如石谿《树杪飞泉图》中题画诗:"雾气隐朝晖,疏村入翠微。路随流水转,人自半天归。树古藤偏坠,秋深雨渐稀。坐来诸境了,心事托天机"。以虚补实,以情思突显景物,物象与心象一体,景、境、情俱佳,既形象呈现了黄山之雄姿百态,又录存明末清初遗民群体心态。历史是自然界和社会上任何事件的发展过程,宇宙史、地球史、各个学科史——物理史、数学史、法律史等,均可列入这一含义。从大意上,黄山图题画诗亦是历史(尤其是黄山历史)的一部分。

　　斟酌所录黄山图题画诗主要是述写名山黄山,少量内容涉及周围府县,结合黄山作为宇内名山及黄山图题画诗的特色,本书主体内容分八个板块。第一板块为"群峰列矗",按序分莲花峰、天都峰、光明顶、其余诸峰;第二板块为"奇松婀娜";第三板块为"云海翻腾";第四板块为"水泉逐流";第五板块为"宝刹净土";第六板块为"片光零羽";第七部分为"泛景浮影";第八部分为"画论品录"。诗中如有缺字或是考后以为讹字的,以"□"代。每部分,以题诗者生年排序,生年不可考者均列于后。每首诗后标录自何处(注:部分黄山图绘者未命名,亦无约定俗成的画名,后世各本称呼有异,本书中以所见题画诗出处所标画名为据)、注释、题诗者、可考的题诗时间及题诗者简介(注:同一板块,同一题诗者如有多首题画诗入选,则多首题画诗聚至一处,题诗者简介列于最后一首后)。关于诗名,除所录原有诗名,其余皆以"题《××》"或"题画"命名。另,清代题画诗唱和风气盛行,一幅画、一组画引起数人、数十人题诗的情况屡见不鲜,附录一集列汪洪度、程鸣《黄山图》题画诗25首以证。

　　"高情逸思,画之不足,题以发之。"(清人方薰语)黄山图题画诗,援画入诗,以诗眼观照绘画,画格、诗格、人格有机融和,是诗人与画家两种不同艺术主体结合的外在表现。故,有画可参的,笔者借鉴视觉艺术方法,解读或含就诗论画、就画论诗成分,以画面与诗句、画理与诗理互证。如广东省博物馆藏戴本孝《黄山图》(十二开)之第十一开上的自题诗"导客神鸦去复还,引针析线笋联班。明知非海翻疑海,奇在真山不似山。竞欲支天随石长,何尝浴日放云间。此中莫道无兵气,时见蚩尤霭犯开"解读:图卷上山峰奇绝突兀,云海泛滥缭绕,"真山不似山","非海翻疑海",以干枯之笔刻意制造虚幻空间,强烈表现世外黄山,与普通纪游图明显区别,"莫道无兵气""蚩尤",则又如梦初醒,隐射现世,暗合戴本孝徘徊于"入世"与"出世"之间矛盾心态。对题画诗单体,则强调精读文本,从意思、感情、语气和意象等方面释意,融"文本崇拜"姿态和"作者崇拜"姿态,利用文献学、文本分析、社会学、历史学等方法,重视品赏诗句的上下字词联系、结构整合、意象群等内部层次,又适当简介题诗者的背景经历、生平事迹、时代元素等外部因素,多角度、多层面着手,避免单一化和"一刀切"。如录自陈洙龙、陈旭编《中国历代画家:山水题画诗类选》,据载系石涛自题诗"黄山是我师,我是黄山友。心期万类中,黄山无不有。……夺得些而松石还,字经三写乌焉叟"的解读:"字经三写乌焉"语本"字经三写,乌焉成马",意思是文字经过多次转抄,"乌""焉"误为"马"字。比喻事经辗转,易出讹谬。石涛纵游宇内,追求与山川神遇而迹化的禅悟。曾数游黄山,感应山川之灵秀,体悟松石之活力,信笔挥洒,笔无定姿,画益精进。"黄山是我师,我是黄山友",呼黄山为"师",称己为"友",艺术灵气可见一斑。

入山后,提出"作书作画,无论老手后学,先以气胜得之者,精神灿烂,出之纸上。意懒则浅薄无神,不能书画",代表画作《黄山八胜图》《搜尽奇峰打草稿图》《黄山图卷》等,著作《苦瓜和尚画语录》。

全书共计约20万字,考释宋、元、明、清、近现代至当代或即兴、或酝酿、或自题、或他题、或题画内、或题画外的300余首黄山图题画诗,揭示了黄山图题画诗的复杂性、多样性与独异性,为读者提供一个新的认知黄山的角度,希冀给绘画、书法、诗词、历史研究者等提供资料帮助及视角性启示。

(《历代黄山图题画诗考释》,滋芜著,上海三联书店2016年3月出版)

(此文发表于2016年9月《新美术》)

青青泛舟图

滋芜/作 刘夜烽、鲁彦周/题 刊《滋芜的人生屐痕》(2011年12月)

历史画卷中的人物传奇

——《古城轶事》的历史文化背景与人物形象分析

摘　要：晚清时期,中国形成了半殖民地半封建的社会形态,经历了一个漫长而逐步变化的历史过程。外国势力的不断侵略和中国社会内部频发的危机始终贯穿于这一过程。由于列强的入侵,中国的传统社会结构受到猛烈冲击,逐渐瓦解,新的社会因素和社会结构成长起来,给衰落中的中国传统社会带来一线生机。在各种新生的社会因素中,最主要的新因素就是近代资本主义生产关系,以及由此而产生的资产阶级和无产阶级,这为中国社会从传统向近代的转变准备了最重要的内在条件。

《古城轶事》以安徽的历史古城安庆及清末至大革命
时期为背景,通过对巡抚、藩台、文武进士、地方豪绅、码头
工人、城市贫民和英国侵略军等形形色色人物复杂关系的
描写,讲述了古城安庆的新军起义、革命党刺杀、都督焚烟
和打击英国不法商人的故事,弘扬了革命党人驱逐黑暗、追
求光明的伟大壮举,抨击了清政府以及反动政权维护统治、
欺压百姓的罪恶行径,歌颂了工农群众进行卓绝斗争的大
无畏精神,得出了"唯有共产党才能救中国"的必然结论。
由此,该文从小说的历史文化背景切入,阐述作品涉及的历
史背景、风土人情、政治思想、传统文化等因素,并以此为基
础,分析相关历史文化背景中的人物形象,探讨小说的思想
内涵。

关键词:古城轶事　安庆　历史　文化　人物

一、《古城轶事》的历史文化背景

(一)历史背景

晚清社会处于中国历史从古代向近代过渡的重要转折阶段,发
生的变迁广泛而深刻:有进步的社会变迁,也有倒退的社会沦落;有
社会改良,也有社会革命;有整体的社会变迁,也有局部的社会变
动。各种不同的变迁形式并存互动,汇成社会渐变与突变交错发生
的多重变奏,改变着中国社会的面貌。秦汉以降,中国社会经历了
三种不同的社会形态,即古代封建社会、近现代半殖民地半封建社

会、当代社会主义社会。晚清社会则是中国社会从古代向近代转变的一个重要的过渡时期,正处于承上启下的中间环节。方兆祥的长篇小说《古城轶事》是他的新作,其叙事基于历史史实,作者为了突出情节、讲好故事,特别在尊重历史的基础上加以演义,为读者描绘出了一幅壮丽的历史图景,按照史实顺序,主要有徐锡麟领导的巡警学堂起义、熊成基领导的马炮营起义和辛亥革命三件重要的历史事件。

1. 徐锡麟领导的巡警学堂起义

徐锡麟,字伯荪,浙江绍兴东浦人,1873 年 12 月 17 日生于一个亦官亦商的富庶家庭。他自幼天资聪颖,禀性刚毅倔强。6 岁入家塾读书,20 岁考中秀才。此时中华民族的危机日益深重。甲午战争,中方战败,被迫签订《马关条约》,徐锡麟从此萌发了革新图强的思想。在日本,他历经新思想洗礼,回国后拜会蔡元培,加入光复会,创办新学堂,宣传革命,培养骨干。1906 年,捐得道员头衔的徐锡麟来到安庆,被任命为安徽陆军小学堂会办,因办事认真,获得安徽巡抚恩铭的信任,后被提升为巡警处会办兼学堂会办,随后掌握巡警学堂实权。1907 年 4 月,光复会于绍兴开会,组建光复军,推徐锡麟为首领,并计划 7 月 6 日于浙江起义,徐锡麟在皖响应。由于光复会成员叶仰高被捕,供出部分光复会会员的别号,徐锡麟别号"光汉子"名列首位,两江总督端方秘电恩铭严密侦缉。徐锡麟决意先发制人,刺杀恩铭。他计划于 7 月 8 日巡警学堂毕业典礼时刺杀恩铭及其他官吏。恩铭因要在 8 日给朋友的母亲祝寿,下令将毕业典礼改在 6 日举行。徐锡麟只好提前两天起义。当日,徐锡麟于礼堂枪击恩铭致其身亡,后率众占领安庆军械所,与藩司冯煦率领的巡防营激战,弹尽粮绝后被捕,于次日就义。恩铭家属以烈士血心祭于恩铭灵前,还不觉解恨,竟灭绝人性地让"卫队某取其肝烹而食之"。

这次起义虽然失败了,但徐锡麟的壮举使得举国上下为之震动。清政府惶恐不安、惊慌失措,感到革命党人神秘莫测,防不胜防。有记载:"皖事起后,京中惶惧异常,有草木皆兵之象","在颐和园值班个军机大臣及参议政务大臣等,亦因皖抚被戕之影响,防卫加严,颇有谈虎色变之态。城中各大臣亦均有戒心"。两江总督端方在得知自己也是徐锡麟的暗杀对象之后,曾致信铁良:"自是而后我辈将无安枕日。"徐锡麟的牺牲激起了人民对清政府的愤慨,也激励着革命党人继续斗争,在安庆城内,为熊成基领导的马炮营起义埋下伏笔。

发生在安庆的这次先声夺人、影响深远的革命,在小说中得到了浓墨重彩的描述,情节紧张,张力十足,可谓是小说的第一次高潮。作者为了进一步突出许西林(以徐锡麟为原型)的人格魅力和光辉事迹,演义地将这次革命安排在马炮营起义、巡抚载奕(以恩铭为原型)大肆搜捕、屠杀革命党人的情节之后,"载奕与革命党人为敌,到了无以复加的程度。他到处搜集革命党人的情报,捕的捕、关的关、杀的杀,弄得革命党人仇恨满腔,必欲除之而后快"[1]100,进一步突出了这次革命的紧迫性与重要性。

小说中,在这次起义之前,许西林与载奕的斗智被作者描述得极为精彩。首先,载奕怀疑许西林的身份,用从两江总督端方处获得革命党人名单考验许西林。而许西林借着名单全为假名这一条件,将计就计,既略微打消了载奕的怀疑,又获得了这份名单,暂时保全了革命力量。这次危机也促使许西林决定尽快起义,刺杀载奕。而后,许西林决定在18日警察学堂毕业典礼时起事,获得载奕同意毕业典礼之事后开始紧张地布置起义的各项事宜,但老奸巨猾的载奕先后两次提前了毕业典礼的日期,将许西林准备起义的时间一再压缩。在此,作者将载奕故意提前时间时和许西林的对话与神态描摹得极为精到:

> 载奕不动声色地说:"提前两天吧,十六号准时进行。怎么样?有什么困难吗?"

> 载奕似乎有点难于出口地说:"十六号……十六号的典礼我参加不了。"

> 载奕挠挠头,像是无可奈何地说:"既然寿诞改不了,那就改典礼吧,已经提前过两天了,再提前两天,十四号举行吧!"[1]105-106

寥寥数语,就刻画出一个老奸巨猾、城府颇深的封建官僚形象。反观许西林,他"吃了一惊","真的有点急了","强忍住焦急的心情","差点要骂娘了","不由自主地叫起来",不仅反衬出载奕的奸诈,而且暴露出自身的幼稚和革命准备的不足,形成敌强我弱的态势,也暗示了起义失败的悲剧——"这是一个大胆的计划,也是被逼出来的计划"[1]103。小说中,由于起义时间提前,自身准备不足,加上外援不到,许西林虽然击毙了载奕,但起义最终失败了。之后的审讯、行刑基本和历史一致。期间诸多细节描写,突出了许西林英勇无畏、为革命甘于牺牲的精神。最后,参照同治九年刺杀两江总督马新贻的张汶祥,许西林被剜心处死,心肝被刽子手炒食。鲁迅先生在中国第一篇白话文小说《狂人日记》里这样写道:

> "前几天,狼子村的佃户来告荒,对我大哥说,他们村里的一个大恶人,给大家打死了;几个人便挖出他的心肝来,用油煎炒了吃,可以壮壮胆子。"

> "谁晓得从盘古开辟天地以后,一直吃到易牙的儿子;从易

牙的儿子,一直吃到徐锡林;从徐锡林,又一直吃到狼子村捉住的人。去年城里杀了犯人,还有一个生痨病的人,用馒头蘸血舐。"

充分体现了徐锡麟的革命事迹警醒世人的重要意义。随后,作者安排了革命党人夜袭官衙,手刃刽子手,威胁官员不再牵扯他人、伤及无辜,表现了对革命党人英雄事迹的同情和赞颂。

2.安庆马炮营起义

熊成基,字味根,1887 年生于江苏甘泉县的一个小官吏家庭。自幼随父寓居芜湖。青年时喜爱军事,阅读兵志,骑马击剑。目睹列强侵华,他深感民族危机之深重,投靠安庆武备练军学堂,学习军事,立志报国。后在南京应征入伍,编入南京新军二营,又至江南炮兵速成学堂学习,毕业后加入同盟会。1907 年,熊成基调任安庆第三十一混成旅马营队官,后又调任炮营队官。他通过岳王会开展活动,积极在新军中宣传革命思想,谋划起义。1908 年 11 月 14 日、15日,光绪皇帝和慈禧太后相继死去。熊成基等认为时机已到,在安庆杨氏会馆秘密召开军事会议,计划起义。

光绪三十四年十月二十六日晚 10 时许,驻扎在玉虹门的马营和东门外的炮营共千余名新军为主力发起武装起义,不久马营、炮营、步兵营士兵都参加了起义军。随即,熊成基发布攻城命令:炮兵发炮轰击抚署和督练公所,步兵攻击城东北角,骑兵和辎重队攻进西北角,预备队爬城而入。按约定,起义军在等待城内薛哲的接应,而此时城内已经发生了变故。熊成基开始行动时,炮营左队队官徐召伯潜逃城内密报,安徽抚台朱家宝严令紧闭各城门,并调巡防营防守。担任城内接应的范传甲、张劲夫等都被严密监视,原订计划全被打乱。城内接应失败,熊成基起义军数次攻城均未成功。次日,起义军继续攻城，但弹药不足，炮弹又缺引火线，屡屡猛扑，均被击退。泊于安庆江面的清军兵舰炮击起义军阵地，同时，朱家宝所调援军迫近城郊。起义军内外受敌，伤亡惨重，逐渐不支。万般无奈之下，熊成基决定率众向城郊集贤关退却，改变战略，北取庐州。途中又遭清提督姜桂题追击，抵庐州时余众仅八九十人，很快解散。范传甲、张劲夫、薛哲等三百多名革命志士惨遭杀戮。起义失败后，熊成基逃往日本。宣统二年初，他在哈尔滨谋刺清海军大臣载洵，被捕后就义。这次起义标志着中国封建王朝即将崩溃，不仅给清政府以沉重打击，动摇了清政府在安徽的统治，而且推动了长江下游特别是安徽地区革命运动的进一步高涨，"步徐公之后尘，启武汉之先声，继往开来，厥功甚伟"，为1919年10月安徽各地人民响应武昌起义的胜利准备了有利条件。

小说中，这次轰轰烈烈的起义被安排在杨绍文刺杀载奕之后、许西林领导巡警学堂起义之前，起到承上启下的作用。其中，作者对双方排兵布阵、见招拆招的描写十分精彩。在小说第四章，载奕经历刺杀侥幸生还，为了引诱新兵起事，故意将守备四个城门的士兵调至三级衙门担任防务，保证自身的生命安全，又显得城防空虚，露出破绽。新军马炮营驻扎在城外，革命党人见城防空虚，即密谋起兵，计划里应外合，攻占军械库，解放安庆。不料两个新兵走漏消息，载奕秘密借来重兵守城，等新军入网。许西林得知载奕奸计，一面带人智取军械所，打开西门接应新军，一面派张老伯、英姑给新军报信。新军进城后攻占藩衙、县衙后撤退。整个起义过程可谓一波三折，作者虚构了新军进城的情节，这是基于前文中大量的细节铺垫，既在意料之外，又在情理之中，突出了新旧双方的矛盾，为下文许西林刺杀载奕埋下伏笔。

3. 辛亥革命

1919 年 10 月 10 日爆发的武昌起义,掀开了中国近代史上具有意义划时代的辛亥革命的序幕。起义者迅速占领武汉三镇,中华民国湖北军政府正式成立。武昌起义的爆发掀起了一阵波澜壮阔的革命浪潮,安徽各地的起义与光复也在其中。武昌起义后,为获取安徽地区革命党人的支援,武昌起义者发布了《檄安徽文》:

> 皖省当南北之中,江淮战争,常集于此,故多骁骁勇敢之士。前明之亡,义师屡起。泊于近代,则有徐锡麟、熊成基其人,前仆后继。可见皖人之痛恨异族,食息梦寐,未或忘之。夫昔之举事,胜少难多,每为深恨。今武昌克复,近在接壤,又处上游,当全国之中心,地广兵精,可战可守。倘能念我汉族,同是炎黄血胤,复仇起义,重为四万万同胞雪大辱,不忍漠视其患难,相与左提右挈,靖此南陲,挥刀北指。事成之后,共建民主,永享治平,岂惟皖、鄂之幸福,抑亦我四万万人之幸福也……

激起了安庆革命党人的热情。同盟会江淮别部负责人吴旸谷赴鄂求援不得,只能自行筹划起义。10 月 30 日,吴旸谷、管鹏、韩衍等在安庆萍翠楼旅馆召集新军六十一标、六十二标、马、炮、工程各营队及绘学堂、陆军小学堂代表召开秘密会议,约定当晚起事,推选讲武堂教官胡万泰为临时总指挥,孙方瑜为副总指挥,吴旸谷率"敢死队暨同志数人,居城内总部,备策应从中起"。计划六十二标先行发难,六十一标以及马营、炮营、工程营等接应。然而总指挥胡万泰临阵畏缩,副总指挥孙方瑜重病在床。六十二标李乾玉因归营太迟,被标统顾琢塘关了禁闭,起义计划无法实施。六十一标按时行动,但标统胡永奎早有防范,率弁兵居高临下反击。因不见六十二标接应,六十一标不得不无功而返。炮营行动也宣告失败。第二天的攻城也未能得手。这次起义虽然没有成功,但安徽的革命形势发生了巨大变化,张汇韬、王庆云、袁家声等革命党人11月5日在寿州起义成功,随后皖北、合肥、芜湖、六安等地相继光复,朱家宝困守安庆,"所谓安徽巡抚之政令,此时已不能出安庆城门一步"。11月8日,朱家宝内外交迫,被迫同意安徽独立。

在《古城轶事》中,作者并没有花费过多笔墨详细叙述这场轰轰烈烈的大革命。在小说的第二十三章,作者简要介绍革命形势后,笔锋一转,将眼光聚焦在王振帆、王振风两兄弟身上。革命党对这二人的争取工作,以及成功后顺利解放义城,构成了本章的主体内容。王振帆是末代状元、清府官吏,王振风担任武官,手握一定的兵权,且二人均对清政府感到失望,在一定程度上同情革命党。笔者认为,这正是清末大革命时期部分思想先进的清政府官员的代表。杨绍文和英姑、周大生和英姑分别做王振帆、王振风的策反工作,说明利害,动之以情,晓之以理。策反成功之后,新军炮轰城门,周大生带领工人纠察队接应,王振帆、王振风带兵包围抚台、藩台和臬司衙门,后联合发表独立声明,脱离清政府,支持革命党。"从此,义城结束了两千多年的封建帝王制度和两百多年的清王朝统治。"[1]283小说情节也进入辛亥革命后的阶段,新的矛盾冲突随之涌现出来。

(二)风土人情

《古城轶事》中的义城,即当时的安徽省会安庆。东晋诗人郭璞过安庆,曾赞"此地宜城",故安庆又名"宜城",小说中的"义城"即取其谐音。说到安徽安庆:一场新文化,多半安徽人;一座安庆城,半部近代史。安庆市位于安徽省西南部、长江下游北岸,是长江沿岸著名的港口城市,有"万里长江此封喉,吴楚分疆第一州"的美称。

安庆市历史悠久,是国家历史文明名城、中国优秀旅游城市、国家园林城市。安庆城建于南宋嘉定十年(1217年)。从清乾隆二十五年(1760年)到民国二十六年(1937年),安庆一直是安徽省布政使所在之地和全省政治、文化中心,与徽州并称为安徽省两大城市(安徽即二者简称),是中国较早接受近代文明的城市之一。安庆是中国近现代史上浓墨重彩的一笔,是一座具有重大历史价值和光荣革命传统的城市。作者在小说中云淡风轻、不着痕迹地展现安庆地区的风土人情,寥寥数语,就将之和故事情节、人物形象融为一体,为读者构筑了一个亦假亦真的世界,充分体现了"保存城市文脉,培育特色文化"的良好期许。笔者以人文景观为例进行分析。

1. 杨氏试馆

《古城轶事》中,马炮营起义前,革命党人在三祖寺附近的一个试馆开会:

> 义城有个小庙叫"三祖寺",在三祖寺附近有一条又窄又长的小巷,小巷的尽头是一个试馆。这一天下着小雨,细蒙蒙的,吹到人的脸上有点凉意。一些或穿长衫、或着短打的人,踏着泥泞,举着雨伞,半遮着脸,先先后后走进试馆。[1]59

这座试馆,就是位于安庆市区三祖寺街20号的杨氏会馆,原为各地考生来安庆参加科举考试下榻处所。杨氏试馆是清末光绪初年建造的,占地面积约200平方米,原有两层砖木结构的楼房,共有六室一厅。这里是"熊成基安庆起义会议"遗址。辛亥革命前,革命党人范传甲、熊成基以此地为革命党人的秘密通讯机关,并经常在此秘密集会,讨论起义事宜,制订起义计划。1908年11月19日,熊成基在安庆领导新军千余人举行震惊全国的马炮营起义,就是在这里先行举行秘密会议,并颁布作战密令13条,决定当晚9时起义。

杨氏试馆现为安徽省重点文物保护单位,曾被列入安庆市文化保护民生工程之一,有关部门也曾准备对文物古迹加以维修、保护。

2. 振风塔

在小说的第七章,许西林等在一座塔上召开紧急会议。对于这座塔,作者是这样描写的:

> 这座塔是义城的一个著名景点,它坐落在一个古庙之内,是明朝时建的一个宏伟建筑。塔很高,秀丽壮观,登临之人会感到心胸开阔,神清气爽。据说义城是船形之地,很容易随长江波涛漂流而去,故建此塔作为桅杆,并在庙门左右铸了两个大铁锚,将船牢牢固定在江岸旁,确保了义城文风昌盛和人杰地灵。因此,这座塔就成了长江一景,南来北往的船只只远远看见塔形横江,便知道到了闻名遐迩的义城。

> 这座塔有个奇异的特点,就是塔门多变,登临这座七级浮屠绝非易事,有时上下宝塔得花很长时间找门,性急之人是上不得此塔的。只有心境平和的人才能登高远眺,欣赏美景。[1]102

小说中的这座塔,原型是安庆振风塔,又名镇风塔,旧名"万佛塔"。该塔建于明隆庆二年(1568 年)。据民国《怀宁县志》载:"塔在寺内,皖城诸山雄峙西北。东南滨江平衍,形家言,须镇以浮屠,青龙昂首,为人文蔚起之兆。"传说由北京白云观老道人张文采仿照天宁寺塔设计,以八卦为原理设计建筑平面,距今有四百多年历史,为"安庆八景"之一,号称"万里长江第一塔"。振风塔巍峨壮观,造型优美,建筑工艺精湛,在长江一带有"过了安庆不说塔"的佳话,历来多有文人墨客登临酬唱。每在燃灯之夕,光映星辰,影摇城市,有"塔影悬江"之美。1619 年,振风塔四周修建了迎江寺,塔与寺融为一体,人称"长江第一名刹"。有趣的是,小说中的主要人物之

——王振风,与振风塔同名,足见作者对安庆地域文化的考究和对这座宝塔的青睐。

(三)政治思想

光绪末年和宣统年间,即 20 世纪初的七八年间,也就是通常所说的辛亥革命时期,这也是《古城轶事》整个故事发生的主要历史时期。为改变自己的形象,以适应世界潮流,清政府不得不推行变法新政和预备立宪。中国民族资产阶级作为独立的社会力量登上历史舞台。随着新式教育和留学热潮,大批新型知识分子崭露头角。西学的广泛传播,为寻求救国真理的先进中国人提供了新的思想武器。在政治方面,地主阶级和农民阶级仍是中国社会的基本阶级,但在外来冲击的影响下发生了新的分化与组合,形成了新兴的资产阶级和无产阶级,改变了中国传统社会的政治格局。资产阶级登上政治舞台后提出建立近代社会政治的主张,勇敢地向封建专制制度发起冲击,最终推翻了清王朝,结束了封建帝制。但辛亥革命中的资产阶级存在局限性,这次革命并不彻底:其阶级局限性表明工人阶级登上政治舞台是革命发展的客观要求;其时代局限性表明中国共产党的诞生是社会历史发展的必然产物。《古城轶事》史诗性地表现了晚清时期中国社会思潮由封建主义、资产阶级民主思想向共产主义思想过渡的伟大历程,得出了"只有共产党才能救中国"的结论。

1.封建主义思想

晚清时期,封建统治日薄西山,气息奄奄。随着第一次、第二次鸦片战争和甲午战争的爆发,列强侵华的步伐逐渐加快,皇权遭到严重打击,晚清维护中央政治权威的社会凝聚力已逐渐丧失。中国传统经济体系被打破,西方资本主义社会化大生产所产生的示范效应,一方面证明了中国维护政治权威的经济基础的落后性,另一方面又刺激中国人产生效仿心理。它使晚清统治者陷入是巩固原有的经济基础还是适应社会发展要求的两难选择的困境中。西方资本主义文明在与中国封建文明的碰撞中所显示的优越性,也对维护晚清中央政治权威的文化基础产生冲击,在某种程度上直接否定了封建专制制度及维护这一制度的纲常伦理的神圣性与合理性。

在小说中,作者或采用白描手法,或通过人物的言行,表现了晚清王朝的腐败统治和政权的风雨飘摇。王振帆状元及第,海外留学后荣归故里,起初对清政府忠心耿耿,进入官场后却发现危机重重,内有封建官吏钩心斗角、尸位素餐,外有革命党人频繁开展暗杀、起义等活动。义城遭了大水,王振帆身为知府,进京求得救灾银两。

> 可是救灾银子到了藩台手上,被扣去大半,明里说是除了义城之外,还有其他灾区需要救济,实际上是藩台本人克扣了救灾款,中饱私囊。王振帆据理力争,不但没有效果,而且还招来藩台的斥责,说他是"无能之辈"。[1]164

凡此种种,都说明清王朝的内部已然腐败,社会冲突十分激烈。马克思指出:"清王朝的声威一遇到不列颠的枪炮就扫地以尽,天朝帝国万世长存的迷信受到了致命的打击,野蛮的、闭关自守的、与文明世界隔绝的状态打破了,开始建立起联系","与外界完全隔绝曾是保存旧中国的首要条件,而当这种隔绝状态在英国的努力之下被暴力所打破的时候,接踵而来的必然是解体的过程,正如小心保存在密闭棺木里的木乃伊一接触新鲜空气便必然要解体一样。"[2]264晚清统治者腐败,难以整合社会力量以巩固统治,反而注重私利,形成了全国性的贪污局面,政以贿成。统治者生活奢侈,政治无能,使得社会风气每况愈下,更无法解决维护自身统治和适应社会发展之间的矛盾冲突。随着资产阶级革命的兴起与迅猛发展,中国的封建主义社会行将就木。

2. 资产阶级民主思想

随着晚清社会矛盾的不断激化和社会经济的发展,中国资产阶级发展壮大。为了救亡图存,资产阶级一方面学习西方先进的思想、制度、科技、文化,一方面提出建立近代社会政治的主张,君主立宪与反清革命两大思潮并起。民族资产阶级的上层宣传立宪救国,发动国会请愿运动,希望以和平改革的方式变封建专制为君主立宪制。民族资产阶级的中下层则宣传民主共和,以暴力革命的方式推翻专制统治,建立民主共和的中华民国。两种思潮共同冲击着垂死的晚清王朝的统治基础。武昌起义爆发后各省响应,统治中国268年的清王朝退出历史舞台。

在《古城轶事》中,民族资产阶级中下层领导的暴力革命得到了重点叙述。小说一开始,刚刚留洋归来的王振帆回到义城,就遇到了革命党人杨绍文刺杀巡抚载奕的事件,再到马炮营起义、许西林领导的巡警学堂起义以及后来的辛亥革命,革命党人为求得民主共和而抛头颅、洒热血,置自身安危于不顾,前赴后继地不断抗争,一次次以鲜血与生命为代价冲击清政府的反动统治。小说中,杨绍文在马炮营起义的战前动员中说:

> 现在,全国的同胞都生活在水深火热之中,而我们的朝廷懦弱无能,对洋人屡战屡败,到处割地、年年赔款,把我中华民族弄得国将不国,家将不家,老百姓的生死存亡没人担当!当下,许多志士仁人都在揭竿而起,各地的革命党人不怕抛头颅、洒热血,率领民众反清反洋,给我等做出了榜样。今天,我和王

管带商量，我们炮营都是热血男儿，我们也要揭竿而起，把炮口对准清政府，决战决胜！[1]66

许西林发动起义，击毙载奕后被捕，就义前说：

> 我害怕？你也太小看我了。我来义城一年多了，就是为了做这件事，取载奕的头颅，给大清朝敲响丧钟！如今，我的愿望实现了，目的已经达到！你们奈何我不得，纵然将我千刀万剐，撕成千片万片，我的心愿已了，我高兴还来不及呢，何惜一颗小小的心脏？区区小事，我何怕之有？[1]124

这两段话，把革命党人追求民主共和的决心与勇气表现得淋漓尽致。但是当时的中国资产阶级始终没有形成彻底的反帝与反封建纲领，三民主义也没有彻底反对封建土地所有制，没有解决农民的土地问题，因此得不到农民的支持。此外，从小说中还可以看出，资产阶级革命党人始终没有真正建立自己的武装力量，一些政党、组织的纪律比较松散，没有形成一个立场坚定、纪律严明、组织周全的政党——马炮营起义前，有新兵被捕后暴露起义计划；许西林发动起义的一个重要原因，竟然是变节的同盟会会员供出了部分会员的名单。由此可见，中国的资产阶级革命派难以带领中国走向民族独立、国家富强的道路。

3. 共产主义思想

辛亥革命推翻了中国的封建专制制度，推动了中国社会的进步。中国共产党的成立，是近代中国革命历史上具有划时代意义的里程碑。自从有了中国共产党，中国革命的面貌焕然一新了。辛亥革命的最大功绩是推翻了清政府的统治，也在一定程度上打击了帝国主义在中国的侵略势力，为中国共产党的成立扫清了政治障碍。辛亥革命后，各种政党、社会团体、报刊如雨后春笋般涌现，为新思想的传播和中国共产党的成立营造了有利的政治环境。辛亥革命后,民族工商业迅速发展,新式教育兴起,这使得工人阶级和新式知识分子的力量不断壮大,他们登上了历史舞台。辛亥革命催生了新文化运动,马克思主义在这场运动中脱颖而出,成为主流思想。1902年,陈独秀、潘赞化等在安庆组织青年励志学社,举行藏书楼演讲会。陈独秀与房秩五创办《安徽俗话报》,宣传科学、民主,其思想在安庆境内广泛传播,使得安庆成为新文化运动重要的策划地。陈独秀在安庆、芜湖和上海进行新文化运动,与北方的李大钊形成南北响应之势,在全国产生了巨大的影响,史称"南陈北李"。杨绍文向周大生介绍说:

> 现在有"南陈北李"之说,南方有个陈独秀,北方有个李大钊,他们宣传的是共产主义思想。特别是这个陈独秀,就是义城人氏,以后有机会,你可以读读他的书,看看他办的报纸杂志,兴许会有一种新的力量占领政治舞台。[1]331

在《古城轶事》中,中国共产党出现于整个故事的尾声。英姑被英国侵略者监禁,跳水逃生后被丁二叔一家救起。丁二叔就是早期的共产党员:

> 原来,二叔也是革命党,和杨绍文同在革命党总部工作。当杨绍文被任命为总督的时候,组织上也派二叔去农村工作。他带着妻子,到丁家村安顿好,开展周围的农民运动,支持城市工作。杨绍文经常和他接头,共同完成任务。在活动中,杨绍文向二叔介绍了周大生,说他是工人运动的领头人。二叔在开展活动的过程中,接受了陈独秀和王步文的思想。这两人都是义城人,王步文后来成为了义城的第一任省委书记。在他们的感召下,二叔秘密参加了共产党,在农村发展党员,从事党的工

作,这一点,连杨绍文都不知道。[1]343

作者这一大段描述,巧妙地向我们透露了以下几点信息:首先,丁二叔从革命党人转变为共产党员,证明了辛亥革命和中国共产党成立在历史背景上的紧密联系;其次,周大生作为工人运动的领头人,受到了党的注意和考察,工人阶级成为中国共产党的重要力量,工人运动是中国共产党重要的革命方式;最后,二叔在农村开展农民运动,这是中国共产党重视农民运动工作、以农村包围城市的伟大革命道路。在小说的结尾,王振帆夫妇、周大生、英姑等都参加了共产党领导的革命队伍,向着大别山深处挺进,让人不禁感叹。

(四)传统文化

在民族危机的刺激和西学传播的影响下,中国兴起了救亡图存的思潮,科学、民主的思想得到了广泛传播,动摇了原来占统治地位的传统儒学体系,人们的思想观念发生了变化。辛亥革命后,民族工商业和文化事业不断发展,新式知识分子群体应运而生。"诗界革命""小说界革命""史学革命"以及以兴学堂、废科举为中心的教育改革等文化变革先后兴起,使传统文化发生了新的变化,为晚清社会变迁带来新的生机。在《古城轶事》中,作者将传统文化融入历史图景,使凝重、严肃、紧张的历史事件被轻松、舒缓、有趣的传统文化冲淡,全书的节奏张弛有度,更给读者带来人文精神的滋养。

1.教育

在小说的第一章,笔者详细地叙述了王振帆参加殿试、考官阅卷、放榜、高中、传胪大典的全部过程,大到庄严隆重的典礼场面,小到人物细微的思想活动,各种细节应有尽有,犹如历史在读者面前重演,充分反映出作者对科举考试这一传统文化研究至深。

科举考试是中国封建社会选拔人才的重要途径,也是文人入仕的主要通道。外国资本主义的入侵,打破了中国传统经济的格局,中国农村的自然经济遭到破坏,封建统治受到自由、民主的思想和资产阶级革命的冲击,以儒家思想为基础的传统文化逐渐丧失统治地位,西方文化也对中国传统文化产生了巨大的冲击。随着西学东渐,中国传统文人从故步自封走向接受新知,以西方先进文化为武器,"师夷长技以制夷"。近代中国社会在外来科技与民主制度文化思潮的冲击下发生了巨大变化,科举制度不适应这种社会转型所带来的冲击,只能走向灭亡。"从光绪三十一年开始,举行了一千三百多年的科举考试被正式废除,绝唱之后就遇上了休止符。"[1]25

2. 方言

方言的产生离不开特定的社会历史文化背景。方言是特定地域的群体共享的习俗,既是文化的载体,又是文化的组成部分。方言和地域文化是相互影响、相互制约的关系:方言会影响特定地域的生活习俗和文化心理,地域文化的发展也会形成新的方言体系及使用习惯。作者采用民俗学的视角,以方言讲故事,宣传安庆地域文化,使《古城轶事》整部小说成为安庆传统文化的"活化石",忠实记录了此地留存下来的方言这种优秀的非物质文化。如,马炮营起义时,许西林智取军械库时打着官腔说:

> 府台大人的决定,这我知道,唵,这很重要,啊!你们干得不错,兵贵神速嘛,很好,唵,很好!枪支弹药都不少吧?我过来看看,唵,也是职责所在![1]75

三言两句就呈现出一个外表轻松、内心紧张的人物形象。还是在马炮营起义中,杨绍文对王管带说:"县衙我们打下了,藩台衙门离此不远,也就一里路而已,我们是不是也去打一竿了?"[1]80这些亲切的、符合人物性格特征与当时语境的语言,使得小说叙事和人物形象塑造更接地气。

此外,作者还使用了大量俗语,如,刘氏教训自己的女儿时,对英姑说:"不行呀,妹妹! 俗话说,钉是钉,铆是铆,桥归桥,路归路,送和偷是两回事,不能惯着孩子!"[1]98小说第二十五章,魏老板准备亲自出马抢回鸦片时想:"没有张屠夫,还能吃混毛猪不成?"[1]306这些方言、俗语让原本悬疑、紧张的小说情节变得妙趣横生,又把人物的心理、性格刻画得惟妙惟肖,大大增强了小说的文学性和可读性。

3. 武术

武术是中国传统文化的重要代表。武侠是中国封建社会中的一部分特殊人群,一种具有传奇色彩的英雄人物。武侠活跃于深巷之间,藏身于草野之中,是一种纯粹的下层社会大众文化的产物。他有血性、重信义、轻名利、逞意气,是一种使社会活跃化、但却含有自发倾向的文化精神。[7]西方列强依仗船坚炮利,在中国烧杀抢掠,晚清政府腐败无能,对外屈膝求和,对内血腥镇压。这时候,中华大地上的侠义之士不再浪迹江湖、独来独往,而是接受新思想,积极加入革命政党、团体,担当起抗击外寇、反清救民的历史使命,表现出强烈的民族气节,甘于为国家兴亡牺牲。这种救亡图存、除暴安良、尚武任侠、伸张民气的新式武侠思想深刻影响了当时的民众,武侠思想成了自下而上各个社会阶层共同的精神信仰,具有强大的广泛性和社会性,更成为各种民间运动的精神动力。在资产阶级革命志士如徐锡麟、秋瑾等的领导下,民众追效历史上的武侠壮举,奋起投身于反对列强入侵和清朝统治的斗争。在这特殊历史时期,武侠思想扮演了十分重要的角色。武侠的处事风格、武侠的品质时时感召着他们,成为广大民众反清抗暴、驱逐侵略者的精神力量。

《古城轶事》中的"铁砂张"张老伯,精通铁砂掌,武艺高强,是晚清武侠形象的典型。他是英姑的父亲,武进士王振风以及周大生的师父。张老伯甫一出场,作者是这样描写的:

> 他是个五十岁左右的长者。此人瘦瘦精精的,看起来甚至有点弱小,脸膛红润,几条皱纹刚劲有利,就像刀刻的一般。他的手掌很大,力气不小,双手搓着大面团就像揉棉花一样。[1]33

当自己的女儿受到英兵威胁时,张老伯以迅雷不及掩耳之势出手相救:

> 这时候,店堂里突然冲出一个人来,那速度就像蛟龙出海,又似猛虎下山,他猛地扑到那个英国大兵身上,一把夺下他的长枪,跟着劈了一掌,只听咔嚓一声,长枪立马断成两截。[1]38

这两段描写,塑造出一个筋骨横练、武艺高超的老者形象。张老伯不仅有武艺,而且重信义、明事理、有爱心,积极帮助革命党人开展工作,而往往不顾个人安危。马炮营起义受挫时,他和英姑不负许西林之托,冒险潜出城给杨绍文报信:"他俩地形熟悉,又发出轻功,只听见脚底下嗖嗖有声,一路飞跑起来。"[1]77许西林准备起义时,他和周大生去南京联系革命党求援;起义失败,许西林被困军械所时,又是张老伯伸出援手,救出学生,保存了革命力量。在小说的第十四章,王振帆怀疑魏老板贩卖鸦片、开设烟馆,苦于抓不到证据,不能将其绳之以法。张老伯受王振帆之托,夜探魏家庄,他"运用轻功,身子一纵,上了墙头,在墙上蹭了一下,轻巧巧地飘进了中间的院子"[1]179,终于目睹了魏老板卖鸦片、开烟馆、办赌坊的犯罪证据。但最后他被巡逻的伙计发现,牺牲于英国侵略者枪下,为义城禁烟付出了生命的代价。正是像张老伯这样意志坚强、不怕牺牲、前赴后继的具有武侠精神的革命党人,有力地推动了资产阶级革命事业的发展,为中华民族作出了巨大贡献。

二、人物形象分析

如上所述,《古城轶事》有一个宏大、壮阔而又细致、精巧的历史文化背景,这是小说情节发展、人物行动的坚实基础和有力衬托。在这样一幅波澜壮阔的历史文化图景中,人物形象就显得更加丰满、灵动。作者在小说中塑造了大大小小数十个活生生的人物形象,历史衬托人物,人物创造历史,共同构成了史诗性的叙事体系。纵使小说中有的人物着墨不多,但作者精到的寥寥数语,仍能使其跃于纸面之上,让人印象深刻、过目不忘。在此,笔者仅挑选几位重要人物进行分析,以求窥一斑而知全豹。

1. 王振帆

王振帆无疑是小说中形象最为丰满、变化最为巨大、地位最为重要的人物。因为,王振帆的经历,就是一卷沉重而又满怀希望的晚清知识分子向共产主义战士转变的历史。

王振帆生于书香世家,"从小在父亲的监督下饱读诗书,十八岁考中秀才,二十一岁中了举人,二十四岁又取了贡生"[1]12。他不仅精通旧学,而且对新学有浓厚的兴趣。他既主张变法自强,又维护清朝统治,是一位标准的改良主义者。直到殿试夺魁,考中状元,获取功名,这时候,他是一个成功的封建知识分子形象,他想:"无论朝廷让他干什么,他纵然肝脑涂地,也不能报皇恩于万一,所以他必须兢兢业业当差,认认真真地对皇帝尽忠。"[1]19之后,王振帆被官派留学,三年之后衣锦还乡,被皇帝赐为义城同知。这时候王振帆接受了西方文化,但骨子里还是一位地道的封建知识分子,对朝廷尽忠

依然是他的行事准则。王振风不满英国人搜查进士第,王振帆劝解说:

> 兄长,这都什么年代了,还说这种话!在英国,首相和平民一样,在法律面前人人平等,就是王室犯了法,也要调查治罪。我们中国人的特权太多,这就是不平等,不平则鸣,就会有人反对朝廷。没有朝廷,哪里还有我们进士第?[1]47

这分明是一个接受了西方文化而又认真、固执、有些迂腐的封建官员形象。马炮营起义失败后,王振风因追捕革命党人而心力交瘁,又因载奕草菅人命而于心不忍。王振帆却不以为然,觉得大哥有点妇人之仁,劝道:

> 兄长不必如此叹息,那些乱党逆贼,上乱朝纲,下害黎民,理当问罪,是他们咎由自取,兄何必多虑呢?[1]88

再到许西林刺杀载奕时,对清政府忠心耿耿的王振帆背起载奕就跑。许西林被捕受审时,他主张严惩。许西林就义以后,进士第的居民挂起白绫哀悼,王家也不例外。而王振帆认为此举是"同情乱党,是要杀头的"[1]129,甚至因此和王振风大打出手。由此可见,封建官僚主义和皇权至上的观念深深植根于王振帆的脑海,即便他曾在海外留学,接受过西方文化思想,也未能改变。

王振帆的第一次改变发生在载奕被刺后。他调任知府,义城就遭遇了长江大水。在救灾过程中,王振帆认识到了清政府的腐败无能,向哥哥抱怨道:"我也感觉到,如今的大清已不是康乾盛世,外面的诟病极多,振作起来也非易事"[1]136,"早知如此,愚弟也不求功名了。如今功名是有了,什么事也干不成,还得受气挨骂!"[1]164这反映了真正的有才之士在晚清政坛中无法施展才华,这是由当时的政治环境造成的。这个时候,杨绍文开始和工振帆接触,和他探讨如今的政治形势,劝王振帆另谋出路。王振帆已经不像刚回国时那样视革命党人为大敌,是因为他自己发现了封建社会存在的问题,也在思考如何以自己的力量解决这些问题。杨绍文还提醒王振帆魏老板在贩卖鸦片,在调查过程中,张老伯不幸牺牲,而王振风在这段时间被冯德仁和魏老板蛊惑,更染上毒瘾,当了他们的鹰犬,落得家破妻亡、老母自尽。家庭的悲剧,使得王振帆进一步审视这个黑暗的社会。

辛亥革命后,周大生和英姑说服王振帆起义,义城解放。杨绍文任都督后大规模禁烟,触犯了冯德仁、魏老板和英国殖民者的利益,遭到暗杀。新都督就是原来的巡抚。王振帆愤而辞职,来到义城大学教书,当了校长。这又回到了序幕中王振帆和蒋介石发生冲突的轶事。在此,王振帆的原型是刘文典先生。刘文典是杰出的文史大师,曾在安庆任国立安徽大学校长。他是早期同盟会员,曾任孙中山秘书,学贯中西,性格桀骜。当时国立安徽大学学生和隔壁安徽省立第一女子学校发生冲突,引发女中学生到安徽省政府(当时在安庆)请愿,恰巧此时蒋介石到安庆视察。蒋介石召见两校校长,协商解决此事,在此过程中和刘文典发生冲突。小说中,当时王振帆、王振风已经加入国民党。在国民党省党部会议上,他俩抨击蒋介石及其右派的反革命罪行,宣布退出国民党,支持共产党的农工运动。这离国民党发动的"四一二"反革命政变仅有一步之遥。在"四一二"反革命政变中,王振风夫妇被冯德仁和魏老板绑架,后被周大生救出,和周大生、英姑、王管带一起加入了共产党领导的革命武装,完成了人生的第二次转变。

由此可见,中国传统文化在近代社会变迁中式微,中央政治权威丧失,帝国主义列强侵华,使得中国传统文人的功利倾向明显增强,文人纷纷弃儒从商、弃儒从军,科举制度的废除更加快了这种趋向。以王振帆为代表的中国先进知识分子首先拿起资产阶级革命的武器,追求民主、共和;发现资产阶级革命的道路在中国走不通时,又接受共产主义思想,以推翻三座大山,谋求民族独立与国家富强。

2. 王振风

王振风是武进士,为人正直、豪爽,任县守备。他对清政府的腐败统治不满,仇视外国侵略者。王振帆回国后提及英国文化,王振风说:

> 好了好了,贤弟在外国待了几年,张口闭口就是英国英国。这几年,英国人骑在中国人脖子上拉屎拉尿,皇帝老儿怕得要命。现在又欺负到咱家大门口了,这还成个什么国、什么家啊![1]48

这分明是一个嫉恶如仇、敢做敢言的武官形象。在对待革命党人的态度上,他不像弟弟那样尖锐,甚至同情革命党人。在马炮营起义失败,载奕残忍捕杀革命党人的时候,他说:

> 贤弟有所不知,每天看见抚台发疯般草菅人命,为兄觉得惨不忍睹,就像刀尖剜心刺股一样,实在于心不忍。[1]88

许西林起义时,王振风"手上有枪,但他没有开火,他不忍心打死这些十八九岁、二十来岁的孩子"[1]113。他误打误撞地和许西林一行人一起到了军械所,又误打误撞地向清兵开枪,便一发而不可收,间接掩护了革命党人。许西林就义后,他在门口挂起白绫哀悼,还和反对这样做的王振帆打架。之后,王振帆被革职,冯德仁、魏老板请他出山管理商会的保安团。从此,王振帆近墨者黑,逐渐走向邪路,陷于鸦片、女色而无法自拔,彻底沦为冯德仁、魏老板的鹰犬,更逼得妻子跳楼、母亲自尽。凡此种种,鸦片在其中扮演了最不光彩的角色。

鸦片战争是西方世界对封建中国的一次强大冲击。"中国皇帝禁止中国人吸食这种毒品,而东印度公司却迅速地把在印度种植鸦片以及向中国私卖鸦片变成自己财政系统的不可分割的部分。半野蛮人维护道德原则,而文明人却以发财的原则来对抗。一个人口几乎占人类三分之一的幅员广大帝国,不顾时势,仍然安于现状,由于被强力排斥于世界联系的体系之外而孤立无依。因此,竭力以天朝尽善尽美的幻想来欺骗自己,这样一个帝国终于要在这样一场殊死的决斗中死去,在这场决斗中,陈腐世界的代表是激于道义原则,而最现代的社会的代表却是为了获得贱买贵卖的特权——这的确是一种悲剧,甚至诗人的幻想也永远不敢创造出这种离奇的悲剧题材。"[3]262 林则徐虎门销烟,表明了清政府拒鸦片于国门之外的决心。但西方侵略者反而以坚船利炮打开了向中国倾销鸦片的大门。鸦片从此成为能够合法贸易的良药。在大量鸦片输入牟利的刺激下,国内烟土的产量也不断上升。鸦片的毒害,使吸食者的健康状况严重恶化、精神受到毒害、严重丧失劳动力。国家由此积贫积弱,几乎到了崩溃的边缘。作者通过对王振风抽烟片后身体反应的细致描写,说明了鸦片的可怕危害:

> 他觉得自己不抽不行了,不抽时不但没有了飘飘欲仙的感觉,而且好像还有千万条虫子在身上乱爬,甚至有阿猫阿狗在咬着骨头,不说鼻涕一把眼泪一把的了,那都是小儿科了。这个时候,他才知道什么是烟瘾了,但是想不吸已经来不及了,他不是什么铁打的金刚,只是一个凡夫俗子,抵抗不了顽疾的侵害,他只能一点一点省着抽大烟了。[1]167

从此,他彻底沉沦,间接地为冯德仁、魏老板贩烟提供掩护。张老伯夜探魏家庄,发现罪证后不幸被杀,冯德仁为了寻求巡抚当靠山,向巡抚诬陷王振风是革命党,并设计抓捕了王振风。王振风受尽严刑拷打后,被王振帆和周大生救出。但又是为了鸦片和女色,王振风再次和冯德仁、魏老板同流合污。直到辛亥革命,王振风和弟弟一起支持革命,都督杨绍文下令禁烟,将王振风革职,铲除了冯、魏二人在江心洲种植的罂粟。王振风也戒毒成功,重返正途。

在此,作者重现了柏文蔚安徽禁烟的那段光辉历史。1912年5月,柏文蔚任安徽军政府都督。他认为:"鸦片流毒,灭种之因。"上任后,他就把禁烟作为要政,并在各地成立戒烟会,劝导烟民戒烟,严厉打击贩卖鸦片。1912年9月中旬,安庆不法奸商利用英国商船"鼎昌"号偷运价值160万元的印度鸦片在安庆登岸,被安庆水上警察查获。柏文蔚接报下令全部没收,并于几天后在都督府门前销毁。英国政府决定进行干涉,驻上海英国总领事罗磊斯与驻芜湖总领事奉命乘兵舰和鱼雷舰溯江而上,到安庆找柏文蔚交涉。柏文蔚据理驳质道:"按照中英有关条约规定,凡货物一离开通商口岸,即为中国货物,与外国无关。安庆既非通商口岸,且鸦片系中国商人所有,违犯税则,照例没收。这完全属于中国内政,外国人无权干涉。"罗磊斯等在安徽碰壁后,转而向北京政府提出赔偿的无理要求。孙中山对安徽禁烟运动十分支持,于1912年10月来到安庆,在岸边发表讲话:"禁烟办理最认真者,要算贵省。如贵都督日前焚毁鸦片土,办理亦颇得法。英领事受奸商唆使,带军舰两艘至贵省,无理干涉,卒能和平结果……贵省禁烟办法实可为各省模范也。"为了纪念这一光辉历史,根据安庆人民的意愿,安庆政府于1987年5月在当年焚烧鸦片的地方修建了焚烟亭,这里成为安庆著名的历史文化景点。北京政府拒绝了英国侵略者的无理要求,但做出让步:同意由拒毒会、红十字会、领事团组织调查烟苗团,到安徽调查烟苗是否已禁绝。如无烟苗即作罢论,否则必须向英方赔偿。柏文蔚电令各县知事及各地驻军严禁偷种罂粟,以防止给英国侵略者留下口实。调查烟苗团到达安徽后一无所获,英国侵略者无机可乘,一场干涉安徽禁烟的丑剧就此结束。

禁烟运动触及了冯德仁、魏老板的利益,二人买凶刺杀了都督杨绍文,之后更要买凶谋杀王振帆。王振风撞破,从此和冯、魏二人恩断义绝。在和弟弟的谈话中,他说:

> 哥哥很惭愧,和魏老板混在一起,经常成为革命的绊脚石。……中华民国和清朝政府差不了多少,谁也解决不了中国的问题。……你看看现在的国民党是些啥东西,连魏老板和冯德仁都参加了,这两个人渣![1]366

由此可见,王振风此时幡然醒悟,后悔蹉跎了光阴,也感觉到资产阶级革命在中国行不通。在"四一二"反革命政变中,他为了营救王振帆夫妇而不幸被冯德仁枪击身亡。和王振帆相比,王振风更像是一个普通人。他有仗义直爽,也有七情六欲,曾误入歧途,浪子回头后,在革命中牺牲,成为中国大革命浪潮中一朵消失的浪花。

3. 英姑

英姑可谓是《古城轶事》中最为光彩照人的女性角色。她年轻貌美,心地善良,一出场就引人注意:

> 这姑娘就像个瓷人儿似的,长得不高不矮、不胖不瘦,脸庞不大不小,脸色又白又红,五官长得不偏不倚,距离不近不远,就像手工捏出来的一样,一条大辫子在臀部摇来摇去,简直把警察的魂儿都摇出窍了。[1]33

英姑是张老伯的女儿,周大生的恋人,而后两者都是革命党人,所以英姑也理所应当地支持、同情革命党。杨绍文刺杀载奕失败后藏身烧饼铺、进士第,英姑提供掩护。马炮营起义遇到危机时,英姑和父亲一起不顾危险出城送信。在进士第一条街被英国士兵轻薄时,英姑奋起自救。张老伯夜探魏家庄牺牲后,面对魏老板的无礼求亲,英姑严词拒绝;后被魏老板绑架到魏家庄,英姑坚决不从。到这里,我们可以看出英姑是一个支持革命、不畏权势、正直善良的姑娘。

被王振帆、周大生从魏家庄救出后,英姑决定暂时离开义城,去南京参加革命党。杨绍文安排英姑到南京革命党总部工作。英姑胆大心细,替杨绍文解决了一次叛徒变节的危机。从此,英姑暂时退出小说剧情。一直到辛亥革命爆发,英姑和杨绍文又出现在义城。这时的英姑和以往已大不一样:"英姑一扫过去的满面愁云,人也爽快多了。"[1]276杨绍文来义城做王振帆、王振风两兄弟的工作,希望他们参加革命,光复义城。英姑在其中起到了穿针引线的重要作用。她对王振帆说:

> 姐夫是杨先生看重之人,也是革命党看重之人,请姐夫善
> 自为谋,必要时,我还会和杨先生来访的。[1]279

对王振风说:

> 姐夫要保重身体,有些不该沾的东西就不要沾了……姐夫
> 把鸦片戒了吧,有许多大事还需要你来做呢!……振帆哥哥和
> 你一样,也在举棋未定中。不过,只消一两天的工夫,他就会答
> 应举义了。因为形势不等人,革命形势发展得太快了,识不识
> 时务,也就是眨眼之间的事了![1]282

从这两段话可以看出,这时的英姑已经是一位干练的革命党人了。她以对象的性格区别对待、开展工作:对王振帆晓之以理,对王

振风动之以情,言行不卑不亢,极有分寸。在英姑和杨绍文的斡旋下,王振帆、王振风兄弟参加起义,义城光复。

英姑后来又遭受了不幸:她被英国侵略者绑架、囚禁、侮辱:

> 她觉得对不起周大生,大生是那样爱她、呵护她,把她当作终身伴侣来对待。她本想和周大生相亲相爱地过日子,天长日久,地老天荒,可是现在不行了,她被玷污了,她被野兽咬啮了,已经残缺不全,她配不上周大生了。想到这里,她的心在流血,在颤抖。她害怕极了,感到浑身冰凉,痛彻心扉。[1]325

幸好英姑把悲痛转化成了斗争的动力,趁英兵不备跳船求生,被丁二叔一家救起。在此,英姑的身心都获得了新生。她从丁二叔那里接受了共产主义思想,成长为一名共产主义战士。周大生再来丁家村看英姑时,"英姑的病早已好了,被二叔、二婶留在这里做妇女工作。这些天来,她和各家各户的大姑娘、小媳妇都混熟了,给大家交代任务,给游击队做布鞋、纳鞋垫,各家各户完成了,号召力还很强呢"[1]351。后来,英姑和周大生加入了中国共产党,成为了正式的共产党员。

随着晚清政治、经济格局发生巨大变化。资产阶级革命派在进行民主革命的同时,接受了西方女权思想的系统理论,积极开展妇女解放的思想宣传活动。这也使得以往"大门不出、二门不迈"的妇女逐渐走向社会,她们或在社会中就业以谋取生计,或到新式学堂求学以汲取新知。这促进了进步知识女性群体的崛起,使妇女解放成为必然要求。她们先后冲破封建罗网,走出家庭,走向社会,积极开展女性解放和革命救国的活动,成为社会进步的重要力量。

4. 周大生

在《古城轶事》中,周大生是一个典型的革命战士形象。他也经

历了从资产阶级革命到无产阶级革命的转变,只不过他自始至终的立场都非常坚定:

> 大生哥姓周,叫周大生,是王振风妻子周氏的亲弟弟。大
> 生是个码头工人,也是革命党人,平时为人行侠仗义,乐于助
> 人,在工人中有很高的威信。码头上的霸头很多,经常欺压普
> 通工人,但只要周大生一出头,工人们一呼百应,霸头们也怕他
> 三分,再加上他本人武艺超群,力大无穷,所以他总是替工人出
> 头,专打抱不平。由于他胆大心细,人缘又好,所以给革命党办
> 了不少事情。[1]40

作者的这段介绍,确定了周大生这一人物形象的基调。周大生还组织了码头工人纠察队,这是一支战斗力、凝聚力都很强的工人革命队伍。周大生作为革命党的生力军,参加了几乎所有发生在义城的革命活动。杨绍文刺杀载奕失败被追捕时,周大生移花接木,掩护杨绍文逃脱。马炮营起义时,他在新军兵营里策划、领导起义。许西林起义时,他和张老伯赴南京求援,回到义城后又在军械所支援许西林,救走学生。许西林就义后,他和张老伯、杨绍文夜闯抚衙,威胁藩台停止搜捕革命党。辛亥革命爆发后,周大生领导工人纠察队参与起义。除了革命活动,在小说的一些其他事件里,也时常出现周大生和工人纠察队的身影:英姑在进士第一条街被英兵轻薄、被魏老板绑架时,周大生和工人纠察队赶去相救;王振风受冤入狱后,周大生带着工人纠察队和王振帆一起拦轿喊冤,救出王振风;杨绍文禁烟后,周大生带着码头工人截下英国商船违法贩卖的鸦片。英姑被丁二叔一家救起后,周大生得与丁二叔相遇:

> 周大生没想到在丁家村还有这种卧虎藏龙之人,他和二叔
> 彻夜长谈,听到了一些新的思想、新的名词,什么《新青年》杂

志,什么"南陈北李",什么共产党和共产主义,什么工人运动,等等。

周大生临走时,二叔送了他一本书,叫《共产党宣言》,还有两本《新青年》杂志,让他回去好好读一读。

从此,周大生开始接触共产主义思想,如饥似渴地吸收这些新营养、新动力,他觉得眼界开阔多了,胸怀也更加坦荡了。他不仅要与封建把头、地痞流氓作斗争,他还要为穷人求解放、打天下做工作,他忽然觉得肩膀上多了一份责任感。[1]345-346

至此,周大生接受共产主义思想,解救被俘的共产主义者,后来加入中国共产党,和英姑、丁二叔的儿子丁二虎组成了义城的第一个党小组。他的首要任务是进一步组织好工人纠察队并在其中发展党员,以共产党员为骨干,建立一支工人阶级的武装力量,说明了"党指挥枪"的重要性。在后来的"四一二"反革命政变中,周大生带领工人纠察队救出王振帆夫妇,解放都督府和军械所,带着起义部队开向大别山。

中国共产党是中国工人阶级的先锋队,代表着工人阶级的利益。中国共产党以工人阶级作为自己的阶级基础。中国工人阶级是随着鸦片战争后中国资本主义工业发展而产生的,虽然在全国人口中所占比例很小,但与封建落后的小农生产方式相比,是先进生产力的代表。中国工人阶级受帝国主义、封建主义、官僚资本主义的三重压迫而具有革命的坚定性和彻底性,因社会化大生产的锻造而富有团结的精神和严密的组织纪律,在地区和产业分布方面特别集中,易于形成政治力量,并与广大农民有着天然的联系,易于结成牢固的工农联盟,成为近代中国最革命、最能够代表广大劳动人民根本利益的阶级,成为代表先进生产关系、中国社会发展方向的先进阶级。在小说中,周大生和他领导的工人纠察队就是近代中国工人阶级无产主义革命者的代表。

5.冯德仁

冯德仁是《古城轶事》中反面角色的代表。他是王振帆、王振风的表亲,表面上是银行老板,实则贩卖鸦片,开烟馆、赌坊、妓院。此人唯利是图,心狠手辣,张老伯一开始就说他"小人喻于利"。为了追求利益最大化,他联合魏老板成立商会,并把魏老板推至前台,自己在暗中操控。为了增强商会的力量,他指使魏老板重金请王振风出山,成立保安团,又以鸦片和女色拉王振风下水;为了拉巡抚做靠山,他又诬陷王振风是革命党。张老伯夜探魏家庄被害,冯德仁冷冷地说:

> 有什么不好办的,像我们这样做大生意的,杀几个人算什么?有麻烦就杀,再有麻烦就再杀!量小非君子,无毒不丈夫!把尸首扔到码头上去,看看王氏兄弟敢怎么样!……表兄弟算什么?亲兄弟又怎么样?只要碍手碍脚的,一律放倒。[1]183

连魏老板都"骇然,没想到文质彬彬的冯老板,内心竟如此狠毒"[1]183。他教唆魏老板绑架英姑,和英国侵略者进行罪恶的鸦片贸易,在江心洲非法种植罂粟,使当地居民染上烟瘾、家破人亡。杨绍文禁烟后,冯德仁和魏老板买凶谋杀杨绍文,后来更打算谋杀王振帆。冯德仁加入国民党后,积极从事反革命活动,和魏老板一起组织"别动队"打击工人纠察队,绑架王振帆夫妇,杀害王振风,最后和魏老板一起被击毙。王振帆怒斥他:

> 冯德仁!你这个无耻的小人,满嘴仁义道德,一肚子男盗女娼!姓魏的干的坏事,哪一件不是你教唆的?所有的坏事,都是姓魏的在前,你在后,装好人,实际上你是最大的恶人![1]390

冯德仁是晚清时期土豪劣绅的典型。当时,作为地方势力的绅士群体与清政府的关系比较紧张。绅士群体是一批享有一定特权的人,是基层社会实际的控制者。他们一直承担官民联系纽带的功能。在晚清之际,绅士群体逐渐从旧权威的维护者转变为旧权威的挑战者,往往在经济、制度、法律上确立了地方政治权威。以冯德仁为代表的一些为富不仁者,为了维护自身的经济、政治利益,不惜与反动势力为友,妄图阻碍滚滚向前的历史车轮,终被觉醒的社会进步力量击得粉碎。

结语

《古城轶事》是一幅表现清末至大革命时期的壮丽历史文化的画卷。作者立足史实,严谨考证,用轻松的语言讲述严肃的故事,将一桩桩历史事件演义地、悄然无声地融入小说情节,结合安庆的风土人情和传统文化,塑造出一个个鲜活的人物形象。浩瀚的长江把读者送入大革命时期的安庆古城,精彩的内容引领读者感受革命先烈在民族危亡之际为争取民族独立、国家富强、社会进步而舍生忘死、前赴后继的大无畏精神。资产阶级革命者推翻了中国的封建专制,但无法带领中国走向统一与富强。中国共产党登上历史舞台,结合辛亥革命失败的教训,探索符合中国国情的革命道路,以民众为基础,以武装为后盾,以政党领导为保障,以农村为依托,带领中华民族走向伟大复兴。

参考文献

[1]方兆祥.古城轶事.安徽文艺出版社,2015.

[2]安徽省政协文史资料委员会,安庆市政协文史资料委员会.辛亥革命在安徽.中国文史出版社,1991.

[3]中共中央马克思恩格斯列宁斯大林著作编译局.马克思恩格斯选集(第二卷).人民出版社,1972.

[4]鲁迅.呐喊.海南出版社,2016.

[5](美)易社强.战争与革命中的西南联大.饶家荣,译.九州出版社,2012.

[6]上海市禁毒工作领导小组办公室,上海市档案馆.清末民初的禁烟运动和万国禁烟会.上海科学技术文献出版社,1996.

[7]陈山.中国武侠史.三联书店上海分店出版,1992.

[8]史革新.浅谈晚清社会变迁.中国社会科学院院报,2004-12-02.

[9]郭汉民.晚清社会与晚清思潮.中南大学学报(社会科学版),2004(1).

[10]宋翠环.论中国共产党的工人阶级基础.武汉大学学报(哲学科学版),2004(3).

[11]章征科.晚清中央政治权威丧失的原因.安徽师范大学学报(人文社会科学版),2003(3).

[12]陈诚.安庆振风塔内部空间与造像艺术之关系研究.南京艺术学院硕士学位论文,2010.

(此文发表于2017年7月26日《文艺报》,2017年9月《科教文汇》)

我们成了时代的上帝

床头闪过一缕乳色的光芒
玻璃般的清纯映满灰色的书架
书橱里卧躺着远去王朝的画像
我起身拂去了光芒
　　历史的背影沉沉地垂下,桂冠被剪去
我们还原伟大,骨架完整
　　却有断裂的痕伤,图画着沧桑的历史

我平静地撩起衣衫
　　祝福被压在禁书的库房
出炉的统统只是

　　被粉饰过的尊贵的假象
我们像躲避瘟神一样地躲避它
向上苍祈祷,恶魔的故事已走远
早晨勃勃的生机,摊上如此懒洋洋的时光
　　重复的无聊,闪闪掠过暗淡的梦乡
我审视着历史的变迁

巨钟敲响,书简上的文字齐扎扎地怒放
一株株长在瑶林境内的秀木
欢畅地透过我的窗帘,招呼我
春天与我们齐步歌唱
我感受着民主的力量

宽容、包容的时代,感谢您
　　让人长出了智慧的翅膀
我们呼吸清新的空气,阳光中洒满快乐
柔和的春风渐渐强大,我震撼于她的强大
人间仿佛天堂
于是我们成了时代的上帝
汉字书写的春联,正文是祈福我们的家
诵颂的是和谐之音,祝福着我的祖国
我也期盼着她更加繁荣富强

　　　　　　　　2011 年 1 月 18 日于合肥初雪时草草

　　　　　　（此诗发表于 2011 年 2 月《美术教育研究》）

时光如梦境（组诗）

〈一〉

我望着绚丽的灿烂
　　希冀飞翔在海面上
一抹天光滑落海底
苍凉的梦被海葬了
沿潮际，划一次惊醒

清晨盈盈秀色，草叶沾湿我的衣襟
我想起慈母的泪珠儿
那绿，是被冬季燃烧后的蓬勃之象

游动的时光不变
阳光下颤抖的身影
　　　是我逐渐老去的痕迹
我在最后一天的梦境里爬行

那一刻张开的红色,如此鲜红
莽莽一派葱茏,定格在透明的乳状物下
还有腐烂的褐色
　　　在梦境中渐渐沉沦

〈二〉

嘈杂,喧嚣,繁华
情爱在这里吟唱
　　　一切的幽怨、凄迷
在欢快、纵情、热闹中
　　　竭尽享乐
无知的忧郁,孤寂如同死亡的情爱
膏油涂抹女人的脸
泼上世间用金钱铸造出的冰冷的图形
　　　掠过清亮的女高音
尾部有一生的低沉

〈三〉

落了花瓣,我且孤傲地站立着
风声从窗外袭入,耳边

有活着的人步入中央的音响

我张开手,红里透着对死亡的仰慕

　　进入绿色的狂野

眼睛同玻璃一样的明亮

　　飘入尘土

我祈祷上苍,让红色的理想

　　变成翅膀

让我在飞翔中感受大地的

　　雄壮与悲凉

〈四〉

我在街道上开了一爿当铺

推倒人群视野

长一毫纹银

　　我种下声音在两旁

福禄寿喜摇撼着我的门窗

我是一只深山草兔,耳探紫禁城里的正风

墙上印有玫瑰、葵花,金银的颜色

脚底却一片游离的灰暗

〈五〉

我可以少点享受

　　世界是短少贫乏的

我们贪婪过多

　　离死亡不远

尊重原型毫不起眼的一块地
　　即是勃勃华滋的百花园
棕色在一月朦胧中躺入
从心仪的黑色莹亮的毛发上
墙根的月季花芬芳无比
我在梦中醒来
光亮夺目与舞姿融洽共浴
除非我死了
　　否则，想像你的方向不变！

〈六〉

仿佛我又醉了一次
少年、青年、中年，在这里午睡
我在齿间与你身心合一
外界侵袭我的快乐
我遭遍秋天的寒，与冬天的冷
渴望一缕温暖
　　姗姗不肯下嫁于我
痛楚胀满大腿内侧
我每一秒钟都想抵达
　　正点的启航

〈七〉

一叶小舟在江河中只有一划
篮子里盛装下无数偕行的马匹

捞起的秋意,随木筏流入大海
我才知天之高,海之大
人中杰似乎被钉在墙壁上
　　闲置,生锈,腐烂
马圈里一群只听扬鞭的牲口
用奸滑改造它们的性格
　　野性与美好一同消逝
命运常常戏弄正直狭义之士

〈八〉

我是一名工匠,涂鸦时光
宝石落进古井,随它去吧
体内怀柔女人的刚强
涨落一瞬间
　　神圣绕行单薄的力量
我无法兑现的诺言
仰视太阳出生的方向
　　我是一树繁花
巴望永不凋落
　　随着太阳渐渐长大

我在纯净中孕育思想
一辈子刻骨铭心那个初熟的时光
梦,包围我的故乡
　　喃喃呓语,双眼紧闭着

体内流淌一丝花样年华

〈九〉

秀发与旗袍让我傻眼了
我内心由光明变得黑暗
　　似熟透的葡萄流出了紫色浓汁
我在脑海里刻录一时过失的过去
不能变味,倘若忠诚制成一份礼单
不会以情爱短促相赠他人
手和心使我想起庄严
　　耳边蕾丝怒放
明天买进所有快乐
直至多年,不会卖出
沙滩,海浪,在简单的夜间酣睡

〈十〉

我的左右有香气
我在霓虹灯下抖心思
蓝色在天幕里消隐
我的灵魂在天籁声中
　　汲取光亮,黑色不会醒来
我挪动眠床,摘下晶亮的宝石
云彩在时光的梦境中燃烧光亮
我疲惫不堪,一窝的苍蝇在嗡嗡作响
扎眼显目又刺耳难听

残酷、壮烈,在这里被撕得粉碎
活着,世间淡尽单纯

〈十一〉

我想起庄严的用意
　　天真地坐在动车的后座上
用力量叫喊正义前行

艺术没了声响,叫卖的是涂饰做作
灵魂掉进一口古井
干涸,没有力量
华灯初上,电源网络一派万象
燃烧的艺术之光
悬挂在高空万丈
我仰望着
　　内心蓄起无与伦比的力量

〈十二〉

　　我抱起孩子
看着月亮,很美

婚床、摇篮、土地、权力
我学会使用武器
艺术改行,我成了武器设计师
地面连同梦想、意志、力量

一起轰然倒塌,人一旦奢侈享乐着
欲望吞噬所有,我恐惧
　　包括我们活着的家园

〈十三〉

体面的绸缎
遮掩我的病身
我不敢迎接太阳

沉浸黄昏的老人
　　仿佛加长一节虚拟的影子
抱怨月亮高空闲挂
艺术能改造它
掘挖古墓,盗走宫廷奢华
我在阴影中乔装伪善
又在讲解中保守贞操
一旦兜售不单单是生活
还有我主心骨的力量
光泽与阴影并现
金属与重量并肩
时代打造的牢笼
　　即将成为人类的囚车
忧患与醒悟,敲着悠远的老钟……

〈十四〉

我被人群压倒了
　　潮湿的苔藓牵引我的心思
旷野上,建立的信仰
困惑在智慧的底层
争拥群里,感觉不到黑白两色
什么是至高无上以及镂雕的神像
　　树顶那一片光明存在
人间其实还是天堂

〈十五〉

我想想,用心神
五十岁来,我用眼睛抵挡混乱
宇宙与人类本来是自由的
人,围起了国家,设计秩序
于是文雅往往使我失去力量
造物主戏弄男女
界定隐私,存放适当的位置
我用诗的力量,跳出感悟的拘束
不在乎什么样的形式
　　真实地表达情爱属向
我拥抱幸福、快乐、和谐、安详
用声音和言辞组成歌唱
尽管我渺小到微乎其微的地步

我以诗活着,记载着
一次次用心谛听的声音
时光如梦境走散了
但我从未坠落
　　抵达星空彼岸的梦想

我不是牧师,我不是和尚
我在废弃的屋顶
注视城市,内心欢快,不安
我生活在地面上,用心
　　凝听劳动者的号子

　　　　　　　　2012 年 4 月 20 日于合肥冷砚斋草草

(此诗发表于 2012 年 5 月上《科教文汇》、2012 年 5 月 8 日《江淮时报》)

江山图

滋芜 刊《中国书画报》(2016 年 4 月 9 日)

诗四首

（一）悉友人游三峡感怀

胡志成

入伍赴川鋬征程，万里长江逆水行。波涛汹涌心澎湃，岸上孩童挥手情。三峡滩险水湍急，百舸如龙上游争。牛肝马肺待贵客，神女玉立迎佳宾。巫山云水白帝城，张飞庙前颂英雄。夜以继日不停机，七天抵达朝天门。

注释：

1969 年冬，我由安徽歙县入伍，随后去重庆。重庆，是一座美丽的山城，也是我的"老根据地"，那里有我的首长和部属，我十分怀念他们。嘉陵江大桥上，散步或者开车，我不知经过多少回。我于 1975 年离开重庆，移防安康、西安，1988 年自西安转业后回到歙县。这就是我的军旅之路。

（二）过三峡①②

滋芜

三游洞③前西陵隐，神女峰下夔州吟。念有乡贤历万滩，戎马巴蜀惜别情。白帝城畔诗仙梦④，瞿塘峡中轻舟行。川陕驻防壮志报，凯归树杰华章评。

注释：

①壬辰夏，我与许大钧、杨善花、周元勇、王军令、许文彩诸君由楚入巴蜀，航程660公里，于6月3日从湖北宜昌登上维多利亚凯蒂号游轮;6月6日上午凯蒂号泊于丰都鬼城时，我收到同里尊兄志成先生《悉友人游三峡感怀》诗，随即和诗一首，以此祈教，共勉;6月7日凌晨凯蒂号到达重庆朝天门码头。

②三峡是万里长江一段风景宜人、山水壮丽的大峡谷，由西陵峡、巫峡、瞿塘峡组成，全长192公里。其中，西陵峡东起宜昌南津关，西到秭归香溪口，全长约76公里;巫峡东起湖北巴东县官渡口，西至巫山县大宁河口，全长45公里;瞿塘峡东起大溪镇，西至奉节的白帝城，峡长8公里。

③三游洞在湖北省宜昌市西北10公里西陵山腹之上，背靠长江西陵峡口，面临下牢溪，是鄂西著名的名胜古迹。唐代白居易、白行简（白居易之弟）及元稹三人于元和十四年（819年）相会于夷陵，划船同游，遂发现此洞，并题诗于洞壁之上，三游洞因此得名。及至宋代，苏洵、苏轼、苏辙父子三人又于嘉祐四年（1059年）途经夷陵，进此洞一游，亦题诗，并镌之于洞壁。所以人称苏氏之游为"后三游"，白氏之游为"前三游"。

④白帝城又有"诗城"之美誉，李白、杜甫、白居易、刘禹锡、苏轼、黄庭坚、范成大、陆游等都曾在此留下诗篇。

（三）胡佛根伯与桃花坝

胡志成

新安江畔古村庄，老屋门前桃花坝①。鸟语花香树成荫，流连忘返游人夸。数九严寒梅花开，春风送暖桃花放。吃罢甘甜罗汉果，又赏火红紫荆花。谁是植树育花人？渔家兄弟胡老大②。

注释：

①桃花坝是皖南歙县大梅口村八景之一，由胡佛根老人护养修理。

②"胡老大"是胡佛根老人的绰号。他早年在上海、苏州一带谋生计，见多识广，归隐乡里后，常跟乡人提及外面的故事。但乡人并不信其说，并冠之以"胡老大"的称谓。改革开放后，乡人见识多了，才逐渐信其所言。

（四）忆桃花坝

滋芜

桃花坝上开桃花，四季分明闻梅香①。佛公汗浇绚丽色，梅口村下人见夸②。

注释：

①桃花坝上有一棵古梅树，我童年时常和伙伴们在树下玩耍，抱树身双手合不拢。可谓是"梅树底下流梅溪，梅香浸透人心脾"。

②路过桃花坝的人，无不赞叹大梅口美轮美奂的村景。如今，俱往矣，故忆旧时之美好景象，聊以慰藉心灵。

（此诗发表于 2012 年 7 月中《科教文汇》）

清明祭柯国闪先生

大钧世叔并小波总编、李茬编辑：

在柯国闪先生逝世后的第一个清明节到来之际，我怀着沉痛的心情，写了四首诗，借以深切缅怀柯老先生。现呈给你们，还请考虑是否在贵刊发表。

2013年3月5日夜，我出公差在北京，接到胞妹小玲来电，得知柯老瑶琳仙去，不由心中一紧，随之悲痛涌上心头。但苦于因公在京，分身乏术，遂电告故乡侄女思玉，让其代为凭吊。

柯老比先父小，与我家世代交好，我也尊他为伯伯。他在新中国成立前参加革命，新中国成立后又一直工作在基层，先后任过两个山区的区委书记、丰乐水库工程的总指挥，还任过歙县人大常委会副主任。他呕心沥血，造福人民，为歙县的经济建设和发展做出了重要贡献，所做所为与当下提倡的实干兴邦不谋而合。他是人民的好公仆，值得我们后辈人好好学习！

清明临近，梦中柯伯伯的慈祥容貌，仿若就在眼前。我从凡人小事的角度，用一组小镜头写成此四首诗，借以折射柯伯伯的高尚品质，也聊表自己对他的缅怀之情。

顺颂

编安！

滋芜

2013 年 3 月 25 日

（一）噩讯

歙县东乡与南乡，①结谊诚挚本一家。②
忽闻柯老乘鹤去，顿觉人间落梅花。

注释：

①②歙县分东南西北四乡。柯伯伯是东乡溪头人，离休前任歙县人大常委会副主任、丰乐水库工程指挥部总指挥，晚年还担任歙县老年大学校长。先父胡如璧是南乡人，从文教系统调入丰乐水库当办事员，与柯伯伯结

谊一生,不是亲人,胜似亲人。由此可见当年干群关系之融洽。

(二)往事

柯伯报国赤子心,许村黄山子民亲。^①

半生水利丰乐坝,^②清廉品洁善果因。

注释:

①②改革开放前,县下设区,再设乡镇,柯伯伯任过许村(北乡)、黄山(西乡)区委书记,在老百姓心中留下好名声。黄山市最大的水利工程丰乐水库,从无到有,均系柯伯伯劳心率团队建成,可谓功在千秋,为国为民干了件大大的好事、实事。

(三)童年纪事

赤脚进城送豆腐,^①凌姨偏食又嘱咐。^②

点点平常心头肉,^③如许真情铭肺腑。

注释:

①②家母每逢节日便做点豆腐,差我送给柯伯伯。彼时我或赤着脚或拖着鞋进城送到柯伯伯家。凌阿姨很善良,每每看我可怜分分的样子,便到食堂打碗饭给我吃,我回去时她又嘱咐路上要小心、别玩水。

③在计划经济时代,肉、蛋、豆腐等是要凭票购买的。家里杀头猪,除猪头、内脏外,只能留一块朝头肉,其余归公收购。在这种情况下,家母总会从那唯一能留下来的朝头肉上再切上一大块,让我送到柯伯伯家。柯胡两家可谓心连心、一家人。

(四)清明祭①

清明祭拜香三炷,先父柯伯不再孤。②
柯伯仍是统帅座,再效当年话驰驱。③

注释:

①由于俗务缠身,柯伯伯去世之时,我在北京,没能回徽送柯伯伯一程。
为此,非常内疚,故借清明节跪拜,祈求谅解。

②先父与柯伯伯乃挚友,双方可以在天堂再叙情谊,不再孤单寂寞。

③先父一生最佩服柯伯伯为人,到了另一个世界,柯伯伯仍是先父的统
帅,先父仍乐意做办事员。生命可以终结,但精神永不磨灭。在笔者看来,
在另一个世界,两位长辈仍怀有为国为民奔走的豪情。

(此诗发表于 2013 年 4 月上《科教文汇》)

读张乃成、郎华画作题诗三首

编者按：最近，滋芜先生收到安徽芜湖市政协书画院寄来的《安徽政协书画院作品集》，翻阅中，被张乃成、郎华先生的几幅画作深深吸引，并打动了心灵，滋芜先生有感而发，即兴为两位画家的画作配诗三首。

〈一〉

阿福

——致张乃成

我不懂孩子，仿佛在猜测心思

　　汗涔涔的她

却在张乃成的笔下描活了天真

　　不泯的童心与我毗邻而居

我感受着祈祷中的《阿福》

　　将美好留给善良勤劳的人们

藏在人间《年年有余》
彩笔是画家的心,也是画家的宇宙
精彩出妙,常常使我沸腾
　　那颗洒满阳光的红果
划破秋天的景色
　　我想起童年,游色如艺
失眠时,我望望她
　　内心充满来春的力量

2015 年 1 月 17 日于合肥

〈二〉
妹妹心随哥哥走
——致郎华

好看,好看,哥哥浮在牛背上
　　调侃着光脚的妹妹
童年,正穿过人间几何学家设定的仪表
一抹朝旭如同青涩的果子
　　将一篮好梦装饰在花朵下
大地悄悄地攒积着你我的童话
多情的泥土长出迷人的芬芳
　　兜里齐整整地盛下,
童年人生记忆的华章

〈三〉

五谷丰登

——致郎华

谷穗饱满,满过于天庭
好相,好季节,鸟儿在歌唱
……
柿子压扁了筐子
我们开心地数着一地梦想
牛趴下与我私语,
点滴地解开方程式的秘密
　　声音与牛鼻息同步起伏
使抽搐的弧线绕过手背
大地厚情,拙朴显真
释下成人的伪善
　　红柿子,如漫游者
对时空挽留时节的渴望
我是农民的孩子,苦咸拴在我脚跟下
于是麦粒沉重如金币一般
我害怕饥饿的年代……
于是我礼赞五谷丰登
不朽的激动
　　填满脑海
企盼那一幅幅《暖风》《年年有余》……

2015 年 1 月 18 日于合肥

（此诗发表于 2015 年 2 月《科教文汇》）

大地回春

我们在大地上很渺小
自大，让我们失去很多
大地回春，气吞山河
　　调色没有如此力量
颓废，终结是废墟
我早早起床涂抹，在乎自己感受
一席佳宴无味
此刻天已放明，亮丽如蛋黄出壳
沉浸寂寞方醒
好美，好看。
我打扫房间，沸腾的水壶嗡嗡作响
我清点一夜日光灯下的劳作
自然光明洞彻一切虚假
陋室装满人工色块，自然花朵枯萎，
凋谢的不仅是艺术之花，
我们自大，常常悖逆自然
做些斑驳陆离留在版图上
此时我渴望，渴望

我凝露暖暖的气息
耳边响起阵阵汛潮
我许期回家,梦游彼岸
　　好梦,好风景。

充沛的汉字输入早晨键盘
新桃旧符迎接新鲜的太阳
我们在呼吸,渴望空气不再污染
我重新关上窗户,阻隔雾霾
用心欣赏画台上那盆浅色海棠
　　海棠面容姣好,扶窗而下
眯眼笑,我亢奋为你谱曲,铿锵的步伐
　　敲打大地之门,早春
迎接民族吉祥的图腾
　　垂青可寻,好梦在今朝
想象,使遥不可及变一秒即可触摸

大地藏春,悄悄解密冰冻的程序
　　爱的力量破开禁锢的疆土
无边际地纵横复苏的遐想
　　母亲孕育春天,顺产成为我的企盼

我们善待了土地
　　大地,让我们耕种出无限希望!

　　　　　　　　（此诗发表于 2015 年 3 月《美术教育研究》）

前行的时光

翻来覆去猜想离弃的样子

我是从南方坐上火车踉跄而来

广场上，黑压压的人群

车站重复着去哪里的车次

我瞅来瞅去这喧闹的世界

大楼没有标志，钢筋水泥透骨冰凉

我记得往东，太阳出生的地方有梦想

意识深陷一场浩劫，我们欺骗时光

我离开家乡，离幸福很远

窗前铁栏杆固筑自由推行

男人女人，只有造爱私密

没有阳光

私密下的种子

溺进众人护犊情怀，长不成参天大树

雷响,钟馗亮出捉鬼的神像

孤独筛下树隙间那缕红色
秋天携来轻轻花的飘零
果实儿在暗淡中舒展美好心愿
我沉吟古老的诗句,壮胆成行
荒凉跌入柔和的寂静胡同
光彩失去羽翼的飞翔光环
时间在美好中留下苍老的躯壳
群鸟飞过,蕴含着来年报答

(此诗系《我的眼睛》组诗节选,标题是编者所加;此诗发表于2015 年 5 月《美术教育研究》)

我的眼睛（组诗）

（一）

空酒瓶倒立着
　　有了颜色，有爱就出发
我晃动树下的阴凉
一席好梦，枕到天明

篱笆间，巧妙掩藏生命
　　我们都活着
菊黄满头，伸延开来
老婆，孩子，生活逗留在树下
一曲好心情，光泽明亮

我用喉咙无声地呐喊
让阴沉忧郁走开
透过丽影的缝隙
微笑映入眼帘
闪烁着黑夜的寒冷

于是我仰面平躺
把一份私心收藏，等待投机
抹去眼睛背后的肮脏
蛆虫腐蚀麻木心灵
夜晚与我同眠
　　没有光芒、声响

（二）

语言剥夺后，奴役图解
那个轻飘的影子，长长的
　　没有力量的标记
梦想让我恢复高涨热情
清晰的记忆艺术思想

早晨，荷尔蒙激荡
　　我爬到山坡上
拧干最后一滴汗
享乐触摸少妇的内侧
不止一次的贪婪

使侠客变成一座泥灰

腾空精神内柜
竖一排塑料雄性
　　用轻薄填满少妇
空空的古井,摘果
猛猛地塞入
　　沙沙又沙沙
成熟终于掏空
拿走吧,我没有力量去装满你空虚内心

（三）

翻来覆去猜想离弃的样子
我是从南方坐上火车跑步来
广场上,黑压压的人群
　　车站重复着去哪里的车次
我瞅来瞅去这喧闹的世界
大楼没有标志,钢筋水泥透骨冰凉
我记得往东,太阳出生的地方有梦想
意识深陷一场浩劫,我们欺骗时光
我离开家乡,离幸福很远

窗前铁栏杆固筑自由推行
男人女人,只有造爱私密
　　没有阳光

私密下的种子

溺进众人护犊情怀,长不成参天大树
雷响,钟馗亮出捉鬼的神像

(四)

孤独筛下树隙间那缕红色
秋天携来轻轻花的飘零
果实儿在暗淡中舒展美好心愿
我沉吟古老的诗句,壮胆成行
荒凉跌入柔和的寂静胡同
光彩失去羽翼的飞翔光环
时间在美好中留下苍老的躯壳
群鸟飞过,蕴含着来年报答

(五)

我是个牧羊人,轻悄悄地拂过

夕阳,野草枯黄,曾记得

一岁一枯荣

童年如同身后的小路

渐走渐远

大地似面镜子

缓缓神态诗画传言

我在钟声中思念

远山的呼唤

瞬间的生灵,山谷回荡

幽暗缠住村庄的夜色

我虔诚地礼拜

　　无言坠落人间的神灵

栖居树枝上的哀鸣

追忆生死传说

金色的春天等于

　　黑色的冬季

蓝光,天堂,花园,坟墓

响动人世间境态中的心态

我告诉孩子,不要催泪自己

　　爱若袭来,似酣睡中吮吸的母乳

甜甜的……

(六)

我徘徊在腐烂人堆里

心像切苹果一样

一瓣一瓣地瓜分着

早晨,我又掏空口袋

在巴结圆点的另一个缺点

请把我放下,我从家到墓地

　　丈量的脚步足足有无数个回来

我们被无耻吮吸生命血液

　　留下年轻的理想

回音空谷萦绕

灵魂是个游动的旅行家
但它不能见到太阳
　　我见证光明拥抱灵魂
我在黑夜背着母亲出行躲避灾难
把无花果带上
　　没有种子,基因何来?

(七)

我穿着花边裙子给客人看
褴褛塞进裤腰,我称雄四方
　　红土地上飞来呢喃的燕子
你睡在我身旁
　　奄奄一息,眼睛望见黑洞森森

佝偻的老人在我跟头
　　他揣着泛黄的老照片
一身威武将军服
　　视野只是一种概念
我们在梦里活着,试图不再昏睡
我赞梦里的神话
　　他又将你带到早晨
一次又一次,不离不弃
坚定跟紧龙腾的方向
　　我眼睛守望妆容后的新娘

眼睛不容沙子
　　心灵不染一丝灰尘
　　本真地存活在这个世界上
眼睛，灵魂，
　　一层层，好的风景
活过的记忆，盘点
　　静静安详的样子。

　　　　　　　2015 年 2 月 25 日于合肥冷砚斋灯下

　　　　　　（此诗发表于 2015 年 5 月《科教文汇》）

江城子·悼陈光琳恩公①

2015年9月21日,中共安徽省委原常委、省纪委原书记陈光琳同志,因病于安徽合肥逝世,享年81岁。陈光琳同志始终忠于党、忠于人民,自觉践行党的宗旨,时刻把党和人民利益放在第一位,始终保持人民公仆本色。他为人为官坦荡真诚、清廉自持,基层经验丰富,体恤民情民意,严格要求自己,对友亦少有虚情假意,可谓重情重义。

未知生离当日景,怕伤情,却伤情。愁人难寐,夜起步中庭。纵有因由万般种,仍愧首,恨无信②。　犹记陈公语殷殷,遽尔惊,赴瑶琳③。欲诉离衷,未语泪先盈。落英飘叶泣肠断,明月终,清风影④。

注释:

①我于 1988 年认识陈公,他于我有恩。他的突然辞世,令我十分痛心,写此拙词以示缅怀。

②陈公离世是 2015 年 9 月 21 日。我于 9 月 19 日应邀到同济大学艺术学院参加一个活动,23 日晚才回到合肥,24 日上午才获悉噩耗,方知与陈公竟然阴阳两隔,连最后送别他的机会都错失了。如果早知道,无论如何也要赶回送他最后一程。

③我想生死之际,亲朋好友之间是有感应的。我那几天一直忐忑不安,20 日晚上我烦躁不安,21 日演讲连连出错,连友人都询问我家中有无大事。谁知竟是陈公辞世,去了瑶琳仙境。

④乾隆诗有"短歌终,明月缺",化用此句,表达我对陈公突然离世的悲痛。清风明月,在这里也是对陈公坦荡做人,真诚为人,清廉为官,操守品德的褒扬。对于没能送陈公最后一程,我始终耿耿于怀,对陈公遗孀周阿姨也甚是挂念,担心她的生计能力,希望她能节哀保重。

2015 年 9 月 30 日于合肥冷砚斋灯下

(此诗发表于 2015 年 10 月 20 日《江淮时报》、2015 年 10 月《科教文汇》)

题《历代黄山图题画诗考释》（八首）

其一

黄山白岳育贤达，孤楼凭栏话谁家。
杯酒无色却红脸，玉颜惊座五月花。

其二

田畴农舍浮云里，屋前房后皆溪水。
我视松涛如唤儿，客中对此怀桑梓。

其三

月落江横风长号，小庐把卷寒渐消。

沉吟佳句缘妙笔,诗情总向案头抛。

其四

别后夜浓窗灯低,远客渺茫望门闭。
更深偏宜思往事,长风浩荡抵潮汐。

其五

沉醉其中初月醒,梦影几重呓语轻。
始信造化钟神秀,吮笔难描新风景。

其六

黄花不为昨日客,漫入溪流惊飞鹤。
篱下缘是曾相识,脂粉颜好岂逊色?

其七

江山本如画诗魂,内美尽参体厚浑。
先贤剪裁好手艺,终须复前朗乾坤。

其八·观朱松发先生画黄山黑白焦墨画亦逢登黄山过狮子林遥望天都峰感怀

黄山魂体贵石松,奇峰峭拔几万重。
沉浮人间云海事,一壁擎天隐苍龙。

(此诗发表于 2015 年 11 月《科教文汇》)

复活的诗篇

心灵的迹象，游离
　　　如闪电般弥漫、迷惘以往
语境成为
　　　一个观景的窗口
我们个体存在，活着
缤纷中充满艰难

气息与时光交替感觉
狂热，唤醒复杂意象
严肃揭开男女的私密
瘾性和良知贯穿一体
博大不止一个中心，
　　　时间，漫漫于
风云翻滚，静水冥想
从《百年孤独》到《追忆逝水年华》

不朽的史诗般的场面
无一能穷尽人生悲欢
名著也只是一时痛快

在明暗、黑白安魂的家乡
浪潮催泪，迷人
繁芜荡来无边的风景
一桩桩，一件件
　　穿越荒漠，温暖醒来
历程的巨浪伴随你我

风响入耳，松涛排阵
我立其间，何等英雄？
山峦滑下拓荒者的眼帘

一窗幽静，好梦
　　使我回到天堂
我内心携带沉重的人间辛酸
　　此刻淡无一念，放下
轻款款青果回到心圆、月圆
年轮简减到黑白两色，
以它的颜色复杂综合组梦
剩下多余，正踏上回家的路程

2015 年 8 月 17 日于合肥

（此诗发表于 2015 年 12 月《美术教育研究》）

春天在眼前

浅绛色的光芒无声入画，一抹寒冷
沉寂在青黛中
　　　泛黄的土地暗暗藏红
此刻，泥土中飘过淡淡的青草香
　　　那是萌芽渐变绿色的浪潮

我远远在汐潮中静候，喜悦
　　　生命的风号告诉我：春天来了
万物悄然从梦里复苏
河水忘我地高涨，抒写下春天的欢快

南飞的燕子
征程中撩拨远方的思念
　　　我在褪尽浮华的底色中等待
阳光明媚的一天，我们一定要重逢

昼夜不停地摧枯拉朽

    饱含生命奇迹的花丛,此刻蓄满力量

我为爱播种着,春天在眼前

(希望,是相知相爱的本源)

阳光灿烂的一天,我们一定会重逢

        2016 年 2 月 4 日立春初稿,2 月 7 日除夕修改

(此诗发表于 2016 年 3 月《美术教育研究》、2016 年 3 月《科教文汇》)

吾语·牛背·红鸟

读普鲁斯特小说《追寻逝去的时光》,感动后绘《吾语》
画作,跋拙诗于图中。

————滋芜/手记

大地多情,吾语
青山秀水不仅是梦
人疯狂地盗去所有
人无限地制造麻烦
我们活在神秘的力量中
　　自然无语

我遥望远方,在牛背上和红鸟对语

追寻逝去的风景，从此
记忆复苏，我在无力地表达画面
　　拯救童年相同的瞬间
唤醒我存在的需要，不仅仅是图画
一切符号是游戏艺术
消失的风景令我揪心地痛
　　触发我瞬间的陶醉只是虚拟的光彩
　　不仅仅是空乏的伟大

我们要活着
时间对心灵痛苦要久远
花影下的记忆
　　才是诗意的痛苦
我们为幸福找回永恒
　　让一切自然复活
人与自然，艺术与人生
别再空洞无物地说教
听觉，视觉，嗅觉，味觉，以及
　　男女两性的触觉
如诗画一般而言
一切抵达心窗

我们遵循自然的风景
拯救逝去的瞬间
　　其实是在抱守永恒

吾语，其实也在拯救我自己

吾画，其实也在敬畏自然与生命

2016 年 2 月 13 日于合肥冷砚斋灯下

（此诗发表于 2016 年 4 月《科教文汇》）

思想与光芒

我在书籍里寻找千百年的光明
我从中找到智慧的华章
岁月从我的眼睛里失去了光芒
书籍渐渐成熟我的思想

我静静地回味无穷的往昔
它磨丢了我拔剑冲锋的志向
我在书房的草图上谈人生、谈理想
窗帘上晃动青青的脸庞,似印花
浸入我脑海,枯如珊瑚
可我一生一世只保留你清晰的脸庞

华灯初上的傍晚,忽明忽暗
春风荡进我激动的胸膛
你用眼睛传递与我的温情一瞬

我却失去一双明亮的眼睛

我们各自无缘,老房里褪去浮华的青帐

干涩的时光荏苒而过,风景丢下灵魂

我在岁月中渐渐老去,

沉默伴随着阵痛孤寂的心灵

　　将人生的透明支离破碎

森林般的玻璃钢筋水泥高矗

　　挡住我的视线

书斋灯下,一堆叫人迂腐的文稿图画

从此打发我的后人清扫干净

我奴役着自己,不再有思想与光芒

稻田里金灿灿的谷穗,辅弼人生画卷

我奴役着自己,渴望土壤、空气、阳光

作者注:2016 年 4 月 11 日—4 月 15 日我在上海图书馆办画展,归来后,颇有感慨,于 4 月 25 日草草诗记之。

（此诗发表于 2016 年 5 月《美术教育研究》）

语言是我们的根

纷呈，斑斓
电流假设一切华贵排场
阵容多彩背后失去忧患的苍白
热闹中没有沉静文字力量

图像代替文化
文明在这里转换角色
从此诗句不再拥有平静
朴素的理由是沉默
我在沉默中阅读历史

历史存放在语言的书架下
抛去浮光，让时间回原

一摞摞码成光明通道
我们在利益的甜头
改造以往的繁荣
景象的路口是一座雕塑
凝固的表情,使虚假集会于此
书籍使用语言的符号记录时代言行

我们用心重读语言汉字
春天与冬天并阵
一切如同森林精神
荧屏回顾故国旧事
于是我们垒彻华夏五千年文明沧桑

当神秘运转,时间
将文化喻为物质定义的翻本
圆桌会议上讨论,主宰乾坤,疆土
语言成为强大的发言(其实最好号令)

语言是根。根是民族遗传基因
语言是种子。种子埋进疆土
明天定能繁荣昌盛
花朵,树木,河流,山川
恩惠这片辽阔的大地

我们习惯读着汉语言意,形,音

它是我们华夏母语烂漫的文本
诗词歌赋,平仄韵律
语言是我们民族的根
中国梦的家园……

2016 年 2 月 9 日年初二于合肥冷砚斋灯下

(此诗发表于 2016 年 6 月《科教文汇》)

金寨红

金寨,是红军的摇篮;金寨,是将军的故乡;金寨,是红四方面军、红25军的主要发源地;金寨,组建了11支主力红军队伍;金寨,在中国革命的光辉历史中,10万英雄儿女为国捐躯。2016年是红军长征胜利80周年,安徽省文联组织广大文艺工作者去革命老区、红色革命根据地金寨县体验生活,深入挖掘红色记忆,培养新一代广大文艺

金寨红

滋芜 刊《光明日报》

(2016年10月20日)

工作者的爱国情怀,要求每位文艺工作者用心感受,创作出"金寨红"的动人诗篇与画卷。我随其中,所见所闻颇多,心潮澎湃:今天天下太平、安详幸福的生活来之不易啊。故以"金寨红"为题,作诗一首,向革命老区人民致以崇高敬意,向革命烈士表达无限敬仰。

娘在远山呼唤你,儿啊

......
老娘伫立在大别山巅，
深情地对儿说：
参军吧，打鬼子去！
我哺乳你成一条汉子，国家有难
　　别忘了精忠报国的祖训！

新媳妇在婚房里
　　用灼人的目光看丈夫
狠狠心把丈夫推出门，关上窗
大声地对老公说：
　　打仗去，赶走强盗豺狼
我等你——
　　活为你生娃，亡为你守节！

弟弟在大树下，牵着哥哥的手
哥哥，牛我放，柴我砍，田我耕，地我种
　　你参加红军吧，杀死来犯的鬼子！

妹妹在池塘边，夺下姐姐浣纱的活
姐姐，父母我来养，家务我来做
去吧，去参加这支为穷人说话，
　　为国家而战的工农红军队伍
杀死踩躏家园的侵略者
还我河山，还我阳光

还我祖国晴朗自由的好天空！

讲台上，教书先生脱下长袍马褂
　　　悲怆地说：同学们，山河在流血，祖国母亲在流泪
我们背上书桌打鬼子去吧，将课桌放在战场上
　　　赶走那群祸害爹娘、姐妹的魔鬼！

开店的营生伙计，关起门
他们捉摸到民族的痛苦
钱不挣了，送粮去前线……

老大娘纳起千层底的鞋
老大爷用单车推着油盐药粮
走，上前线，慰劳儿女们去！
……

一幕幕令人感动的画面
一件件让人揪心的往事
啊，大别山金寨县，神圣的红色土地
　　　你养育了千千万万的优秀儿女
一支支热血沸腾的队伍拍打着胸膛
　　　大声说：娘，杀鬼子去了……
十万金寨将士，
在奔腾怒吼的山瀑中
在翻滚浪涛的大河畔

在荆棘遍布的悬崖边

舍下父母儿女

循正义之道,举正义之剑

激情四射,不畏艰险

十万英灵为革命事业,血洒疆场

深沉的土地,厚埋英雄

你们为国家战,为美好的明天战

高天厚土、山岚轻雾祭奠你们的英灵

为革命捐躯的十万金寨英雄们啊——

　　是你们托起共和国的蓝天

　　是你们的鲜血染红共和国的旗帜

红军的摇篮——金寨啊金寨

　　向您敬献花篮

我们也庄严地向您

　　敬礼!

(此诗发表于 2016 年 7 月 2 日《人民日报》、2016 年 7 月《科教文汇》)

题画诗

　　我以中国古代四大古典戏曲为题材,画了四幅中国画——《西厢记》《牡丹亭》《长生殿》《桃花扇》,并题诗四首,以增加人们对中国戏曲人物画来自于性情、画面来自于人文的理解与认识。

——题记

《西厢记》

喜悦与悲催并存
我们在梦里寻求富贵
普救寺组合张生崔莺莺红娘
　　私会梦幻
又在梦里落差
结果又在梦里寻找到短缺
私语与阳光
一道重复心中的奇妙
心境梦圆之时

其实是高贵与卑微组合之美景
　　令人动容
人生常常在戏中圆一圆美好

2016 年 7 月 27 日

《牡丹亭》

相思没有尽头，戏曲无边
横走的是纤弱身躯
　　气势使人惊醒
汤显祖借戏文聊发
我的内脏是为情爱保留
灵魂的火光被风吹灭
离魂之曲高高唱起
临川惊梦存有四曲
一曲曲在心底低吟

2016 年 7 月 27 日

《长生殿》

盛唐方兴情爱，戏也罢，歌也罢
唐玄宗恋杨玉环成了梧桐雨
诗记长恨歌，岂料沉香亭
佳丽一望三千里，声色，荣耀
安禄山权贵成谜，兴亡百姓苦

从洪荒到洪福,齐驾而来
天尊言德,一代又一代
戏曲言美,悲也罢,喜也罢
一代又一代讲述前廷后宫
美好是我缩编的故事场景

2016 年 7 月 27 日

《桃花扇》

孔尚任视民间的疾苦隐晦
侯方域李香君绑进一个阮大铖
"南朝兴亡,遂系于桃花扇底"
熊熊的怒火细数权贵
用斗士般的勇气讲叙戏文
发泄愤懑,覆灭的理想
从此借离合之情,写兴亡之感
追赶花海落入庭院
一丝丝纯情剥开,清脆滴声
泪与美貌成全李香君亮点
书写气节,亡我而去
活着的版本,要比死去的心可怕
一幕幕城南旧事被一队队铁骑践踏
江南,悬挂的明朝大旗
用一个弱女人报国之心
剪裁一段乱世亡国之恨

私密终极是美好
于是我画下美好,感慨女性之柔美

2016 年 7 月 27 日

(此诗发表于 2016 年 8 月《科教文汇》)

百合花下，吟青青的芳名

（一）

活过一程明亮的眼睛，花瓣盛装
却背着沉重寻求亮敞，舒展身材
将一夜的灿烂从天空拽回了地面
百合花垂着头，特殊的力量
往往处在变化中成长或消亡
迷宫斑斓中多了一层视角
火红到破败如同雁来燕往
天空一样澄色青蓝，一样辽阔无疆

（二）

我常常用眼睛感观世界
世界又常常让心灵蒙上眼睛

于是我盲行一程,又清醒一程

当我触摸到神经系统的中枢线时

孤独的绯色渐渐消失在远方

呼吸的你,望呼吸的我

沉默是最好的回答

从此我在遥远的土地上

用心灵的眼睛张望巨大的年轮

一道光芒触摸到你,也触摸到我

青青的新月,腾空心灵,为了歌唱

百合居住在心灵中央

　　一派生机

(三)

缓缓解开秘密背后的脆弱

石榴裙下,渐渐明亮的诗句

从头暖到脚,无声,却有着

　　冲击与感染的力量,我朗诵青青

香气,秀发,清晰的脸庞

与风,从远方随河流飘然而下

那边的山,那边的水

都市尾后题图,百合花背影如古瓷上妆

招摇清脆入耳的声响

　　往往将繁华布满沟壑中

　　存放远古文明之灰尘

欢乐让人忍受某种痛楚,天空仿佛低垂

当沉睡的声音如电流袭过全身

  击中心脏，复活的诗篇，一抹天边彤红

沉暗的夜晚

  我看见星星眨着妩媚的眼睛

  我在玻璃窗前静静数着岁月的痕迹

迷恋的花朵触手可及，远方？眼前？

心爱的主题，百合花香袭人醉

奇境置换随物赋形，斑马条纹

黑裤子包裹着两条令人心跳的长腿

于是我舐舔到青青柔顺的心灵

活过一程明亮的眼睛

百合花静静地合上姣好的容颜

低低倾听美好的呻吟

（四）

当花瓣卷起舒展的身影

一个好梦坠入花蕾，圆圆合起

沉沉的睡姿，暗换青青的发型

日落的寂寞高低明灭

越不过的高山、长河，使我驻足长歌

松涛掩盖瀑布声响

脱形写意的图像清晰脉络走向

山一程，又水一程，饱赏妙言佳境

置身天籁空谷静声时

我在梦里轻呼常唤

青青浸骨的芳名

2016 年 8 月 5 日

（此诗发表于 2016 年 8 月《美术教育研究》）

天光云影

当我听到寺庙里的钟声，
当我被纯洁的信仰感动得哭出来时，
　　我朗诵没有苦难的经文，
　　祈祷我的祖国、人民放心歌唱
时光找不到我身上发生的一切岁月痕迹
　　仅有渐渐老去的记忆

诗心不老，我谛听生命的号角声、嚎哭声
　　色彩纷呈地无限放大一切可能
画里话外，只听喃呢的燕子——飞来飞去
我沉浸在过去春芽萌发阶段
　　初新岁月一样缠绵悱恻
我怦然而动的早晨初旭
彼此看到心仪的那一端，因为纯真
　　远远地望见草绿的春光明媚
彼此看到心仪的那一端，因为酣畅
　　低低地看着浮花灿烂的笑容

我从无知到轻狂,感觉神经麻木到无所适从
那时候移植的塑料水泥钢筋
    这是我太喜欢的假相辉煌

我又关上了窗子,一片漆黑沉闷
找不到自己喜欢的风景
    却依稀记得热情的年少
诗心不老,人生有诗意般的笑容,它生机盎然
鲜花与掌声湮没已久
    沉静后空气十分冷清
当阳光从初旭磅礴直到如日中天
时光陡然消弱到黑色溶融的暗红
一阵阵寒风突然袭来
洗净的天空、地面上,仿佛有幽灵踯躅游荡
光芒、云影沉浮高涨又低落

时代被科技的风景战胜署名
席卷而空响,我们渴望宁静中
一曲悠然之神曲,天籁
如同天光云影下神圣的钟声
    聆听祥和
使心灵栖入快乐的家园
我祈祷我的祖国
福泰安祥

        2016 年深秋于合肥冷砚斋灯下

江城子·悼王景琨先生

2016 年 12 月 14 日上午惊悉《少儿画王》副总编、同仁王景琨先生突然辞世,终年 71 岁,悲从中来,恍惚一梦百年。悲痛中,填词二首,以悼念王景琨先生千古。

(一)

诗性石情一缕长,画名扬,德亦芳。如今随烟,寻梦入仙乡。天不假年自古恨,亲友恸,寒月霜。

一生功业应自彰,文教昌,著华章。苍颜白发,犹记少年郎。遽闻千古魂颠倒,悲无语,黯离伤。

（二）

画王栽有诗心处，行止睦，才情殊。苦乐其中，皆尽付笺竹。意气慷慨称知己，与言晤，清肌骨。

悲讯突来惊老夫，晴日暮，碧云枯。道是暂别，未料永离阻。多情黄土埋英杰，凭谁伴，萧萧梧。

（此诗发表于 2016 年 12 月 21 日《黄山日报》）

黑色窗下，我静静等待

海棠舒展自由的身体
　　扶梯，将身子悄悄伸进我窗台
初旭沐浴着早春的娇儿弱女
紫罗兰映满庭院
　　阴暗，阳光，两色融合重影
馥郁美妙浸骨，倚梅张望

我望着飞来的小鸟
　　挥挥手
冬阳在雾霾中

露出苦涩的脸
篱角却爬满黄昏

一轮姣好的月亮腾空树梢
银色华光倾泻闪亮
满树的耀眼
淡月婠形,盈盈浮动
未曾拨动心弦
记忆沉入行动
我在框架中填写孤独
吟诵此刻不凋的春花春雨
分裂的性格影响我的睡眠

旷野香气袭来
暗示将窗帘卷合收起
不远的燕子,暗合春雨缠绵
高高低低,来回飞过
衔来沉浮在人间的消息
亲爱的,你春天究竟飞往何方?

春花春阳,浸过郁悒的湖面
掠一池清波,剪一树杨柳
梦入天涯
一燕如人,我静静等待南来北往
满庭院的好景,叶叶交叉互生

　　或红或白
道是"倚阑干人比梨花"

亲爱的,花飞如瀑的四月已敲响我的门窗
黑色窗下,我静静等待……

　　　　　　　　2017 年 1 月 5 日于合肥冷砚斋灯下

　　　　　　（此诗发表于 2017 年 2 月《美术教育研究》）

一个鲜亮的橙子

（一）

茶几上，红橙子光亮鲜红

眨眼间，腐朽气味袭来

　　（内心已烂去，淌出臭水）

我清理着它，想起

我被束缚、煎熬的岁月

引用古人谈论活人

如同死人比活人更伟大

其实走在路上，终点谁也不确定

谎言者谙熟于以信仰统领艺术

　　一切生吞活剥场面

信奉者，带着目的为我所用，他们绘制

春风十里，拂面浩荡

（二）

我无法撕扯面具
假象比真形令人喜欢
其实几乎委屈以求遮蔽羞辱
孤傲设定的胡同是死角
奇怪，拐弯才有清泉解渴
未曾领会的诗句
必然不在褒扬之列
愤怒常常无知地亵渎神灵
信口雌黄大肆毁坏心中的图腾
爱，从此如此陌生
奇迹必将是死后的复活
古人云：一岁一枯荣
活着的信条是坚信自然法则
一个鲜亮的橙子缩影这个世界
　　精彩与破败
绘描的经验是体悟自然
生命过程呈现敬畏之心

（此诗发表于 2017 年 3 月《科教文汇》）

七古·悼朱文根先生

2017年4月6日忽悉安徽省政协文史委副主任朱文根厌弃尘嚣、绝世,愕然之际,诗记感怀,以祭奠其千古。

文心缠结育慧根,南唐遗物^①文根存。
世间哪有十全美? 曾尽欢快亦销魂。
欲寻人生蓬莱境,炼狱熊火霜峰冷。^②
你方唱罢我登场,戏里戏外费人省。
满腹经纶无牢骚,鹏抟鸿渐^③傲云涛。
何必早著绝歌赋? 后浪应逐前浪高。
犹记黄山畅饮悦,而今一梦春秋迭。

惊闻半僧④弃尘嚣，一席楚歌⑤送君别。

注释：

①南唐遗物：指南唐后主李煜的性情、诗词，其也是个情种。

②欲寻人生蓬莱境，炼狱熊火霜峰冷：指要达到较高的人生境界，必须经历磨炼。

③鹏抟鸿渐：指奋发向上、仕途升迁。

④半僧：朱文根先生微信昵称为"半个和尚"。

⑤楚歌：指悲楚之歌。

踏莎行
——祭曹征海① 先生

　　雁泣声声，红飞索索。京华忍看雄鹰落。柔肠一缕至孝忠②，洗星濯月襟怀廓。

　　立身公仆，同民忧乐③。春向蒙皖④话丹魄⑤。逝水淘沙⑥古今同，试看天涯有吊鹤⑦。

注释：

①曹征海同志于 2017 年 5 月 20 日因病在北京逝世，生前任第十一届安徽省政协副主席、党组副书记。

②至孝忠：曹征海同志事亲至孝，对党忠诚。2016 年 10 月 28 日《内蒙古日报》刊登曹征海同志文章《祭父文》。其父亲曹学忠是教师，一生桃李无数，于 2016 年 9 月 10 日去世。曹征海同志以血泪筑成《祭父文》，表达了对父亲真挚的感情。

③忧乐：取范仲淹"先天下之忧而忧，后天下之乐而乐"之意。曹征海

同志亲民、平易近人，为好人、做好官，德足以配位。

④春向蒙皖：曹征海同志生前为人民公仆，先后在内蒙古、安徽工作。

⑤丹魄：指赤诚的心。南朝江淹《萧重让扬州表》："素心丹魄，皦然靡疚矣。"

⑥逝水淘沙：逝水，比喻时间，《论语》："子在川上曰：逝者如斯夫，不舍昼夜。"淘沙：江水冲刷、汰除砂砾。指时间如同江水淘沙般汰除经不住考验的人，保留下菁英。

⑦吊鹤：《晋书》载陶侃"以母忧去职。尝有二客来吊，不哭而退，化为双鹤，冲天而去，时人异之"。后常以"吊鹤"为颂扬逝者的典故。

（此诗发表于 2017 年 6 月 2 日《江淮时报》、2017 年 6 月《科教文汇》）

等待

别打伤我的小乖乖
我怕错,难过好久
　　心碎一地,好梦左右

我从土里滋生,甘霖润我成长
　　梦想遥望沉思的天际
于是我轻巧地升空飘浮,沉浮游荡
　　渐渐接近失败者的等待
我的灵魂无法安歇
　　因为我错误地做了长篇演讲
我缓缓老去,洗刷自己

盗猎者拔光小鸟自由飞翔的羽毛
任它随风飘摇
　　不知是天堂还是地狱
我与小鸟一样
　　仅保留下清白

我掠过一片被夕照烧红的森林
　　等待,痴情地等待
远征的故事清晰明了
我愿是被狂风飓飙席卷沉沦的主儿
将那一刻的痛苦,远远存放
　　存放在历史的驿站边,等待复苏的奇迹

我珍藏小乖乖香唇吐出的清芳
　　如同石罅渗出清澈的明亮
祈福童话和我的羽毛保留洁白
　　将相遇的奇迹,隐藏彼此的神秘

不管时代标记下什么样的图形
　　我的精神已被驱赶流放
人生的桃符错误荒谬
　　我不知何时向祖国请安
　　我不知何故让自己沉默
秋草归根
　　冬季开始腐烂
我的文字特征蹉跎成装饰风格
　　舞台炫光
等待,仍然是我痛苦但真心的选择

此刻破碎卑微的心灵
　　被一个孩子戳穿

揭开千疮百孔的伤痕
一个老人讲叙着权力夸张粉饰的情感
《石头记》忠告荣贵梦想
一切的一切,只能是相遇在土地上
　　静静等待

我的勇气是回归大地
　　与好梦埋在高天厚土里
　　听凭魔力来春发芽
亲爱的,我仍在等待
正义从不言败
　　等待重逢的奇迹……

　　　　　　　　　　　　2017 年 6 月 21 日

（此诗发表于 2017 年 8 月《科教文汇》）

有声在耳言祥瑞

祥云浮出彩笔落①，喜逢如意梦难托②。

俊彦③复存丹青④荣，华章惟德⑤作灵钥⑥。

注释：

①彩笔落：李白在《早发白帝城》诗中云："朝辞白帝彩云间，千里江陵一日还。"李白在这首诗中表达了他愉快的心情和江山的壮丽多姿、顺水行舟的流畅轻快。在此形容心情好、天气好、景色好，落笔如有神助。

②梦难托：唐代张若虚《春江花月夜》云："昨夜闲潭梦落花，可怜春半不还家。"在此处比喻，落笔如有神助，描绘了人生胜景，多么希望能与知己分享啊，可是夜已深，草图佳构虽会言语，却无法示人，不能入梦。

③④俊彦、丹青："俊彦"典出《书·太甲上》"旁求俊彦，启迪后人"。"丹青"典出杜甫《过郭代公故宅》诗"迥出名臣上，丹青照台阁"。俊彦、丹青，在此言喻为只有志向忠诚、坚贞不渝、性情高洁之人，方可留下千古绝

唱。在此有治艺当重艺术品行、宽容厚道之意。失意时,多读点书,积累些真才实学;得势时,少玩弄点权谋之术。看淡得与失,做到从容、淡定,才能出好的思想、好的作品、好的绘画等。

⑤华章惟德:典出《尚书·大禹谟》"惟德动天,无远弗届;满招损,谦受益,时乃天道"。在此比喻如要出好的作品,仍需德艺双馨。历史往往会玩笑似地重新筛选。古人说:隔代修史。这就是说需要很冷静、客观地评判。如要华章不老,唯有正道沧桑。

⑥灵钥:指探求玄理的有效方法或手段,这里指创作出好作品的不二法门。

清平乐

——生日忽忆慈母严父及生平诸多世事

（一）

佳音到处，唤客思无数。欲策风篷①归乡去，乡岸迢递难渡。

犹记村头古槐，慈颜常伴提孩②。唯愿松迎瑞霭③，萱堂④得效老莱⑤。

（二）

画斋晨起，展家书数纸。最是愁绪不堪理，长悲椿萱⑥千里。

夜来惯忧席冰⑦，且喜未愧鲤庭⑧。世途几番晦明，我自负月徐行。

2017 年 7 月 24 日于冷砚斋

注释：

①风篷：船帆。这里指代船。

②提孩：儿童，幼儿。这里指年幼的笔者。

③松迎瑞霭：这里祝愿家慈长寿吉祥。

④萱堂：这里指母亲的居所。

⑤老莱：即老莱子。据传老莱子事亲极孝，七十高龄还着五彩衣，学小儿啼，以娱双亲。

⑥椿茔：指父亲的坟墓。古人认为大椿长寿，故以其指代父亲。

⑦席冰：黄香与其父相依为命，夏天为父扇枕，冬天为父温席。家严已逝多年，而犹难忘怀。

⑧鲤庭：孔鲤快步经过父亲孔子站立的厅堂，受到孔子"学诗""学礼"的教诲。因此，"鲤庭"多指尊长或老师施教之所。

我是酒鬼，逢梦境中故乡的明亮

蘧然提一壶酒,寻梦

我缩进惊人空间

  如一个邋遢鬼蜷身一处,独吟

  梦想一个花环般的圆圈

火炉焰灭时,没有光亮

  热血粘住寒冷

阡陌的故乡小道

在沉沦绿色前的一瞬间

  听到了风月土地、屋檐雨滴的声音

我攥在手里的土楼竹窗,以及天井月圆的记忆

  被海盗洗劫一空

我在水泥森林中苟延残喘
当我的序言前程企图救赎时
　　淹没的痛楚,布满内心
前一刻的微笑假装成热烈的掌声
脆弱融合恐怖眼神
新闻填下日期,我知道内容
　　空白,却不再是雪地里的颜色
　　……

角落是无声的蔑视
弱小到两重性格,恐惧厄运
　　沉默、腐俗却有掌声
　　悔恨自己在虚假里变坏
请原谅我的弱小
　　我在真理与荒谬之间无法谅解自己
我扭曲背离了一个真实的人
当我接近故乡的风汛时
多么希望洗涤自己的灵魂
干净朴素地光着屁股
　　青草花香、连绵山脉、河流与稻田
细数自己的过错
静悄悄的河流
　　昼夜川流不息
我们又兴奋地在迎新的太阳
　　……

月亮爬进我梦里
　　甜甜地伴我身旁
奇迹如同时间
　　改造一切人为的假设

好梦图

——为迎接党的十九大而作

丁酉安徽省文联、省作协组织安徽省中国作协会员学习习近平文艺工作系列讲话精神,余有幸参加,颇有心得,遂挥笔绘就《好梦图》一帧,为迎接党的十九大召开写心而作。

纳篁①吐新扪②春潮,风击飞流③震碧霄。

祥云好梦岂罗浮④? 林上花飞逐丹飙⑤。

好梦图 滋芜

注释：

①篁，指竹子，节节虚心，天天向上，在此意为处处新景象。

②扪，据《史记·高祖本纪》索隐："扪，摸也。"在此拟人，有伟人抚摸春潮之意。

③飞流，出自李白句"飞流直下三千尺，疑是银河落九天"。此句意为敢与风浪作斗争的顽强拼搏意志。

④罗浮，典出唐人柳宗元《龙城录》，此代指梅花。此句指梅花经风雨耐霜冷，终得寒香。

⑤丹飙：迎风飘扬的红旗。连林上花也追逐着红旗，在此形容只要大家齐心协力，团结一致，好梦一定能实现。

（此诗、画发表于 2017 年 11 月 15 日《文艺报》）

秋日登山途廊亭静坐观景感怀

草瘦叶黄藤枯时，白岳红岚似有期。
且喜万类多生意，潮汐窗前漫耽迟。

丁酉深秋月滋芜登山俯瞰世界生命有色而箴言诗记即兴一挥

秋景胜春花

晴朗入内佳色浓,稚蕊浮香染金风。

有约临发去江夏,忽然绿丛点绛容。

注释:

今日(2017 年 10 月 20 日)有约去江夏,走前生怕书斋阳台的花卉枯萎,遂浇灌施肥。忽见花朵葳蕤,浓密间吐新朵开新颜,有蓬勃舒展开来之势,故而得此诗情,并信笔记之。

临江仙

—— 题令萱堂赠好雨儿存

貌肖素来同兄妹，重温旧事难分。
湖畔廿八载留痕。拙句画屏赠，珍重亦销魂。

频将爱恨劳鱼雁，别梦常憾晨昏。
又向山林忆春薰。诗心驱魔症，白云慰故人。

南歌子

——戊戌清明独影与先父饮酒赋歌

其一

孤影寒食后，细雨清明中。

天涯咫尺话离衷。还记您我风趣、海天空。

纵有胸如海，难砥网万重。

虫沙沥却古今同。奈何老夫一生、水流东。

其二

未求闻达显，犹知福祸乖①。

蓝江绿柳都在怀。酒饮微醺，又上旧亭台。

风刀霜剑恶，诗朋画友谐。

一梦浮生谁无涯？殷殷嘱儿，莫学浪形骸。

注释：

①乖：不顺。

美的种子

遥远的山峦,怀上美的种子
明艳的色彩,落空一地
母亲伫立在原野的边缘
看到斜斜起伏有序的山脉
心跳,想像……

此刻,风雨穿过辽阔无边的大地
高竿云下,仿佛悄悄回到私密细语
静穆的丘壑,舒张有力
随呐喊赋形

我的祖先群居于此
我的祖先欢乐于此
我们的农耕文化印记在此……
看山顶,看太阳,
两头压在肩上,渗透汗水的沉重

苍茫暮色,静静围合一条生命的河流
母亲睁开眼睛,隐现繁华的踪影
远山又在呼唤

清晨,母亲站在山的跟前比拟高低
让我们都怀揣美好的种子,
用心播撒在阳光明媚的大地……

戊戌年夏月草草,信手于淝上

美的种子　滋芜

（此诗、画发表于 2018 年 8 月《美术教育研究》）

母亲

母亲怀我是在正月的春天
母亲生我是在秋天的十月
十月的窗外印满乳汁般的图文
天空镶嵌钻石般的象形文字
蓝蓝如洗，
我枕在云端蓝蓝的眠床，酣睡
母亲慈祥笑容
挂在云天之下
如雁阵，母亲飞在前方

清澈的溪流绕过沉默的泥土
您的胸脯黏土一样松软
孕育我生命是您
温存我梦境也是您
母亲的血液循环流动在我体内
您的眼睛洞见我的初生哭喊

婴儿的哭声如音乐一样精美
母亲在疲劳中仍然给我
给我世间那缕最温暖的阳光

天地万物，血缘承合
母亲爱我洁净如水，悠长悠长
生命的诞生就是您的灿烂
妈妈辛苦啦，您是花田里
那棵风吹雨晒绽放光亮的虞美人

2018 年 8 月 6 日伏案写意，挥汗如雨，
诗画记于冷砚斋，草草拟心以上。

母亲　滋芜
（此诗、画发表于 2018 年 8 月《科教文汇》）

画斋感怀

新安滋芜客居淝上四十余载，见惯风云变幻，老来多愁善感，感慨颇多。戊戌年初秋，自作诗二首，以跋图上，惟证吾此刻之心境。时代的变化与性格上的差异，导致我成孤云看客也。题此供博笑哂正之。

其一
碌碌庸庸半佰余，恰逢初晴亦踯躅。
腰瘰三谢黄金带，揽镜唯羞斑髦疏。

其二
行跻孤云作看客，倾心万里亦长嘘。
清风窗前卧榻醉，大地苍生几卷书。

碌碌庸庸半佰余　滋芜

虞美人

戊戌初秋,读先秦战国时期屈原《楚辞·九歌·山鬼》篇,忽似有古埙奏乐如天籁,山鬼愈发扑朔迷离。余记脑海中的景象,制《山鬼思凡》图一帧,并以"虞美人"为词牌格律填词一首,借以释放读书人胸中过多的假想、忧患与惆怅。其实这都是一些无意义的行为。进古书堆多了,人也变得痴狂疯癫起来。儿女都嫌我迂腐,只作此聊寄性情罢了。

山鬼思凡　滋芜

——题记

秋也多愁云漠漠,一树繁花落。
上楼倚栏话离忧,相好几番辞别独酌休。

登临难遣归心切,山道更崎崛。
欲向画台慰客身,又叹世间人鬼殊难分。

丹青豪情

艺术人生感悟

（一）

学术，是知识的积累，是长年累月的沉淀。"一件重大的事情要经过长年累月的努力才能够有成就。"（巴金老语）研究学术不能故弄玄虚，更不能卖弄学识，而是要能耐得住寂寞，在繁华闹市中保持一方净土，于平淡如水中方能取得丰硕果实。艺术也是如此。人为地庞杂艺术，只是流于表面的做作，没有深刻的内涵，稍加推敲，便令人索然无味，因为繁杂并不等于丰富。反而朴素、单纯可以使艺术折射出生活中的乐趣与情怀，从而让人的内心也丰富、强大起来，就如同有名师大家们毗邻，可随时向他们讨教，体会到他人所无法感知的快乐。

（二）

当你坚持自我时，得不到周围人的认同，不被理解，亲友之情都离你越来越远,孤独也注定与你走得很近。然而,当你放弃自我,向现实妥协时,也无非是两种结果:你没有成功,反而变得庸俗了;你成功了,世俗认同了你。无论是坚持还是不坚持自我,你都必须保持清醒,否则它会无穷尽地折磨着你。

(三)

求真、向善、爱美,是做人也是艺术之母本。真,是自然属性,即干净、纯洁、稚趣自然,不做作,"奉自然为你唯一的女神吧"(罗丹语),艺术要的就是这份纯净与自然;善,是和平相处的法则,是本分,是宽容,是不贪婪,世间事物,万变不离其宗,都要和睦方能永恒繁华;美,是生命本源,艺术、宗教、宇宙、天体等等,一切自然的非自然的现象,都怀有美的本质。由于视角的不同,人们对艺术本质的认识也不同。美,产生于实践,存在于劳动当中,因此美也往往最能触动人心。艺术工作者要以这种心态,遵循自然法则,歌颂人性中的光辉,描绘生命、苦难、快乐、死亡等母题,努力工作着。

(四)

汉字,一座丰富多彩的中华文化遗产宝库,国画、书法、金石等等艺术都是由汉字衍生而来的,象形文字更是中华文明的起源。前不久,著名古文字学家、安徽大学黄德宽教授出任安徽省文史研究馆馆长,确实是给新时期的安徽省文史馆乃至安徽省的文化事业增添了不少色彩。黄教授以对汉字的研究闻名于世,文字学家们都举双手赞成其为中国文字学会会长。他潜心于中国古代语言文字研究,探索中国语言文字的发生、发展,使这门古老学科在世界人文科学中获得了应有的地位。历史文明皆是由黄德宽这类大学者承袭发展的呀。

（五）

　　莫奈笔下的池塘睡莲，塞尚笔下的垂柳小桥，寂寞中带着沉静，是他们对童年的美好追忆，看：那童年的世界蕴含着多彩愉悦。当画家的思想、技巧、情感都成熟了，无意间，他们又返回到这段难忘的记忆当中。天际、山川、河流、星星、月亮、太阳、草木，儿童时代的快乐时光，又回到了他们的画面当中。美术界、学术界也有少数"权威"，他们"无所不知"，如跳梁小丑一样，弄得人们不得清静。殊不知：清静无为，有所不为。向老庄学习一二，岂不更有助于修成正果？

　　　　　　　　　　　　　（此文发表于 2010 年 8 月《美术教育研究》）

艺术人生感悟

一、艺术批评

一个孩子抄袭了同学的作文,老师会很认真地指出,并罚他重写。我坚信,只要这个孩子以后的路走正、走直,日子久了,他一定会从不会写作文到写出动人的佳篇。我们的艺术批评要的就是老师教学生写作文的精神。如果艺术创作走偏了路或是抄袭了别人的笔墨构图,我们的批评家们却没有勇气指出,反而昧了良心叫好,乱哄哄地吹,到头来这样的艺术批评只会毁掉艺术市场,也毁掉真正的艺术家。

什么是艺术批评呢? 在我以为,艺术批评就是及时发现艺术创作者的不足之处,激发他们真正的创作和想象,让艺术朝一条健康、有价值的正道上走,回归到艺术本真的价值取向上。这样一来,这个民族才会不断地涌现一些有思想、有风格的艺术大师,创作出蕴含着帮助人类战胜苦难的精神力量的作品。否则,真正意义上的艺术大师是很难再培养出的。

二、文化发展

我们阅读任何人的作品，都要抱着宽容、包容的态度。只有这样才能读到或吸收到自己真正需要的东西。只要是创作，肯定有其独特的一面，这一面我们一定要宽容以待。只有包容了个性的存在，文化才会繁荣，艺术形式才会多样化，文化巨匠也才会渐渐产生。文化和艺术都需要探索，它是在尝试的情形下繁荣、发展起来的。无论是小戏台，还是大剧院，都应该有其存在的空间，不可清一色。如果非要强制管理、统一规划，我们民族性、地域性的文化便会失传，民间艺人也会改行，多元化成了一句空话。《清明上河图》与旧时的北京天桥，前者是提炼后的精神写照，是风俗画，它成了作品；后者是活生生的人生百相，它成了生活。大美无术，只有民间高人多于学院中的大家，文化才算真正繁荣了。

三、一道菜和一片林子

你每天只吃一道菜，慢慢地便会对这道菜失去胃口或兴趣，即便每天做这道菜的人美若天仙或是貌比潘安，你也会渐渐失去激情。而路边小店里的炒菜尽管不精致，也不入眼，但却会使你胃口大增，意志奋发；眼前有一片林子，林子里树木繁多，树上鸟儿出没，树下野草丛生，日子长了，你熟悉了它四季规律性的变化，却不会对它生厌，反而更钟情于它。长期吃一道菜，会使你麻木，食欲全无；一片林子，却会使你日久生情，钟爱到骨子里。为什么呢？一道菜，出自一人之手，缺乏变化，久食生厌；而一片林子，春夏秋冬，其颜色与神韵均随季节变化，鲜活、生动，从而使你更加钟爱。艺术创作便贵在使眼中的物体鲜活起来，有艺术价值。无论是平常还是绝妙的事物，关键是在艺术创作时如何造境，如何使它们的美溢于纸外。一道菜是为了活命，一片林子是为了更美好的向往。如果我们的艺术创作，不仅仅是一道菜，那么不就有更多的艺术市场可以激活，更多的人有了愿望向往吗？艺术收藏要的就是一片林子间的万物生态。艺术如同宗教信仰，都来源于纯粹的、单一的信念，热爱它，才能将其发扬光大。大千世界，千姿百态，千奇百怪，最终的结果只能是至善至美代替一切。这就是一道菜和一片林子给我的艺术启迪。

四、一幅画和一幅作品的区别

对于一个艺术家而言，吸取营养和蓄藏能量，往往是在他功未成、名未就之时。这一段时间的沉默与刻苦，是其走向成功的必经之路。如果省略了这个过程，艺术的底色就堆积不出厚重。所以说富贵并非必然培养出高贵的艺术品格，而清贫也并非一定消磨人的意志。这正如单调不等于单纯、庞杂不等于丰富一样，它们之间既矛盾又统一，是辩证的。

能画与会创作不是一回事。能画者，即使不会创作，只要用心临摹前人之作，也可以从不像到乱真。但那只是一个躯壳，从貌似到神似还有一段距离，况且单纯的临摹并不能解决画的结构问题。而创作一幅作品，则是画者以艺术家的眼光，洞察这个世界的物景，反映出一个艺术家的景物构图，让感情存活其中。它是一件有思想的艺术品，与没创新性的画作（纯商品化）则自然不同。这就是一幅画之热闹和一幅作品之隽永的区别。若绘画者悟不出此理，纯使用狭隘的技巧绘画，其画作就不会有思想、感情，也永远成不了"作品"。

五、艺术家不能占山为王

一般来说,搞艺术创作如同爬山:爬了一半又回头了,一切的努力等于零;如果不畏艰险,攀登到顶,则会有所成就。而讽刺的是,往往爬了一半山路的人回头,却成了画家;而爬上顶峰的人,也未必成为真正的艺术家、大家。爬了一半山路的人,没经历过险峰,敢乱哄哄地瞎吹,市井往往被这类人士所蛊惑;而爬上顶峰的人,虽知道险难,但时常不能体谅和宽容半途而返的人,而成大家者,深仁厚德者居多,是需要气量、胆识、才智、仁义、正气的,所以爬上顶峰的人,也未必能成为真正的艺术家。历史会漂白一个人的本来面貌,真正的艺术家是不会占山为王、自命不凡的。成功者不能苛求失败者,要包容失败者的参与。古人强调仁爱与节令,是有道理的。

六、由山泉声想到的

你走在山道上,前一程,汩汩泉水汇成飞瀑,形成奇观,感染着你的心情,你的血液也因此而沸腾起来。你走在途中,见证了美的回音。这是外部给予你的感官刺激,感觉会非常强烈。若就此构图成章,往往有股性灵之气包含其中。傅抱石、刘海粟等大家,便属于这类感性极好的人。

后一程山道上,你歇脚侧耳细听,石罅里冒出的泉水汩汩作响,面上很平静,但内在的力量巨大。还有石缝边、树根间、山路旁的山花野草,有趣、生动、灵气,如你用心去感受,会发现它的生命力极强,一花、一叶、一草、一根,皆成自然。由小见大,由一处一角联系宇宙自然间的万象。其妙如同清水下白米,无穷无尽。你通过观察这些,取舍物象,往往在创作时会营造出一种境界,从而让画面更有诗意、更贴近自然。在这方面发挥得比较成熟的绘画艺术家有陈子庄、潘天寿等。其自身的修养已形成一股气势,这气势流露笔端成图、成色、成行,面上很平实,但内在力量足以撼动山河。其力量便是源自艺术家心灵上的激荡,这正如表象是思想的翻本一样。由此而形成的作品就叫做学者之画或学养之作。

作品的灵魂要触及到山泉声后面的东西才生动,与感觉到的表象不是一回事。

(此文发表于 2011 年 3 月《美术教育研究》)

随笔两题

（一）忧患与清醒

忧患与清醒,是艺术人生的主旨,也是思想之本源。年届50岁,我又想起了祖辈及父辈这两代人在我外出谋生时的教诲与忠告。

30多年前,当我第一次走出家门,准备到外边谋生时,祖辈人告诫我:"你年纪小,经验不足,在外要处处学做人、学本事;出门在外,让人不为痴,要行善,能帮人就帮人一把,帮人、行善能积福添寿;千万不能做坏事,老天长眼的,人在做它在看……"祖父母这一辈

游鱼可数
滋芜 刊《人民日报·海外版》
（1998年5月18日）

人做人做事,都围绕一个"忠"字,忠于家庭、忠于事业、忠于民族、忠于国家。他们以诚信为本,表里一致,言行一致,相信轮回报应,并

据此来制定人生的坐标。不妨,我们可以举个那代人的例子做佐证。

胡适与陈独秀在思想上分歧很大,世界观不同。但是后来陈独秀因政治信仰获罪坐牢,胡适不仅没有落井下石,反而动用自己的名望和影响,极力营救,保释陈独秀出狱。这就是那一代人身上的闪光点。他们在灾难面前,不怕无能,只怕无德。优秀、高贵的民族文化培养了他们的仁爱之心,使他们成为那个时代的精神贵族。我们今天的科学发展观和构建社会主义和谐社会倡导的就是这种道德力量……

当我经历过人生千般磨砺回到老家后,再次整装待发,父母总会千叮咛万嘱咐:"出门在外,不比在家,路上多长个心眼;少说话,多观察,祸从口出;要学会节约,财不能外露,钱多钱少,能生活就行……"听着这些话语,我不能不为父母这一辈人感到痛心,他们或多或少都在历史的长河中经历了一些风浪,丢失了自我一些优良的东西,对诚信开始怀疑,以致于胆小怕事起来,而总是教导我们要处处谨慎,事事小心。

从这两代人的语言可以看出:我们祖辈那一代历经了战乱,迎来共和国的诞生。那时,民风淳朴,人民过上了安定的日子,惜福、惜缘,一切择善而行。民族高贵的东西,都继承了下来。而父母那一代,在经历了共和国发展中的曲折,尤其是经历了"反右"、"大跃进"、"文革"之后,很少会真正去表露自己的观点、见解,或多或少保留一点。这是我们走了弯路、偏离实事求是的路线所导致的恶果,诚信如同被下了符咒一样不敢上台面。今天我们已经渐渐远离那个时代,但我们时刻得有忧患与清醒的认识,否则后果就会如同洪水泛滥一样,使人遭受灭顶之灾。

艺术创作也是如此,得时刻保持忧患与清醒。当整个艺坛都保持着忧患与清醒时,它是健康的,任何批评的真话,都无碍于它的发展。但如果整个艺坛都不清醒了,假话、吹捧的话充斥其中,艺术作品就不会真正有艺术价值,也就不会出现真正意义上的经典作品,纯欺世盗名而已。人生在经历沉默耕耘、寂苦操守之后,创作出来的东西才可能出现奇迹。

翻开二十五史,史史都是中国人命运的缩影。楚国修了"章华台",楚国散了;秦朝修了"阿房宫",秦朝倒了;隋朝修了"乾元殿",隋朝跨了。以史为鉴。这一个个王朝就是不视国力,没有找准自己的位置,过于粉饰时代,才自取灭亡的。天下安稳,民众之福啊。由大看小,作为一名艺术家,你要从朝代的更替中清醒地认识到你在艺术上可以做些什么,能留下点什么。人生由俭入奢易,由奢返朴难;艺术同样是由雅到俗易,由俗返雅就难上加难了。奢华下的繁荣固然有激动人心的一面,但其连接着的是腐蚀人们心灵的、虚荣的东西,在这种前提下做出来的艺术品,是死的,是没有生命力没有感情的,而艺术需要的恰是真性情,尤其需要"忧患与清醒"这一清晰的主题,才能勾勒远景与真正意义上的繁华。这也是我绕了一个大弯,要告诉我的学生们一个"忧患与清醒"道理的良苦用心。不要自命不凡,自谓大师,前有古人,后有来者。艺术创作,先读中国史再读外国史,有好处。

(二)学绘画要先学点语文

什么是语文?语文,包含着语言和文字、语言和文学。按我的见解,语文的一大功能就是沟通,今人与今人的沟通,今人与古人通过文字记载或者其它的方式的沟通,等等。陈独秀、胡适、鲁迅等文化先驱们倡导白话文,是有一定道理的。

文言文也好,白话文也罢,如中国汉字同英文字母一样,都具有自己独特的风格。汉字始于象形,其本身就是一种艺术。于是当今美术界,便有股复古之风,题跋、诗堂喜欢用文言文。当然,如果文言文用得好,这也是值得赞赏的一件事情,然而令人啼笑皆非的是,有些人的题跋、诗堂却文不文、白不白的,前言不搭后语,浅入深出,自己没弄明白要说些什么就题词了,噱头十足,却令人在赏画与读画款时,一头雾水,摸不透他到底要表达些什么。我劝这些人不妨来读一读前面几位大家的文学作品。白描透彻,句句平实而深刻,他们才是真懂传统与现代了,可谓是深入浅出。丰子恺的《缘缘堂随笔》、朱自清的《绿》,山川、大地、人生、风景,样样入字,样样入画,让人充满希望,爱国情怀溢出纸外;吴冠中《我负丹青》的艺术态度、人文见解、自我反思以及对中国艺术出路的思考等等,都通过水墨般的语言,一笔一色地组合着。读这类经典美文,如同沐阳光浴一样舒服。

文学与艺术是有生命的,它们的生命都是与生活、与感情联袂在一起的。艺术家通过各方面的文学修养,培养、提炼出艺术之美、之魅力来。因此,做一名美术工作者,打好语文基础、提高文学修养是何等地重要。技艺的进步是要靠综合素质的,这才是艺术的命根子啊。

2011 年 8 月 3 日于合肥

（此文发表于 2011 年 9 月 14 日《新安晚报》、2011 年 9 月《美术教育研究》、2011 年 11 月《美术教育研究》）

惊·醒
——《时光如梦境》创作后记

最近《江淮时报》摘登了我的组诗《时光如梦境》中的七小节。我为什么要写这组十五节的长诗呢？

在这个读书靠宣传、诗人改行写剧本和编小说的年代，我想起霍金的《时间简史》和李煜的《虞美人》。

《时间简史》，是一部家喻户晓的经典著作，霍金在这部著作中告诉世人一个宇宙空间和生命逻辑的真理；《虞美人》，对李煜本人来说，是国破与家亡的墓志铭，是血与泪的倾诉，然而对整个中华文明来说，这首词又是皇皇文学大殿的一颗璀璨明珠，是中华词坛的又一高峰，更是一首千古绝唱！你看，文学艺术如同科学真理一样，千百年来为人们所敬仰、传颂！而那些过往的富贵荣华呢？烟消云散！

有些人，为了能光环笼罩、风光无限，为了让周边的人竭力为己呐喊、鼓掌,往往会选择掩饰自己卑劣的一面,竭力营造出一种虚假的精彩,让灵魂受到污染(灵魂是不能被污染的,否则心灵也会变得丑恶)。而诗歌艺术恰恰相反,它在奢华时更需要俭朴的力量,因为只有淡泊、善良、宽厚、朴素、勤奋才能成就大器。于是,为了净化灵魂,我读诗,我写诗。我在这组诗的第十一节中写道:

> 我想起庄严的用意
> 　　天真地坐在动车的后座上
> 用力量叫喊正义前行
>
> 艺术没了声响,叫卖的是涂饰做作
> 灵魂掉进一口古井
> 干涸,没有力量
> 华灯初上,电源网络一派万象
> 燃烧的艺术之光
> 悬挂在高空万丈
> 我仰望着
> 　　内心蓄起无与伦比的力量

　　我在诗中描述了科技进步(动车、电源等)所带来的"繁华",但也忧患着这些"繁华"所导致的能源消耗甚至是威胁(光污染)。环境、能源、社会公德、国家尊严、法律秩序等等,似乎都是领导们才需要关心的事,与我们这些"小人物"无关。殊不知,这些事与千家万户息息相关。平民跟国家、跟时代一直是在同一条跑道上相互扶撑着前进的。这反映在百姓生活的方方面面,大到安居乐业,小到衣食住行。

诗,如同一面镜子,促使人看清自己、反省自己。我常常在读诗时,感悟到自身的缺失。我又常在这种感观的刺激下、在对美好事物的憧憬中,感受到"盛年不再来,岁月不待人"的无奈,感受到还没弄明白昨天是如何过去的而今天又在悄然逝去、明天将接踵而至的尴尬。也许一句"朝看水东流,暮看日西坠,百年明日能几何"便能诠释这其中所有的涵义。所幸的是,真正美的东西,就算历经千年,其内在精神也不会"变质"。故而可以这么说:任何一门文学艺术,贵在坚守。

当思想在意识之河中漂流时,你环顾着四周,那些曾经被搁浅在沙滩上的时光便再次袭来,将你从眼前的浪漫中唤醒,让你重新认识一切事物的形象。你在心中渐渐升起一份美好的期盼,如同信男信女们一样,巴望着信仰的神能来拯救自己的苦难。于是那些精神雕像便成就了你心目中美好的图腾。就此图腾而写成的诗有一种力量,能将高山流水、日月星辰、古往今来等等,以印象之彩笔,融入到诗人的思想和感情中去,组合着人们的精彩、热烈、伤痛、灾难、幸福,并告诫人们——诗可以战胜苦难!这便是诗对美好人生的奠基作用。

基于此,我酝酿了两年,才写成这组《时光如梦境》。我在诗中讲叙着自己与自然的溶融汇合,在矛盾中捍卫诗歌的尊严,在享乐中清晰追赶的方向。虽然标题取名为《时光如梦境》,然而我却希望世人能通过这首诗最终"惊"并"醒"了。

人是要向上的。谨记!

滋芜于壬辰年春补白

(此文发表于2012年5月16日《新安晚报》)

笔走龙游

　　进功先生在龙年出这一册《中国龙》,意义非凡。我们从中不难体悟到进功先生作为龙之传人的骄傲与尊严。

　　中国书法是一门古老的艺术。距今三千多年前,作为萌芽状态的书法艺术便诞生在黄河母亲的摇篮里。有文献记载,在伏羲氏的时候,"画八卦,造书契以代结绳",就产生了文字。最古老的汉字——象形文字,也是根据图像得来的。所以美术界又有"书画同源"一说。及至商周时期,我们的先祖又在甲壳上将占卜到的有关祭祀、田猎、农事、疾病等的结果记录下来,形成了"甲骨文"。说到这里,我不得不对古人的智慧由衷赞叹,甲骨文是华夏文明的发端,更是我们先人智慧的体现。虽然甲骨文是卜辞,但它已经具备了中国书法艺术的三个基本要素:用笔、结体和章法,中国书法的美学特征在甲骨文中初见端倪。甲骨文是周代篆书的母本。由此,中国汉字与中国书法便一脉相传下去,篆书、隶书、楷书、行书、草书……从最初以功用性为主,一路发展为兼具功用性与艺术性的书法艺术。

　　我喜欢听故事,幼时外祖母抵不过我的缠人劲,常在夜空下给我讲女娲造人、仓颉造字等上古神话传说。龙便在祖母的叙说当中渐渐变得丰满起来。华夏民族的始祖伏羲和女娲形象中的"蛇身",

便是中国龙(这里强调是中国龙,而非西方龙,西方人眼中的龙多为邪恶的象征)的原始形态。中国龙形象结合鱼、鳄、蛇、马、牛等动物的特征,以及云雾、雷电、虹霓等自然天象。它象征意义极丰富,喜水、好飞、通天、善变、征瑞、示威等。作为中华民族大融合的参与者和见证物,中国龙也往往代表着团结凝聚、奋发开拓等精神,华夏儿女也以作为龙之传人而自豪。

龙为灵异神兽,书乃六艺之一。进功先生将这两种虽同样古老悠久却截然不同的事物合为一体,演绎出上百篇关于"中国龙"的书法艺术,确实需要大智慧。仅这一份心思,我便不能不为他竖起拇指。

如何将这两者结合?怎样才能将它们完美结合?进功先生既起其念,便殚精竭虑,数易其稿,耗时一年有余,法乎天,返乎心,抒胸臆,用正草隶篆写足百个神形迥异的"龙",终结集成《中国龙》。观这一册《中国龙》,我脑海中浮现"外师造化,中得心源"这八个字。进功先生在创作时,可谓达到了"天人合一"的如痴如醉境界。

中国书法与中国文化相表里,与中华精神成一体。"天人合一"的理念,深刻影响了书法。"天"的本意很模糊,季羡林先生把它简化为"大家都能理解的大自然"。书法艺术中的点与线之所以呈现质感美、造型美,正是缘于它取象自然,以广阔的胸襟及海纳百川的气概兼容并包。进功先生祖籍无为,生于南陵,滨长江中游而居,蒙三百里泾川之灵性,得千里江水之气势。是以,他在创作时,将先天蒙养到的山之气势、水之性灵通过苍佩室墨贯穿到书法当中,既合于自然,沿着自然规律下功夫,又遵循汉字在形体构成上的规范性、同一性,创作出富有个性特色的艺术作品。他行笔时,一点一划,互为生发,造型布局,彼此衬托,调轻配重,浓淡相间,着力呈现中和之美，达到一种总体平衡。他不仅抒写胸臆，而且兼顾形情神，将心中的山水田园之情、两性欢娱之乐、天人合一之悟，很好地溢于纸端。

整册《中国龙》以龙为髓，总体"百变"（"龙"字在不停地变化）与"不变"（样稿用全一色白宣纸、苍佩室墨、隶书题款）相应相和，囊括了龙之霸气、龙之神气、龙之灵气、龙之尊贵、龙之庄重、龙之力量、龙之升腾、龙之回旋、龙之呵吐等。如"龙"（见第 5 页）笔势飞动，虚实相间，具流动感和轻重变化，自然潇洒；"龙"（见第 77 页）风格豪放，线条遒劲，布局妥贴，尽显龙之盘旋体态；"龙"（见第 101 页）结体方正匀整，线条饱满，笔意浓厚，具有端严凝重的艺术效果；"龙"（见第 109 页）追仿龙形，笔画瘦劲，结体开张，显现舒朗之势……每一幅作品布局，皆以"龙"为主体，题款如众星捧月，或遥望、或穿插、或包围、或友伴，大小错落，生动有致，各尽其态，富有变化。全本百幅作品，乃进功搜诸史籍、回归自然、俯仰观察、细查性灵后，倾心倾力创获之作。

写实、传神、妙悟，三者统一的作品方能被称为艺术。进功先生将此三者融会贯通，借用书法这一艺术形式，在精神上为我们打造了一条腾云驾雾之龙。这条"龙""显灵"在墨海青山之间，护佑中华民族国泰民安、吉祥安康，祈福神州大地风调雨顺、五谷丰登！

我与进功为友，今闻本集行将付梓，不胜雀跃，承嘱写几句于首。因不辞固陋，略述以助观斯册者。

（此文发表于 2013 年 1 月 31 日《新安晚报》、2013 年 2 月中《科教文汇》）

谈情说美

最近我在读吴冠中先生的散文,从中真真切切地感受到他父亲如山般的爱。其父摇着小船,用瘦弱的身躯扛起为人父的责任,一路把小冠中从宜兴的一个小乡村护送到无锡去上学读书。朱自清在散文《背影》中,也描写了其父为他买橘子而留下的"肥胖的、青布棉袍黑布马褂的背影"。朱自清的散文朴素大方,有真情实感,吴冠中先生一样,他们都用平白如话的语言写出了深沉的感情。透过这两位名家的笔墨,我仿佛也看到我的父亲佝偻着身子,从渡船上给我拎下行李,又送我至汽车站,直到我上车出发后仍站在原地久久不肯离去的场景。不同的画面,相同的父爱。时至今日,父亲那份沉甸甸的爱依旧存

大自在

滋芜 刊《安徽日报》

(2015 年 6 月 11 日)

我心头。

文学艺术,最忌没有真情实感。没有真情实感的文学艺术,犹如人失去灵魂一样,了无生机,也就失去了打动人心的力量。因此,无论绘画、写作,都需要饱含深情,方能提炼出美的思想,才望孕育出伟大的作品。蒋兆和先生在目睹了抗日战争时期敌占区哀鸿遍野、流离失所的流民景象后,内心满怀激愤,终绘成鸿篇巨制《流民图》。这幅图令观者震动,在反映画家良心与感情的同时,也保留了一段沧桑厚重的历史。

中国画历来讲究"格调"。中国画的题跋,更是在细微处见画者的性情、修养、气节等。如今画坛上常常出现一些这样的画子,其题跋"半生不熟",语意不通,还夹杂着颠三倒四的文言文,不仅看画者不懂,就连创作者自己也不懂。之所以出现这种情况,是因为画者对笔下的事物没有生活体验以及情感,不肯下功夫,不求甚解,只求速成。当下,许多文化人失去了方向,静不下心来做学问,无法将古文参透,将白话文说好。文化人还是需要一点文化味的,否则他的艺术格调就永远也高不起来。文学艺术来不得半点虚假。中国需要鲁迅,他不仅能看到民族的闪光点,而且能发现民族的劣根性。

有真实感情的文学艺术作品,常使人感到美不胜收,过目不忘。就如同有了呼吸,生命才鲜活。众所周知,曹诚英女士,是先在美国学遗传学,后进入复旦农学院教农业的一位小脚教授。鲜为人知的是,她信笔拈来的诗词也妙不可言。这其中最关键的原因是,她注入了"情"。她曾在《虞美人·答汝华》中写道:"鱼沉雁断经时久,未悉平安否?万千心事寄无门,此去若能相见说他听。 朱颜青鬓都消改,惟剩痴情在。廿年孤苦月华知,一似栖霞楼外数星时。"寥寥几句,思念困惑之情迎面而来,如清澈的河水中游动的鱼一样,干净、活生生,令人心生柔软。从词中,我们可以想象她有着怎样的刻骨思念与痴情。它远胜于时下一些人动不动就吼几句"啊、啊、啊"的情诗,那些诗除了费时费力,没一句能感动自己,更遑论他人。

真正好的文学艺术作品,要让人人都能感受到它的情、它的美。以白居易《忆江南》为例:"江南好,风景旧曾谙。日出江花红胜火,春来江水绿如蓝。能不忆江南?""江南忆,最忆是杭州。山寺月中寻桂子,郡亭枕上看潮头。何日更重游?""江南忆,其次忆吴宫。吴酒一杯春竹叶,吴娃双舞醉芙蓉。早晚复相逢?"在白居易的诗中,他的忆、他的醉、他的痴,都有美的存在;他的问,更是一种等待的美。所以,越是美好的作品,越能使人感动,也越能令人平静。这是一座不可倒塌的精神宝塔,能让人登高望太平、见光明。

人是有感情、思想和信仰的。感情,使人有幸福感;思想,引领人前行;信仰,让人找到家园。自古至今,有感情、有思想、有信仰的人们创作出了浩如烟海的文学艺术作品。它们的内容变化多端,上至日月星辰,下至花鸟虫鱼,无所不包,无所不揽,但传递美的宗旨不变,教化人类进步的本质不变,抒发人类至真至纯情感的主旨不变。

我想,这就是文学艺术作品的意义所在。

(此文发表于 2013 年 6 月 22 日《新安晚报》、2013 年 6 月《美术教育研究》、2013 年 7 月《科教文汇》)

读书・谈艺・说事

繁杂地治艺与为人

繁杂地治艺与为人，会过于停留在内容与形式上做文章，也会人为地复杂思想，细细一推敲，它与做作相联系，看似花团锦簇，实际很单调、很枯燥无味。将深沉、奥秘的知识简要地提炼出来，这种学问才扎实、持久，而不是故弄玄虚、卖弄学识。倘若连自己都没明白道理，硬要罗列一些假噱头、空学术理论，甚至张冠李戴地抄袭，其结果必定是败笔连连。这种学术腐败是误人子弟、祸人殃己的。优秀的艺术纯净、朴素，常常使人获得一些艺术和生活上的灵感与情趣，也让人内心丰富起来，更令人仿若与名师大家毗邻，从中体会到无比的快乐。

坚持自我面貌

坚持自我面貌,在现实中真正执着于一己的生活与思维方式。在没得到周围认同之前,孤独注定与你走得很近,倘若不被理解,亲友之情都会离你越来越远。当你觉得回归了世界,像受到热闹人群关注的表演者时,无非是两种结果:一种是你庸俗化了,放弃了自我;一种是你成功了,得到了世俗认同,现实虚拟化了。这两种结果,你都必须清醒认知,否则会无穷尽地受折磨。

母语
滋芜 刊《科教文汇》
(2014 年 9 月)

求真、向善、爱美

求真、向善、爱美,是做人与治艺之母本。真,是自然属性,干净,纯洁,稚趣,自然,不做作;艺术要的就是这份纯净心灵和天真的想象。善,是维持平等相处的法则,本分,不贪婪,宽容;万事万物究其宗都是和睦相处方能永恒繁华。美,是生命本源,是艺术、宇宙等,是自然、物理现象,是用不同艺术形式剪辑出的片段,怀有美好本质;由于视角不同,各人对美的认识也不同,但美往往打动人心。艺术工作者要的就是求真、向善、爱美,保持人性中的光辉,遵循自然法则,裁剪着生命、记忆、苦难、快乐等。这是艺术家所做的,所应做的——痴迷,忘我地入境,然后出境,造出绝妙之境。

黄德宽与汉字

汉字,是一笔丰富的世界文化遗产,国画、中国书法、金石艺术等都由汉字母本衍生。它一路演变,富含旺盛的生命力,方寸间尽展文化之深与艺术之美,是中华民族智慧的结晶,是中华灿烂文明的根。安徽大学的汉语言文字学名望很大,学人黄德宽作为文字学家闻名于全国,在专业领域得到了众多同行的衷心认可,被选举为中国文字学会会长。前不久,黄德宽出任安徽省文史馆馆长,确实给新时期的安徽省文史馆乃至安徽文化事业增添了一些光彩。可以说,华夏的文明史正由这类学者承袭和发展。

寂寞沉静之美

寂寞沉静之美,有着特别的意义。莫奈和塞尚笔下的池塘、睡莲、垂柳以及苹果,都是他们童年眼见之物,寂寞沉静中蕴含儿童时代的多彩与愉悦。当他们思想、情感、技巧成熟了,无意间返观这段难忘的真情,更觉深刻难忘,笔下的画面也感动了观者。永恒是创作出来的,离不开生活。他们用笔将天际、星星、月亮、太阳、山川、河流、草木、溪水、苔藓,又恢复为儿童时代的欣欣所见,这时孩童与老人成了一个圆满的圈。美术界、学术界有少数"权威"自以为无所不知,像跳梁小丑一样,弄得人们不得清静,殊不知清静并不代表无所作为,实在该学习庄子(周)学说。无章可循,又如此热心于世故,这些人岂能修成正果?

(此文发表于 2014 年 1 月 29 日《新安晚报》、2014 年 2 月《美术教育研究》)

人生·艺术·时代

一

　　我不懂戏曲。我这么理解，观众处在一个多元化、多媒体的时代，这个科技时代是任何人都无力置身于外的。博物馆里的文物是历史文化的瑰宝，是历史潮流的缩影，是值得人们永远珍藏的。但如果人们现在不用U盘等先进的技术产品，一定要用磁带、录音机、留声机，这只能作为个人爱好，因为我们已进入多形式地追求美的时代。

　　一些戏曲艺术消失在历史的舞台上，很残酷。如，唐代盛行的参军戏，如今找不到任何版本。新编昆曲《牡丹亭》，在上海歌剧院上演时，却一票难求、场场爆满。可见，戏曲艺术不是没有观众，而是需要改良才能适应时代。程长庚以徽剧为基础，取法于楚调，兼收昆曲、山陕梆子等诸腔之长,推动京剧艺术形成,其后京剧盛行至今。戏曲艺术要为当今的年轻人接受,需用些时代的文化艺术精华。改良是时代的需求,文化同样需要与时俱进……

二

每年省里两会上,在政协文艺组讨论两会内容时,不少文艺工作者抱怨经费投入不足,我有一点点不明白:以前的作家既无薪水又没有创作专款,全靠版税养活自己和家人,可他们还是创作出精彩的文学作品。这些作品至今仍在给读者提供文化营养、生活启示、人生引导,没有过多说教,中外研究热、欣赏热却在持续升温。这个"奇迹现象"值得我们财政供给的作协、文联的作家和艺术家反思呀……

三

吕士民先生,关于漫画,我也是门外汉。您发来的这几幅漫画,有其思想意识和绘画语言,有独特的想法。漫画语言表达不是文字说明。(漫画定义:漫画是用图画来反映现实的艺术形式,可以用变形、夸张、比拟、象征、暗示、影射等方法,构诙谐的画面或画面组,以取得批评、讽刺或歌颂的效果。漫画如同随笔、杂文小品,一般具有较强的社会性,也有纯为娱乐的作品。娱乐性质的作品往往存在搞笑型和人物创造型。)好的漫画是一味良药,表现大千世界及人生百相,有宣扬人生高贵品质、批评和改良社会的功能。好的漫画不是浅表的图画加文字,也不是仅仅记录正确与非正确的意识形态,而是要有幽默感、思想性、艺术性、哲理性……

我水平有限,以上所说不一定正确,仅供参考!

四

1. 武汉在遭暴雨侵袭后,像水城一样,这则新闻令人揪心。人民子弟兵是抗洪抢险第一线上最可敬可佩可爱的人。但愿百姓少点损失。我们要反思:城市建筑设计,一定得经过水文资料研究和地质勘察阶段,合理顺应自然规律,否则一遇恶劣天气便问题频频暴露……

2. 今年40所知名大学毕业典礼,校长演讲句句是金,值得一读!我想他们是成功人士,尽量接地气点,告诉学生:学历代表你接受教育的程度,敬业是你积累经历的态度,社会是帮你得到人生经验的总设计师;各行各业都有精英,而精英无不对知识和经验进行了完美融合、合理应用;做人、做事、做学问都不悖逆道德底线,我们的社会就有了成功的一代。

(此文发表于 2016 年 7 月《科教文汇》)

滋芜艺术履历

一、人物简介

滋芜，又名朱志武，号冷砚斋主。1963 年 7 月生，安徽歙县人，研究生学历，无党派人士。先后毕业于中央美术学院、复旦大学和中共安徽省委党校。正高专业技术职称。教授、美术学硕导、博导。中国作协会员，中国美协会员，政协第九、十、十一、十二届安徽省委员会委员。现任安徽省政协文史委员会委员、编审，安徽省美协副主席（五、六届），安徽省新安画院院长，《美术教育研究》学术期刊主编，安徽大学等多所大学、美术学院兼职教授。曾任第一、二、三、四、五届全国院校美术大赛组委会执行主席、常务评委，全国首届黄宾虹美术奖项组委会执行主席、常务评委，纪念人民艺术家黄宾虹诞辰 140 周年组委会执行主席，纪念人民教育家陶行知先生诞辰 120 周年组委会执行主席等职务，主持举办多项在社会上有广泛影响的大型活动。

滋芜多次在全国政协、共青团中央、全国青联、文化部、中国文联、人事部、教育部、国务院外宣办、中外友协、安徽省政府等主办的活动中获奖,并受到表彰。绘画代表作有《祖国万岁》《老家的古树》《在那段欢快的日子里》《拂晓》《柳林》《偷情》《青青露儿》《日月为明》《我非鱼我知鱼之乐》《唐诗宋词元曲写意》《心境如春》《清白留香》《荷香游鱼》《大吉羊》《楚辞山花精灵》《诗经祥物图》《人与自然》《山那边·雨来了》《阳光·新娘·房子》《初吻》《中国历史文化长河》《大地情》《清莲鱼乐梦里香》《梦江南》等,主要著作有《中国绘画史》《滋芜画集》《一秋集》《青青集》《一册人生》《冷砚斋苦吟篇》《路程很遥远》《与造物者游》《历代黄山图题画诗考释》《滋芜绘画作品选集》等。

　　滋芜在学术上精益求精,发扬孜孜不倦的探索精神,为国家赢得了荣誉。他不仅坚持美术史研究,还创作了大量弘扬爱国主义、科学精神、美育思想的优秀作品,而且先后为安徽省关工委、省出版集团等创办了四份国内外公开发行的刊物(《少儿科技》《科教文汇》《少儿画王》《美术教育研究》)。他办刊倡导爱国主义、科教兴国等理念,抵制不良文化思想渗透,宣传求真、向善、扬美、宽容、俭朴、向上的正面人生追求等。其中,其主编的《美术教育研究》学术期刊在全国高校产生了很大的影响,在短短的时间内便获得了"华东地区优秀期刊""国家新闻出版广电总局认定的首批A类学术期刊"等荣誉,为弘扬主旋律、传播美术正能量作出了突出的贡献;主编的《少儿画王》《少儿科技》每期都刊载以中国笔墨绘制的"科学家故事"连环画和弘扬爱国主义、集体主义精神的英雄事迹,在提倡具有民族特色的中国笔墨的同时,也很好地鼓舞了青少年向科学家学习,使两刊成为全国知名品牌,先后被评为华东地区及安徽省优秀期刊,并连续多年被新闻出版总署(现为国家新闻出版广电总局)评为全国优秀少儿期刊、入选"农家书屋"重点报刊推荐目录,为少儿科普事业、少儿卡通、少儿连环画和素质教育作出了突出贡献。坚持中国民族卡通的少儿美术画刊——《少儿画王》,2015年被中央文明委表彰为第四届全国未成年人思想道德建设工作先进单位。在主持安徽省新安画院工作,举办纪念黄宾虹诞辰140周年(2006年)、陶行知诞辰120周年(2011年)等活动中,为弘扬新安文化,促进全国文化艺术的发展、繁荣,该同志积极做了许多具体事务和特殊贡献。等等。这些工作都在全国产生了较大反响,得到各方面的充分肯定,其中纪念黄宾虹诞辰140周年活动被写入了当年的安徽省两会工作报告。其诗作《母语》入选《大学语文》教材。

二、主要履历

1.1982年7月到安徽省博物馆当学徒(其间在中央美术学院文化部群文司办的群文班学习)

2.1986年10月到安徽省群众艺术馆创办吴楚艺术公司,出任艺术顾问,同年当选为安徽省青联委员

3.1986年10月至1990年12月,先后为人民大会堂、钓鱼台国宾馆、中国美术馆、《中国日报》画廊、中国历史博物馆等创作《人与自然》《中国历史文化长河》《阳光·新娘·房子》《初吻》《老家的故事河》《柳林》《山那边·雨来了》《海姑娘》等作品

4.1987年5月4日获共青团安徽省委授予"七五"建功者荣誉奖章

5.1989年被社科院吸收为考古学会会员,同年进京创办中国作家画廊

6.1990年从北京到安徽谋生

7.1990年到中国作协中华文学基金会办事处任创作员,同年任

文采大厦壁画总设计

8.1992 年 4 月 10 日《雕刻家朱志武印象》刊《人民日报·海外版》

9.1992 年 4 月 29 日获文化部颁发"优秀美术家"荣誉证书

10.1992 年加入中国美协安徽分会(赖少其时任分会主席,后由鲍加继任分会主席)

11.1992 年 7 月 24 日《始信雕魂溢诗情》刊《人民日报》

12.1993 年 8 月到安徽省政协《江淮时报》编辑副刊

13.1993 年 8 月至 2003 年任安徽省政协《江淮时报》副刊主编、主任编辑(其间 1996 年 9 月至 1999 年 7 月在复旦大学脱产学习)

14.1994 年 1 月 12 日获共青团安徽省委授予的"新长征突击手"称号

15.1994 年当选安徽省青联常委

16.1996 年与同仁一起创办《少儿画王》(CN34 – 1224/J ISSN1009 – 5268)

17.1997 年 9 月 8 日《画家朱志武》刊《美术报》

18.1998 年 7 月 14 日《徽州怪才》刊《新民晚报》

19.1998 年破格参评新闻系列副高职称,取得副高主任编辑职称资格和职务

20.2000 年 1 月 21 日《以丹青妙笔筑建精神家园》刊《安徽日报》

21.2001 年与同仁一起创办《少儿科技》(CN34 –1245/N ISSN1671 – 3923)

22.2003 年 1 月,经共青团安徽省委、安徽省青联推荐,当选为中国人民政治协商会议安徽省委员会第九届委员会委员,同年从江淮时报社调至安徽省政协研究室

23. 2004 年获得新闻系列高级编辑正高职称（2003 年 9 月至 2005 年 7 月在中央美术学院脱产学习做课题研究）

24. 2004 年与同仁一起创办《科教文汇》（CN34－1274/G ISSN1672－7894）

25. 2005 年《滋芜国画作品选》刊第 4 期《人民文学》副刊

26. 2005 年 11 月 4 日《滋芜绘画艺术管窥》刊《中国新闻出版报》

27. 2006 年由安徽省政协研究室调入安徽省政协文史委员会办公室，任安徽省政协文史委员会委员、编审至今

28. 2006 年任纪念人民艺术家黄宾虹诞辰 140 周年组委会执行主席，首届黄宾虹美术奖项组委会执行主席、常务评委

29. 2008 年 1 月，当选为中国人民政治协商会议安徽省委员会第十届委员会委员

30. 2009 年加入中国作协

31. 2010 年加入中国美协，6 月 18 日当选安徽省美协副主席；2010 年 9 月至 2013 年 7 月在安徽省委党校经管班在职学习

32. 2010 年与同仁一起创办《美术教育研究》（CN34－1313/J ISSN1674－9286），并任第一届全国院校美术大赛组委会执行主席、常务评委

33. 2011 年组建安徽行知出版传媒有限公司（后更名为"安徽科教文汇期刊中心有限公司"），出任总编辑；同年任第二届全国院校美术大赛组委会执行主席、常务评委，纪念陶行知诞辰 120 周年组委会执行主席

34. 青年时代创作的《山中自有神仙日》《王羲之十七帖》《汉乐赋·模糊记忆》等雕塑、雕刻作品在国内外引起反响，并先后于 1988、1989、1991、1992 等年获得文化部、教育部、外交部礼宾司、团

中央、全国青联、中国对外文化交流协会等表彰授奖

35.绘画、雕刻作品国内由北京荣宝斋、《中国日报》音乐画廊、上海朵云轩、深圳博雅画廊、杭州西泠印社、香港三联书店画廊、广州艺术画廊、鼎丰文化艺术机构等销售

36.2012年任第三届全国院校美术大赛组委会执行主席、常务评委;同年被聘为安徽大学兼职教授(2012年至2015年)

37.2013年1月,当选为中国人民政治协商会议安徽省委员会第十一届委员会委员;同年任第四届全国院校美术大赛组委会执行主席、常务评委

38.2013年11月23日出席中国美协第八届代表大会

39.2014年,任第五届全国院校美术大赛组委会执行主席、常务评委

40.2014年12月26日出席安徽省文学艺术界联合会第六届代表大会

41.2015年3月18日出席2015年中国美协工作会议

42.2015年3月28日出席安徽省美术家协会工作会议

43.2015年4月在武汉举行"与造物者游——滋芜画展"

44.2015年10月被安徽大学聘为兼职教授(2015年至2018年)

45.2016年第1期西安美术学院学报《西北美术》刊登《"入"与"出"收获"形"与"象"——滋芜中国画艺术语言初探》

46.2016年2月25日出席安徽省美术家协会第六届代表大会,再次当选为副主席

47.2016年2月著作《历代黄山图题画诗考释》由上海三联书店出版,《滋芜绘画作品选集》由华东师范大学出版社出版

48.2016年4月8日《新安晚报》刊登《阅读滋芜》

49. 2016 年 4 月在上海举行"大地情——滋芜画展"

50. 2016 年 9 月至 2017 年 7 月在华中师范大学做访问学者,并被聘为特聘教授

51. 2016 年 7 月 22 日《安徽日报》刊登文艺评论《抱朴守拙诗画同源》

52. 2017 年 3 月在合肥举行"滋芜新著《历代黄山图题画诗考释》学术研讨会"

53. 2017 年 3 月 3 日《安徽日报》刊登资讯《滋芜新著学术研讨会在肥举行》

54. 2017 年 3 月 8 日《中国文化报》刊登资讯《〈历代黄山图题画诗考释〉学术研讨会举行》

55. 2017 年 3 月 17 日《文艺报》刊登资讯《专家研讨滋芜新著〈历代黄山图题画诗考释〉》

56. 2017 年 3 月 27 日《中国美术报》介绍《历代黄山图题画诗考释》

57. 2017 年 5 月 22 日《为识黄山真面目——读滋芜〈历代黄山图题画诗考释〉》刊《人民日报》

58. 2018 年 1 月再次当选为中国人民政治协商会议安徽省委员会第十二届委员会委员

59. 2018 年 6 月在广州举行"苍穹之间——滋芜广州画展"

三、主要成就

朱志武同志政治立场坚定,坚决拥护中国共产党的领导,贯彻执行党的路线方针政策,遵纪守法,与党中央保持高度一致,担任省政协委员以来,积极参加委员的各项活动,履行政协委员的职责,较好地发挥了委员的主体作用。

　　他在金石、考古、文字学、绘画、诗词、美术史论及文艺理论等诸方面都取得了令人瞩目的成就，被多所美术院校及大学聘为教授。其绘画、雕刻等作品曾赴日本、英国、挪威、加拿大、美国、俄罗斯、法国、德国、新加坡、意大利、荷兰及我国的香港、澳门、台湾等国家和地区展出，被国内外众多博物馆、美术馆、大学收藏，并作为课题研究。

　　他出版、发表了大量理论专著和文章，事迹和作品先后由《人民日报》《安徽日报》《光明日报》《中国青年报》《文艺报》《南方日报》《美术报》《人民文学》《解放军文艺》《解放军报》《大公报》《文汇报》《十月》等报刊报道和发表。

　　他利用自己在艺术界、学术界、出版界的影响，先后与同仁一起创办了四份在国内外公开出版发行的刊物，并参与培养了一支能写能画能编、敢于担当的编辑和记者队伍，为弘扬主旋律，传播正能量，坚持求真、向善、爱美，提倡科教兴国，抵制不良文化思想渗透，引导青少年树立正确的人生观、价值观、世界观，促进社会和谐，实现中华民族伟大复兴的中国梦献力。

四、作品特色

　　"滋芜精通诗书画印，为人高风跨俗。他富有才情，又难以捉摸，是一位很难诠释的人，也是一位热情奔放的人。"（摘自 1992 年 4 月 10 日《人民日报·海外版》、1992 年 7 月 24 日《人民日报》）在绘画上，他反对千面一孔，学古人的不是外形而是精神，学今人的不是江湖技巧而是风韵气派。

　　其作品反映了对人类社会的思考，涉及国家、民族、自然、宇宙、情爱、生死等诸多问题。画作或沧桑厚重，或稚趣天真，妙于诗画一体,韵律天成;诗歌富有忧患意识,蕴含哲理,动人心弦。在艺术手法上,他获益多师,充分调用一切手法。其作品风格强烈,极富个性,尤以诗文融于笔墨,潇洒自然,质朴可爱,流露作者对生命的感叹。他认为绘画写诗,原是我们心灵的波动而发出的,我们感悟成诗,万物入目而成画。他反对那些丢弃母语和民族风格的游戏艺术家,也反对那些不学无术、对华夏五千年的民族文化都不涉及的所谓天才。他信仰艺术来源于对生活的积累、对自然的热爱与提炼,绘画的技巧来源于勤奋以及对美的理解和追求。

五、代表作

1.《日出》(处女作)刊《作文月刊》(1982 年)

2.《奇石世界》刊《大公报》(1989 年 5 月 31 日)

3.《岁寒三友》刊《纪实文学报》(1989 年)

4.《文房四宝之说始于徽州》刊《中国文房四宝》(1990 年第 3 期)

5.《林静风眠人也眠——致林风眠》刊《文化周报》(1991 年 9 月 15 日)

6.《山中自有神仙日》刊《中国青年》(1991 年第 12 期)

7.《晓旭》刊《安徽日报》(1992 年 6 月 3 日)

8.《雁南飞》刊《文化周报》(1992 年 11 月 15 日)

9.《风平山静寂无声》刊《中国文化报》(1993 年 12 月 22 日)

10.《永远的伟人》刊《解放军文艺》(1994 年第 1 期)

11.《中国当代爱情诗欣赏》由中国妇女出版社出版(1994 年 6 月)

12.《路程很遥远》由安徽文艺出版社出版(1995 年 5 月)

13.《乡魂》刊《美术报》(1997 年 9 月 8 日)

14.《滋芜画集》由安徽美术出版社出版(1997 年 10 月)

15.《生命从河流的那一端漂来》刊《文艺报》(1997 年 12 月 20 日)

16.《欲向虎年寻诗意》刊《人民铁道》(1997 年 12 月 23 日)

17.《乡魂》刊《解放日报》(1998 年 2 月 8 日)

18.《春意盎然》刊《法制日报》(1998 年 2 月 16 日)

19.《我的信仰》刊《安徽日报》(1998 年 3 月 8 日)

20.《黄岳雄奇》刊《光明日报》(1998 年 3 月 12 日)

21.《游鱼可数》刊《人民日报·海外版》(1998 年 5 月 18 日)

22.《思庄子》刊《钱江晚报》(1998 年 5 月 21 日)

23.《冷砚斋苦吟篇》由远方出版社出版(1999 年 8 月)

24.《中国绘画史》由中国社会科学出版社出版(1999 年 9 月)

25.《活着是一种美丽》刊《文学报》(2000 年 2 月 17 日)

26.《滋芜诗三首》刊《十月》(2000 年第 3 期)

27.《2000 年高考试卷中〈长城〉一题表现了民族虚无主义》刊《江淮时报》(2000 年 7 月 8 日)

28.《中国绘画史》由中国社会科学出版社出版(2000 年 9 月)

29.《20 世纪 90 年代之后留学生文学的三个文化特征》刊《北方论坛》(2000 年第 5 期)

30.《浓郁的时代气息和后现代烙印》刊《湖南日报》(2002 年 8 月 28 日)

31.《青青集》由作家出版社出版(2002 年 10 月)

32.《迎风而立》(组诗)刊《安徽日报》(2003 年 1 月 19 日)

33.《一册人生》由中国青年出版社出版(2003 年 3 月)

34.《我想飞》刊《江淮时报》(2003 年 5 月 30 日)

35.《图腾》刊《安徽日报》(2003 年 7 月 11 日)

36.《余秋雨先生》刊《江淮时报》(2003 年 8 月 15 日)

37.《红色美术·精神孽债》刊《江淮时报》(2003 年 12 月 26 日)

38.《我与〈一秋集〉》刊《江淮时报》(2005 年 4 月 29 日)

39.《我认识一种图腾》刊《人民文学》副刊(2005 年第 4 期)

40.《心灵深处的感受》刊《新安晚报》(2006 年 4 月 2 日)、刊《祖母·虹》(2007 年 12 月由广东人民出版社出版)

41.《滋芜国画作品欣赏》刊《微型小说》(2006 年第 2 期)

42.《江上清风·纪念黄宾虹诞辰 140 周年》刊《江淮时报》(2006 年 11 月 10 日)

43.《夏拾图》刊《安徽日报》(2006 年 11 月 17 日)

44.《九寨沟印象》刊《安徽日报》(2006 年 10 月 22 日)、刊《美术报》(2006 年 11 月 18 日)

45.《活着》刊《人民文学》副刊(2007 年第 1 期)

46.《风送精神竹为胎》刊《文艺报》(2007 年 11 月 15 日)

47.《凡人小事》刊《少儿科技》(2008 年 1、2 合刊)

48.《杜诚公画事上的心路历程》刊《文艺报》(2008 年 8 月 7 日)

49.《捡回的记忆——致吕士民》刊《新安晚报》(2010 年 9 月 18 日)、《科教文汇》(2010 年 9 月上旬刊)、《五虎出列》(2010 年 9 月由安徽人民出版社出版)

50.《时光如梦境》(组诗节选)刊《安徽文学》(2012 年 11 月号)

51.《我从诗意悟书魂——沈鹏〈三馀诗词选〉》刊《新安晚报》(2012 年 11 月 30 日)

52.《求同存异,和而不同》刊《长篇小说选刊》(2014 年 1 月)

53.《大匠之门》刊《新安晚报》(2014 年 3 月 1 日)、《美术教育研究》(2014 年 3 月)

54.《鲜花一束奉先贤》刊《新安晚报》(2014 年 4 月 2 日)、《美

术教育研究》(2014 年 4 月)

55.《德铷文学五十年》刊《合肥晚报》(2014 年 5 月 7 日)

56.《砚神锋棱　画意在外——方见尘雕刻与绘画艺术赏析》刊《黄山日报》(2014 年 4 月 30 日)、《科教文汇》(2014 年 5 月)

57.《王厚信先生归画记》刊《美术教育研究》(2014 年 6 月)

58.《在乡野读懂文学》刊《人民日报》(2014 年 7 月 5 日)

59.《青青露儿》(国画)刊《新安晚报》(2014 年 7 月 21 日)

60.《心系修篁景　书写翠竹情》刊《科教文汇》(2014 年 8 月)

61.《回忆葛庆友先生》刊《新安晚报》(2014 年 9 月 5 日)

62.《清莲鱼乐梦里香》(国画)刊《人民日报》(2014 年 9 月 22 日)

63.《泛舟清谈》(国画)刊《安徽日报》(2014 年 10 月 16 日)

64.《大地情·牡丹与燕子》(国画)刊《解放军报》(2014 年 10 月 20 日)

65.《大地情·牧童》(国画)刊《人民日报》(2014 年 12 月 8 日)

66.《怀德抱艺　半唐耸秀——本刊顾问王伯敏先生逝世周年祭》刊《美术教育研究》(2014 年 12 月)

67.《睹物》(国画)刊《美术教育研究》(2015 年 2 月)

68.《春光》(国画)刊《美术教育研究》(2015 年 3 月)

69.《梦江南》(国画)刊《人民日报》(2015 年 4 月 8 日)

70.《荷边秀色妙难言》《童真》(国画)刊《湖北日报》(2015 年 4 月 25 日)

71.《清莲呢喃》《祖国万岁》《护犊情》(国画)等刊《江淮时报》(2015 年 4 月 28 日)

72.《打渔杀家》(国画)刊《湖北日报》(2015 年 5 月 8 日)

73.《母语》刊《新安晚报》(2015 年 5 月 8 日)

74.《荷塘物语》(国画)刊《新安晚报》(2015年5月15日)

75.《清莲呢喃》(国画)刊《湖北日报》(2015年5月24日)

76.《大自在》(国画)刊《安徽日报》(2015年6月11日)

77.《祖国万岁》(国画)刊《安徽日报》(2015年6月19日)

78.《"清莲"润乾坤》刊《安徽日报》(2015年7月10日)

79.《朴素有真意》刊《人民日报》(2015年7月25日)、《东方早报》(2016年11月2日)

80.《江山图》刊《中国书画报》(2016年4月9日)

81.《献瑞》(国画)刊《中国文化报》(2016年4月10日)

82.《春归来》(国画)刊《人民日报》(2016年4月11日)

83.《滋芜上海画展》刊《联合时报》(2016年4月12日)

84.《大地情——滋芜画展》刊《文艺报》(2016年4月18日)

85.《童真》(国画)刊《解放日报》(2016年5月19日)

86.《老羊倌眷恋情》(国画)刊《解放日报》(2016年6月19日)

87.《金寨红》(组诗)刊《人民日报》(2016年7月2日)

88.《清芬天趣》(国画)刊《文艺报》(2016年7月18日)

89.《金寨红》(国画)刊《安徽日报》(2016年7月22日)、《光明日报》(2016年10月20日)

90.《略谈〈历代黄山图题画诗考释〉》(论文)刊中国美术学院学报《新美术》(2016年第9期)

91.《眼睛中的光芒》刊《美术家》(创刊号)(2016年10月)

92.《赤子孤独》刊《黄山日报》(2016年11月2日)

93.《文化良心与知识力量》刊《安徽政协》(2017年第2期)

94.《踏莎行——祭曹征海先生》刊《江淮时报》(2017年6月2日)

95.《古城轶事:历史画卷中的人物传奇》刊《文艺报》(2017 年 7 月 26 日)

96.《巧手炊香》(国画)刊《人民日报》(2018 年 6 月 11 日)

97.《美的种子》(诗配图)刊《美术教育研究》(2018 年 8 月)

98.《母亲》(诗配图)刊《科教文汇》(2018 年 8 月)

99.《于传统中淡泊拾穗,在天地间率性抒情》刊《广州日报》(2018 年 8 月 26 日)

跋

滋芜

"虽惭老圃秋容淡,且看黄花晚节香。"对待亲朋好友,心态上我倒有几分宋人韩琦《九日水阁》之境。我虽诗心不老,但容颜上却无力违逆自然规律。时间流逝,不知不觉中,我已客居江右古庐州四十余年,从一个阳光灿烂、动若脱兔的青年人,蜕变成一位行动迟缓、言语迂腐的老年人。"人生有情泪沾臆,江水江花岂终极?"是啊,世事变化无常,岂能尽如人意,但求无愧我心。依稀记得故乡明月圆满满地挂在窗前,纵使此刻遥望江南,亦觉远方有诗。诗仙李白在《峨眉山月歌》中诗云:"峨眉山月半轮秋,影入平羌江水流。夜发清溪向三峡,思君不见下渝州。"峨眉山上空高悬着半轮秋月,平羌江水中流动着月亮映影。诗人夜里从清溪发往三峡,虽然想念君,却见不到,只能依依不舍下渝州。诗人的眼里有美,心中有情。我也如此。我想借《西窗月色》迎回萌动、美好的万物,盘活心中不变的向往。

无论你做什么事情、在什么岗位,有文学艺术情怀总是件好事。工作之余,阅读是我最快乐的事情,是我心灵回家的一种方式,我因此而精神饱满、心灵富有。文学艺术是人们对社会、人性、道德、情感等等,以各种表现形式进行描写与诠释的结果。文艺家们在创作中既互相冲突,又互相吸收与补充,通过文字找到人生的信仰。诗词歌赋,雕塑绘画,音乐戏剧……人类千万年来的文明成果,无一不在描绘演绎着舞台的丰富多彩与人间的悲欢离合,在传统向现代的变革中提高人生的标准,维护公平与正义,使文明涅槃重生,带领我们从形形色色的利益诱惑中走向无比宽广的语言读本,解放人性,回归自然属性,叙事般地进入这种且快乐且痛苦的人生游戏当中,安歇灵魂。

我在阅读各种各样的书籍中,渐渐体会到人情冷暖,但并不影响自己的信仰。度过生命中最黑暗的夜晚,当初旭再次升起,也可能迎来生命中最阳光的日子。我冷静地用第三只眼睛观察人力无法逃脱的动物世界的丛林规律、生存法则,维持简单的人生趣味,从而使受挫的心灵有一个可以栖息且温暖的梦境。绘画、写作、读书和听音乐,是我生命中不可或缺的组成部分。唐代诗人王维有绝妙佳句:"独坐幽篁里,弹琴复长啸。深林人不知,明月来相照。"愿我能如他一样,清静与安详。

结集《西窗月色》出版,也是不想时间流逝,把平时所写的一些文本丢失了。所以归纳一二,分五个栏目(影横窗俏、月星如故、符众花开、诗心飞絮、丹青豪情)编辑。蒙责任编辑黄韬先生以及黄曙辉先生的热忱帮忙,拙集在上海三联书店出版社编辑出版。在此一并感谢众多支持、帮助拙集出版的师长、同仁、好友,恕不一一列名。

水平有限,差错难免,恳请读者批评指正。

2017 年 8 月 7 日于合肥冷砚斋灯下

(此文发表于 2017 年 8 月 16 日《新安晚报》)